被忘掉的十三年

BEI WANG DIAO DE SHISAN NIAN

[美] 艾米·金特里／著　秦昊／译

接力出版社
Publishing House

桂图登字：20-2015-002

图书在版编目（CIP）数据

被忘掉的十三年／（美）艾米·金特里著；秦昊译．—南宁：接力出版社，2017.4
书名原文：Good As Gone
ISBN 978-7-5448-4816-9

Ⅰ．①被… Ⅱ．①艾…②秦… Ⅲ．①长篇小说－美国－现代 Ⅳ．①I712.45

中国版本图书馆 CIP 数据核字（2017）第 063337 号

责任编辑：张慧芳　刘佳娣　　美术编辑：严　冬　　封面设计：严　冬
责任校对：贾玲云　　责任监印：刘　冬　　版权联络：闫安琪　　营销主理：张　彤
社长：黄　俭　　总编辑：白　冰
出版发行：接力出版社　　社址：广西南宁市园湖南路 9 号　　邮编：530022
电话：010-65546561（发行部）　传真：010-65545210（发行部）
http://www.jielibj.com　　E-mail：jieli@jielibook.com
经销：新华书店　　印制：三河市顺兴印务有限公司
开本：880 毫米 ×1260 毫米　1/32　　印张：11　　字数：255 千字
版次：2017 年 4 月第 1 版　　印次：2017 年 4 月第 1 次印刷
印数：00 001—15 000 册　　定价：45.00 元

谨以此书献给世界上最好的你——柯蒂斯。

CONTENTS 目 录

目 录

序 章

简从睡梦中醒来，迷迷糊糊中轻唤："朱莉？"

寂静的房间几乎将她吞噬。自从搬到新家后，简和朱莉就都有了自己的房间。还不适应独睡的简，总是梦见吊扇从天花板上掉下来，将自己切成两半。连续做了两年这样的噩梦，她才慢慢学会了适应。现在，噩梦不再缠着她，躲在阴影里的蜘蛛也消失不见了，这个十岁的小家伙终于不用再像强迫症患者一样，临睡前把房间的各个角落都仔细检查一遍了。只不过偶尔在午夜醒来时，黑暗中静悄悄的屋子还是会让她无比怀念朱莉轻柔的呼吸声。还记得住在老房子时，她跟朱莉睡上下铺。她总是把一只脚搭在上铺的栏杆上，咯咯地傻笑。这时候朱莉会喊她："嘘，小东西，赶紧把脚丫放回去，睡觉啦。"现在没有了朱莉，睡不着的她就只能无聊地盯着墙和天花板的接缝。想到这儿，她强迫自己闭上双眼。

隔壁传来响声，没错，是朱莉房间发出的声音。

简披上衣服，光着脚爬下床。曾经的老房子铺的是光滑的木地板，只有床下垫着一小块毛毯，脚一落地，毛毯就滑走了。而现在的卧室里铺着厚厚的地毯，赤脚走在上面几乎不会发出任何声音。简踮着脚悄悄地走到房门口，朝走廊对面的房间望去。黑暗中走廊尽头呈现出一个长方形的轮廓，那是朱莉房间紧闭的房门。

以前睡觉的时候，她们是很少关门的。简的房间太热，朱莉的房间太冷，妈妈曾经抱怨过二层楼的房子空气流通不好，但住在楼下的爸爸妈妈晚上却总是关上门睡觉，因为他们是成年人了。现在朱莉也一样。自从过完十三岁生日，朱莉就一副成年人的样子：她在浴室镜子前梳头的时间明显变长了，好像在准备秘密演出一样；还开始趴在桌子前写日记了；再也不像简一样，一进屋，就扑通一下扑到床上去了；而且，她睡觉时开始关门了。

这时候，走廊尽头长方形的轮廓亮了一下，朱莉的房门被人从里面打开了，门上赫然扣上了四根手指。

简想都没想，迅速躲进衣柜，关上门，蹲下来紧张地等待着接下来发生的事情。门上的手指不是朱莉的，朱莉没有那么高；不是妈妈的，妈妈的手没有那么大；也不是爸爸的，简说不上来为什么，所以她现在才会莫名感到惶恐不安。

轻微的咔嗒声不合时宜地打破了空气的宁静，简这才想起来，自己藏身的衣柜门是松动的，扣不紧，关一会儿就会自动打开。想到这儿，她立刻伸手去关，但为时已晚，门已经缓缓地滑开了。

不早不晚，偏偏这时走廊里传来了窸窣的脚步声，简听天由命地死死闭上了眼睛。

但等了一会儿，却没动静了，简鼓起勇气睁开眼睛。谢天谢地，衣柜门才滑开了几厘米，她并没有暴露。衣柜里伸手不见五指，衬得走廊几乎在发光，从她的角度正好能透过缝隙更加清楚地看到走廊上的一切。她能看见浅褐色地毯上的每一根纤维，能看到墙漆上的每一条波纹，还能看到墙上挂着的相框。那是很久以前的照片了，照片上简被朱莉抱在怀里，坐在朱莉的膝盖上。简穿着婴儿裙，裙子上绣着栩栩如生的小帆船和海浪。一定是听到了简心跳的扑通声，小帆船仿佛也震动起来，开始在海浪中摇晃，眼前的一切都跟着晃起来。脚步声突然朝简的房间逼近。

走廊中间的地板发出轻微的响声，那双手的主人离简的屋子还有半个走廊的距离。他是否听得到简每次心跳的扑通声？简迫切地想钻进衣服里去，但她努力控制自己。

就在这时，一只瘦弱的小脚出现在地毯上，简看到那个大脚趾上涂着粉色的指甲油，才舒了一口气。原来是朱莉呀。还记得在生日派对之前，朱莉特意蹲在那里给脚指头涂了整整一个小时的指甲油。不过夏天才过了一半儿，大部分指甲油就已经被后院游泳池里的水冲掉了，只留下星星点点的粉色三角形。所以之前是简看错了，那双手原来真是朱莉的。简仿佛躲在阴影里的蜘蛛一样，得以重获光明。没错，走来的正是朱莉，她还穿着那件及膝的米老鼠睡衣，正朝着简卧室门前的楼梯口走去，也许她是想下楼去吃个消夜吧。简也有一件同系的唐老鸭睡衣，不过已经穿不下了，被打包装在棕色袋子里准备捐赠出去。为此，妈妈还说过简以后肯定比朱莉长得高。简如获新生般抱了下膝盖。

但还没等简喘口气，一双关节粗大的黑手就突然扣在朱莉的肩膀上，紧紧地拽着她的睡衣和金色的长发。简这才注意到朱莉僵硬又奇怪的姿势，宛如一只瞪大眼睛的布娃娃。在她身后，一个高个子男人完全出现在简的眼前。朱莉和陌生男人移动得非常缓慢，男人的长胳膊和毛茸茸的黑手仿佛一条铁链，将他们绑在一起。

醒一醒，醒一醒，醒一醒，简在心里喊自己，但无济于事。周遭的一切都像是被冰封了，简只能眼睁睁地看着朱莉跟男人缓缓地移动。眼看着他们就要走到门口，简挣破梦魇的牢笼，想要尖叫。

就在此刻，朱莉看到了她。

在与朱莉四目相对的瞬间，简将尖叫一下子咽到了肚子里。简用眼神恳求朱莉告诉她该怎么做，是尖叫，是哭喊，还是大笑？她想让朱莉快告诉她这只是个玩笑。她知道朱莉一定不会狠心把她一个人扔在这场噩梦里。简在心里默默发誓，只要朱莉告诉她怎么做，她一定会乖乖听话，再也不多抱怨。

朱莉不敢做任何动作，只能用眉毛指了指身后的男人，又看向简，她在暗示什么，好像是要告诉简注意看她身后的男人。但简现在的全部视线都放在朱莉身上。朱莉和男人没在简的门口多停留，而是径直走向楼梯口。这时简才明白为什么朱莉走路的姿势这么僵硬，原来男人正手持一把长尖刀抵在朱莉身后。简突然感觉肩胛骨一阵刺痛，好像被虫子咬了一口，眼泪顿时涌出来。

突然，阁楼上传来一声清晰的嘀嗒声，他们闻声停在楼梯口。简知道，这座房子就是容易发出这样的声音。但那个男人并不知情，他紧张地回头张望。趁他回头的工夫，朱莉仿佛被解了咒，迅速转过头来看简，伸出左手食指放在嘴唇上，摆出一个“嘘”的口型。

嘘——

简听从了朱莉的意愿，没有作声。没发现异样的男人回过头去，继续用刀抵在朱莉背后，胁迫她走下楼。

这就是我从唯一的目击者简那里得知的朱莉被绑走的整个过程。就在那个晚上，我失去了我的女儿，失去了朱莉，也失去了简，失去了我所拥有的一切。

第一章

今年是朱莉失踪的第八年，我的女儿已经在人间蒸发了这么久，过去的每一天都让我度日如年。为了完成春季学期的最后一堂课，我打起精神，走出屋子，去给学生们上课。刚一开门，一股热浪就扑面而来。才五月中旬，休斯敦就已经像个蒸笼，空气炎热得仿佛是从人们嘴里呼出的热气。锁门的工夫，我就出了一身汗，用五六步走到车库便已大汗淋漓。坐到车里时，保温杯表面的塑料膜也被我手中的汗打湿了。我一手端着黑咖啡，一手扶着把手往越野车上爬时，却因为手里有汗而打了个趔趄，黑咖啡从杯子里晃了出来，溢到杯盖上，甚至溅到手上，但我懒得去擦，让它们自己蒸发好了。我打开车内空调，发动了汽车。

休斯敦的夏天仿佛急不可耐的孩子，每年总是早早地到来。

我沿着车道把车倒出了院子的铁门，这道安全门是在朱莉被绑架后装上的，虽然为时已晚。穿过街区，沿着支路，我驶入了 I-10 州际公路，一连串的上坡路直通天际，像骨骼分明的恐龙尾巴。上午八点，正是城市交通的高峰期，主干道和三条支路都被堵得水泄不通。我费了很大力气终于挤进十四条车道里，放眼望去，一排排汽车在太阳照射下发出刺眼的光，红色的汽车尾灯微弱的光一闪一闪。哦，这个狼狈的早晨。

我想越过前方的车看到更远处的路况，闲置在家的那辆普锐斯虽然省油，底盘却不够高。现在，汤姆这辆大个头的黑色路虎成了我的最爱，我每天开着它穿梭在三条高速公路上，往返于家和学校之间。在以龟速行进的车队里，我得以卸下警惕，仔细寻找路边商业街遮阳篷上打出的广告牌：大男孩一元店、墨盒世界、洛杉矶造型。还有沿路的墨西哥餐厅粉红色的招牌笑容，收费公路旁宜家那蓝黄相间的巨大广告牌和躲在零零散散的紫薇花后面险些被掩盖的老黄砖公寓，一切的一切都在提醒我，最坏的事情已经发生了。我需要它们的提醒，就像我母亲离不开《玫瑰经》：**万福的洗车先生，你充满圣宠，主与你同在。请为我们祈求，数码快印。自助仓储女士，我们向你叹息哭求**[1]。

尽管现在寻找朱莉的招贴已经不见了，但我清楚地记得它过去就在那儿，在I-10州际公路和610匝道的交叉处，挨着养老院的塔楼，就夹在第一浸礼会教堂和立交桥中间。但五年或六七年前，托管人就决定把牌子撤掉，我想肯定是因为费

① 此处作者根据车外街景，对《玫瑰经》进行了改编。——译者注

用太高了，虽然我并不清楚具体数目，因为朱莉的基金都是汤姆在打理。现在，这块广告牌上的寻人启事已经变成一个教会牧师的大笑脸，他正咧着嘴露出洁白的牙齿俯瞰着来往的车辆笑，旁边附着一排字：“人应该每天都有信仰，而不是每天一个信仰。”不知道他们是直接把牧师的广告贴在了寻找朱莉的启事上面，还是早就把那份寻人启事撕成了碎片。想这些干什么呢？真是可笑。这段时间，这块广告牌上的内容被更换过很多次，牙科医生、输精管复通术等等。

威廉·华兹华斯的诗歌也在我的脑海中不断闪烁，仿佛是在嘲笑我：到哪儿去了，那些幻异的光影？如今在哪儿，往日的荣光和梦境？

我按了下转向灯，驶入匝道。尽管我一直都在学习和研究浪漫主义，尽管几个小时后我要去教一群敏感的年轻人学习威廉·华兹华斯的诗歌，而且一辈子都会在这所大学教下去——如果学校不开除我的话（我不出版作品，不参加委员会工作，不付出任何努力，除了每天早晨坚持挣扎着起床去面对这个黑暗又悲惨的世界。最坏的事情已经发生了，我不知道自己为何还会活在这个世界上）。可实际上，我从来都不相信荣光和梦境，我只相信统计数据。

数据表明，大部分被拐儿童都是被认识的人绑走的，但朱莉却是被陌生人绑走的。数据还表明，大部分诱拐者会诱哄受害儿童坐上他们的车，但朱莉却是午夜在自家卧室里被陌生人拿刀尖抵着后背，被迫跟着绑匪上车的，而我的另一个女儿简，躲在衣柜里，目睹了一切。另有数据表明，大部分撕票行为都发生在绑架后的头三个小时里。而我那年幼的小女儿，早已被恐惧禁锢了身体，整整三个小时，躲在衣柜里动弹不得，三个小时后，她才从巨大的惊恐中回过神来，厉声哭喊着叫醒了我和汤姆。

等到我们知道朱莉被绑走时，一切已经无可挽回。

灾难像流感和汽油味一样迅速扩散开来，我们避无可避，逃无可逃。为了让自己接受朱莉已经死去的事实，我不断地告诉自己，她早就死了，在她出生之前，在我出生之前，在威廉·华兹华斯出生之前。她本来就是不存在的。经过长满松树的墓地时，我仿佛看见朱莉正站在金红色的松树叶下，泪眼婆娑地仰头望着天空。驶过克雷斯特维尤公寓时，我仿佛又看见她躺在杜鹃花床上，静静地被埋葬。这时候，商业街上的阳光美甲水疗馆后面，一辆大型垃圾车突然映入眼帘，眼前的最后一丝幻影终于破灭了。

我曾经想给朱莉全世界，现在我只想把她的尸体找回来埋葬。

暑假前的最后一节课在浑浑噩噩中过去了。关于威廉·华兹华斯的课，我闭着眼睛都能教。我现在没睡着，却仿佛置身于梦中，思绪已不禁飞向了远方。我看见细高的松树下，荡漾着一汪水晶般湛蓝的游泳池水，像一颗精雕细琢的宝石，泛着迷人的波光，周围铺着新鲜柔软的沙子。两个女孩兴奋得不得了。我还记得自己当时问掌管家庭财务大权的会计师汤姆，这么好的房子我们买得起吗？这个号称“能源走廊”的地方遍布着星巴克和乡村俱乐部，与我们一家子看起来格格不入，尤其不适合我。但是女儿们喜欢，看她们对游泳池的喜欢劲儿，简直比要拥有自己的房间还高兴。她们还没意识到，我们即将从破旧不堪的大学宿舍搬到这座城郊的大房子了。这座房子有两层，配有两个停车位，门前铺满绿草坪，草坪上还立着一些支持高中足球队的牌子。至于为什么选择搬家，原因有很多，但你猜得没错，确实也有安全方面的因素。

“下课。别忘了在二十八日下午五点之前，把期末论文交上来。”还没等我说“暑假愉快”，大部分学生就已经撒欢儿似的冲出教室了。

我沿着走廊朝办公室走去，这时候裤兜里的手机轻微地振了一下。汤姆发来了短信：

你能去接一下简吗？16:05，乔治·布什洲际机场，美联航1093航班。

我放下手机，打开电脑，查看华盛顿大学校历，又查了查大学教师通讯录，给我之前在研究生院认识的华盛顿大学的管理员打了个电话。

然后，我发短信给汤姆：需要我准备晚餐吗？

几分钟后，汤姆回复：不用。显然，我和汤姆都不愿针对简大一课程还没结束就提前回家的问题多说什么。

想在众多旅客中找到简并不是一件容易的事，因为你永远不知道下一秒她的头发又变成了什么颜色。我站在九号行李传送带旁边等待。这时，一个高个子女孩出现在人群中，她顶着一头紫黑色的头发，一缕褪色的绿发垂下来挡在眼前，看起来刚逃过被漂染的宿命。

“嗨，妈妈。”女孩大喊。

“嗨，简。”她倾下身子拥抱了我一下，身上的大书包重重地拍在我的屁股上。空荡荡的传送带嗡地响了一声，我们闻声转过头刻意让自己盯着传送带，我想这个时候，我还是不要问她为什么提前回来的事情了。

“你又染头发了。”我打破沉默。

“没错。”

朱莉被绑架后，简的性格和言行发生了很大的变化。初中时，摔门成了她现身或离开的标志。上了高中后，不仅摔门的毛病没改，还添了染发、打鼻环眉环等行为，哪里有她哪里就有吵闹的音乐，这些问题她一样不落。汤姆过去经常追着她一直劝到楼梯口。比起我，他已经很尽责了，但都无济于事。我隐隐地听见简的喊叫和啜泣声，我想也许她需要有自己的空间吧。

“这一路怎么样，还顺利吗？”

“很好。”

这一趟的行程可不短。我猜简当初选择华盛顿大学正是因为它离休斯敦比较远吧。小时候，她总说长大以后想上我任教的大学，但从她开始摔门的那一天起，这一切就都改变了。如果不是她拒绝学期制大学，坚持选择学季制大学，也许她现在就在阿拉斯加州读大学了。青少年难免会有一些叛逆行为，但简的表现却有些反常。在整个学年过去后，学校的注册主任告诉我，春季学制的每门课程简都没有修完。

去年感恩节简没回家，我当时没多想，因为学季制大学开学晚，去了学校没多久就是感恩节，所以学生们一般也就不回家了，我以为简也一样。但十二月中旬，简打电话回家，告诉我们她刚刚安顿下来，圣诞节就不回家了，而且她的教授邀请她去家里吃节日大餐。她说反正我们家从来也没庆祝过圣诞节，况且不回家也有利于她培养独立性。我几乎能听到分机这头，汤姆心碎的声音。于是，我赶紧帮她打圆场，努力说点感性的话。“当然，我们会想你的，但我们支持你的决定。”事实上，我也只能这么说。

现在看起来，因为我的回答没有令简满意，所以她的摔门式叛逆又发作了，圣诞节真的没有回家。

“怎么样，”我继续寻找话题，“你还喜欢华大吗？”

“加油（Go Huskies——华盛顿大学口号），”她轻轻地挥了下拳头说，“当然了，妈妈。还记得上次我跟你说过的话吗？现在也一样，一切并没有改变。”开始有行李从传送带上传过来，我们俩同时倾身向前去看。

“这件夹克够暖和吗？能穿到一月份吗？冬款衣服正在打折，我们可以去给你买几件新衣服。”

去读大学之前她自己挑了一件军绿色夹克，这件衣服她从十六岁一直穿到现在。“这件就够了，西雅图没那么冷。”

“你的学业还顺利吗？”

“当然，为什么这么问？”

“只是问问而已。”

“还可以，挺好的，”她回答，“实际上，非常顺利，我的教授允许我用论文代替考试。”

用论文代替考试！听起来还真像是官方的话。我很好奇她是怎么说服老师手下留情的，老师居然没给她不及格，只定为未修完课程。不过在我们学校，这种情况下，学生们一般会以“家里有急事”为借口，战战兢兢地生怕我追问太多。

我小心翼翼地问她：“你们华大的教授经常让你们用论文代替考试吗？”

“妈妈，我的学校叫‘华盛顿大学’。”她纠正我。

我捏了下她的肩膀。“你能回家，我和你爸爸都非常高兴。”我放下胳膊，跟简肩并肩站着，静静地盯着锃亮的金属传送带。同航班的旅客已经有一半都拿到行李，推着推车走了。他们走后，行李传送带叫得更响了。终于，简的行李箱传送过来了，啷的一声落在我们面前。这个行李箱是我们送给简的中学毕业礼物，刚买时是苹果绿色的，不过在经历了从休斯敦到西雅图的往返行程后，已经脏兮兮的了，正好跟简那缕掉色的绿发相得益彰。简先我一步一把抓起行李箱，我们刚走到机场门口，门就自动滑开了，一股潮湿的空气扑面而来，简脱下军绿色夹克，将书包递给我。

“我看我们是到湿地了。”

“哪里都没有家里好。”我说。简竟然赞同地朝我微笑了一下。

回家的路很漫长。虽然我的大部分时间都是在大学里度过的，但我上学的时候也虚度了很多时光。

“你的大学宿舍怎么样？”

“非常好。”

“你喜欢你的室友吗？”

“她人很好。我们互不干涉。”

“那你明年还要选她做室友吗？”

“也许不了。”

最后我终于想到一个可以聊的话题，尽管答案注定会令我伤心。“跟我说说邀请你去圣诞晚宴的英语教授吧。”

“她叫凯特琳，是位符号学教授。”

“我从来都不知道英语系还开设符号学课程。”

“这门课程叫交错性，也是英语课，是一门跨学科课程，要求学生必须同时选修语言学、性别研究和人类学。虽然我没有选修这些课程，但在开学第一天我就去了凯特琳的办公室找她，成功说服她批准我修这门课。”

我禁不住感到一阵骄傲。作为教授的孩子，简从小耳濡目染，早就掌握了这些知识。我更高兴的是，这是好几年来，我们俩独处时，她跟我说过的最长的一段话了。“再跟我讲讲你都学到了什么吧。”

“等爸爸在的时候我再说吧。”她回答。

“好吧，当然可以。”我有些失望。

“我只是懒得说两次。”她解释。

“我知道，宝贝儿。”

现在正值交通高峰期，我打开车载收音机，调到美国国家公共电台频道，新闻播音员平和舒缓的声音飘满了整个车厢。我们跟着车流慢慢移动，经过一个射击场，又经过一座体育馆，训练场上一排扎着马尾辫的小女孩可能正在被体操教练训斥。简静静地望着窗外。我猜她是在想，为什么来接她的是我，而不是汤姆。其实我也想知道。

没过多久，我们就知道答案了。等我沿着私人车道把车开往车库时，天色已近黄昏。透过厨房的窗户，汤姆忙碌的身影映入眼帘，原来他是在准备晚餐。刚一打开屋门，一股香喷喷的味道就扑面而来，是简最喜欢的意大利面：拌着裹面包屑的虾和烤芦笋的法式白酱意大利面。这种稀奇古怪的做法是汤姆从美食网站上学的，只在特别的日子里做。还好切菜板旁边有一盘新鲜的蔬菜沙拉，娇艳欲滴的翠绿色仿佛在邀请我们赶紧将它端上餐桌，来享受这假日的盛宴。

“简宝贝儿！”汤姆张开双臂，大步上前，简也张开双臂扑到他怀里，闭上眼睛靠在他胸口。不打扰他们，我识趣地溜进卫生间，又回卧室换下正装，换上更舒服的牛仔裤，然后收拾了一下衣篓里洗好的衣服。等我再回到餐厅时，他们相谈甚欢，汤姆正背对着我切用来拌沙拉的西红柿，简用指尖轻敲切菜板，仿佛在弹钢琴。

“爸爸，你肯定想不到，班里的同学张口闭口便是德里达这样的名人，每个人都比我聪明多了。”简对汤姆说。

“嘿，别这么说，凯特琳能让你选这门课，说明她是得麦克阿瑟奖的天才。”

“我每次开口时，都觉得自己像个傻瓜。”

“至少你敢开口，”汤姆放下手中的菜刀，盯着简的眼睛，安慰她，“我敢打赌，肯定有一些学生，连话都不敢讲。”

简感激地笑了，但当她越过汤姆的肩膀看到我的那一刻，笑容顿时像奶油一样凝固了。汤姆仿佛也感觉到了我的存在，转过头来看了看我，又回过头去继续把切好的西红柿扔到蔬菜沙拉里面。

“大功告成！”他端起沙拉，喊了一声，“简，把意大利面端过去。让我们坐下来，尽情享用假期的第一顿家宴吧。”

就在这个时候，门铃响了。

第二章

在被胭脂染红的夕阳照射下，眼前的女孩那一头金色的头发格外显眼。

她的脸苍白得近乎透明，宽宽的颧骨上泛着潮红，双眼凹陷，眼睛下方的黑眼圈格外明显，看起来既年轻又沧桑满面。她穿着破旧的 T 恤衫，牛仔裤的膝盖处磨出了洞。她张口欲言，我看到了她光着的脚丫。

眼前的女孩有些熟悉，但此刻我已不能思考，整个身体都与周遭的一切融在一起，我短路的大脑像盲人的手一样，胡乱摸索着组装新的电路，感官数据四处乱撞，努力抓取着重要信息：头发、眼睛、年轻、光脚。

忽然，她瞪大了眼睛，脸上血色尽失。

好像是在为自己遮挡夕阳，好像下一秒我就要摔倒了，我本能地张开五指，掌心朝外伸出双手，但倒下的却是女孩。她的膝盖一弯，轻轻地倒进了杜鹃花丛中，金色的头发与杜鹃花纠缠在一起。我听不见周遭的一切声音，在看到夕阳下她那张脸时，我的大脑就已经一片空白。我张开嘴，我想我肯定是喊了汤姆。汤姆跑到我身后，在看到眼前的女孩那一瞬，顿时风驰电掣般冲出屋去。下一秒，女孩已经被汤姆抱在了怀里。汤姆的手穿过女孩的头发，将她紧紧地抱在自己胸前，来回摇晃她。“朱莉，朱莉，朱莉！”他在哭泣，就像噩梦中的啜泣一样。虽然这八年来纠缠我们的噩梦在慢慢消散，但时至今日我才明白，原来噩梦从未停止，甚至在白天都不依不饶，只是我不敢承认罢了。

看到简呆愣愣地站在走廊上，我才突然回过神来，结结巴巴地冲她大喊：“快，快打911，叫救护车！”这时候，汤姆还像只小兽一样发出低低的悲鸣，这声音我曾在睡梦中无数次听到，我转过头对他说：“快把她抱进来。”

正如你所看到的，否极泰来，朱莉回家了。朱莉归来的二十四小时里带给我们的冲击和震撼不亚于她失踪之时。过去和现在仿佛站在镜子的两面，一切都是出奇的对称。朱莉归来时是湿热漫长的夏季之始，紫薇花正开得茂盛，薄薄的花瓣紧凑地簇成一团，明艳生动；朱莉失踪时是萧瑟的秋季，紫薇花正枯萎凋谢。她归来时，救护车一路鸣笛穿过隔壁小区，直奔我家门口；她失踪时，也是一样的场景，只不过那次是警车。她归来时，是黄昏，邻居们穿着居家服，手拿报纸，开门出来观望；她失踪时，是黎明，邻居们穿着睡袍，戴着隔热手套，站在门口张望。时光在倒流，停滞，像一张底片，将悲剧定格。

朱莉被抬进了救护车，医护人员只允许一位家属陪同，汤姆第一时间就上了救护车，我跟简只好爬上路虎，跟在他们后面。我们赶到急诊室时，他们正把朱莉的轮床从救护车上抬下来，给她打上了静脉点滴，推着她进了病房。他们把她安置在一个用帘子隔开的简易病房里。在急诊室，医生分秒必争，家属度日如年。

急诊室外的白炽灯亮得刺眼，三十分钟像三十个小时一样漫长。终于，朱莉醒过来了，咕哝了几声后，又睡过去了。汤姆坐在床边，紧紧地抓着朱莉的手，不知道在嘀咕些什么。我焦急地踱来踱去，简靠在墙上，护士们时不时地进来一次，一会儿问问保险的问题，一会儿问问朱莉的病史，都是一些无关痛痒的问题，却不肯告诉我们朱莉现在的病情。我看他们只是想进来看看尽人皆知的失踪少女朱莉·惠特克本人。这时候，一位护士走进来给朱莉抽血，湿冷的消毒棉签擦到朱莉的胳膊上，她才稍微清醒过来。护士问了她几个问题，她迷迷糊糊地点了点头，针头刚扎进去，她就又睡着了。每当有人跑过，病房的窗帘就跟着飞起来，虽然窗帘勉强将我们和走廊隔开了，却隔不断外面的吵闹声。轮椅的咯吱咯吱声，叽叽呱呱的广播声，站在走廊里开会的医生们时不时发出的叹息声和笑声，我们都听得一清二楚。

最后，医生终于来了，尽管我和汤姆表示反对，她还是让我们都先出去。

“没事的，你们先出去吧，一小会儿就好。”朱莉可怜巴巴地看着我们，“妈妈，爸爸，你们就留在外面，不要走远。”

不必说，我们当然要守在外面，不过简倒是趁机去了趟洗手间。医生和朱莉在低声交谈，虽然我伸着脖子去听，但还是听不清她们在说些什么。谈了一会儿后，医生撩开帘子走出来，在她身后，我瞥见朱莉已经完全清醒了，而且看起来激动又迷茫。医生刚出来，朱莉就迅速将帘子拉上了。医生告诉我们，朱莉目前只是脱水了，她在太阳下走了很多天，体力消耗过大，而且几天都没有进食。不过幸运的是，她没有受伤，也没有生病，血液检查正常。“等药物生效后，她就能完全恢复健康了。”她居然说“完全恢复健康”，我想她一定没看病历表，要么就是不知道轰动全市的朱莉绑架案，或者说医生的职业已经令她变得冷酷无情，她脑子里除了药物也想不到别的词。“等出院后，记得过几周再带她来一趟，还需要再做一次检查。”

我们前脚刚迈进病房，后脚就有人敲了敲墙，跟着进来一位警探。他看起来四十几岁的样子，黑头发，跟电视剧中的警探差不多，只不过没有那么帅罢了。他掀开帘子的一角，盯着朱莉。

“朱莉·惠特克，”他感叹道，“真是令人难以置信。”

朱莉看都没看他，但是在看到我和汤姆时，她开始缩进被子里痛哭。汤姆冲上去将她一把抱在怀里。一旁的医生看到我的表情后，马上识趣地说只要腾出来带门的病房，就会第一时间把朱莉转过去，说完就迅速撤离了。那个警探自称奥华比，接着向我询问朱莉归来时的情形。我把自己所知道的都一五一十地告诉了他。朱莉具体是怎么回来的，谁知道呢！也许她是从橘红色的晚霞中走出来的，也许是神把她还给我的，也许是绑走她的男人睡觉时，身边突然裂开一条隧道，将朱莉送过来的。总之，她怎么回来的并不重要，重要的是，她回来了。

我听见身后汤姆一直在对朱莉说："你现在安全了。没事了，宝贝。医生说你很快就能痊愈了。"其实，他更多的是在安慰自己。他的话是如此令人心安，我不禁有些走神，忘了警探在跟我说话。

警探很快就察觉到了，说："我想跟朱莉单独谈谈。"

"不，"朱莉马上拒绝，她紧紧抓住汤姆的胳膊，向我投来求救的目光，"你们不要走。"

"我不会占用你太长时间的。"警探说。

汤姆站起来，整个身子挡在朱莉床前。他是个高大强壮的男人，即使现在有了小肚腩，看起来也还是很威猛。"绝对不行，我们今晚已经让她跟医生独处一次了，不会再留下她一个人。"

汤姆跟警探为此争执不下，小小的屋子显得有些拥挤。警探一直在重复"神志正常""安全"这样的字眼，所以最初我还以为他在关心我们的心理健康状况。慢慢地，他就开始越过汤姆，直接跟朱莉对话。"我知道你现在不太舒服，女士，我也不想打扰你，但是我有个问题必须要问你：你是否受到过性侵犯？”

朱莉抬起头来看着警探，点了点头。汤姆被气得咬牙切齿。有一瞬间，我很庆幸简还没有从洗手间回来。

警探接着跟我们介绍了一下法医检查，我这才明白他刚才说的根本不是什么“神志正常”和“安全”，而是“性侵犯特约护士检查员”（SANE）和“性侵犯特约法医检查员”（SAFE）的缩写词。“我们已经安排好了护士检查员，她很快就会过来准备检查工作，等你输完液，就开始检查。”

朱莉摇着头说“不”，汤姆上前一步挡在朱莉面前，一副要动手的样子。

警探奥华比看起来同样强势，他坚持自己的立场。“如果有性侵犯发生，我们最好采集一切证据……”

“你听好了，”汤姆用手指着警探，“从我们女儿失踪第一天开始，你们让我们做什么，我们就配合做什么，从来不多问一句不该问的话。八年了，我们一有消息……”他几度哽咽，“一有消息就立刻告诉你们，但你们呢？你们没有帮我们找到女儿！今天是我们的女儿自己找回来的，是她自己出现在我们家门口的，你们没有帮到任何忙。而她现在身体这样，你竟然不让她休息，还想霸占整晚的时间来拷问她，像审问罪犯一样？”他嗤笑了一声，“朱莉，你尽管安心休息吧，今天不会再有人来打扰你。”

警探刚想开口解释，虚弱的声音打断了他。

“最后一次侵犯，是在很久以前了，”朱莉有气无力地开口，“至少是六个月之前的事情了。”

警探叹了口气，好像我们女儿在六个月之内没被侵犯的消息令他有些失望，不过也能勉强接受，他退一步说：“那好吧，但我还是建议你做一下检查，有利于日后法庭上取证，不过不着急。你们先好好休息吧。明天再请各位来警察局做完整笔录。等你们准备好了，随时都可以来。”

朱莉轻微地点了点头。汤姆双手撑在膝盖上，俯下身来。

这时候，简走了进来，手里拿着一盒果汁，看样子是刚从护士站回来。看到朱莉醒过来了，她有些羞怯地笑了一下，说：“欢迎回家。”

点滴滴了六个多小时，一直到午夜朱莉才输完液。她已经完全从脱水状态中恢复过来了，换上了医院的病号服，正靠在汤姆的胳膊上。之前穿的破 T 恤衫和牛仔裤都被警察拿去取证了。我迅速将东西打包：预防衣原体和淋病的抗生素；有助于睡眠的安定；还有一个塞得满满当当的文件夹，里面装着关于性侵犯、受害者服务中心工作人员的通讯录、女性避难所的小册子。另外，我还保存了警探奥华比的名片，为了防止它丢失，我特意将名片塞进了文件夹首页固定的袋子里。不过我还是有点不放心，于是又将名片取出来，放进了牛仔裤后兜。

汤姆驱车载我们回家的路上，朱莉躺在后座上枕着医生给的一次性枕头睡着了。简在医院打过盹儿了，所以现在没睡觉，安静地盯着朱莉。大家都默不作声，一方面是不想吵醒朱莉，另一方面是不想从这场突如其来的梦中醒来，也许只是我不想醒来吧。

到家时已经凌晨三点了。打开门，从洗衣间走到厨房，我恍惚间以为走进了别人的家，家里的一切像被点了穴，仿佛博物馆里展出的平凡的一天。洗衣间里，我的衬衫挂在洗衣机上方正在沥干。厨房的菜板上，菜刀的旁边躺了一堆切好的西红柿，淌出来一摊红艳艳的汁水。餐厅里，汤姆为简精心准备的家宴静静地躺在餐桌上，好像被人遗忘了：沙拉干枯了，虾外面裹的面包屑浸湿了，凉透的意大利面黏糊糊地团成一团，上面的酱汁凝固了。他们三个穿过厨房，直接去客厅里休息了。我趁机迅速收拾餐厅里的冷饭残羹。洗盘子的过程中，差点儿水漫金山，我又收拾了片刻才将水槽里溢出来的水擦干净。

打扫完厨房，我也去了客厅休息。简、汤姆和朱莉三人站在沙发旁边，气氛有些尴尬，好像家里来了借宿的远房亲戚。汤姆的脸涨得通红，他正在摇头。原来他们在讨论朱莉晚上睡在哪里的问题，根本没人理睬我刚才做了什么。

七年前，汤姆就把朱莉的房间变成了自己的办公室。他事先并没找我商量，也没告诉我他要辞去会计师的工作转做私人税务顾问。要知道，我们最初搬来“能源走廊”，主要就是为了他会计师的工作。直到有一天从朱莉的房间门口走过，我才看到汤姆已经把这间屋子精心布置成了他的“圣地”。以前放床的地方，现在放了桌子和文件柜，墙上的海报也被替换成了朱莉的照片，这间新办公室俨然成为他指挥搜寻工作的中心，他要把对朱莉的思念、渴望和呼唤，变成日复一日的工作。汤姆的召唤似乎真的起了作用，眼前的朱莉，就像是他用魔法召唤回来的。

“我不介意睡沙发的。”朱莉说。

“她可以睡我的房间。”简还是有些小心翼翼，一只手有些局促地抓着手肘，不敢跟朱莉靠得太近。她现在像极了十岁时的样子，尽管我注意到她比朱莉要高出好几厘米。娇弱的朱莉竟然比简矮那么多，想起她在外的苦日子，我的心里就一阵刺痛。汤姆炙热的目光几乎要将朱莉吞噬，仿佛在说，他再也不会让朱莉离开他的视线。而简不同，简的目光有些诚惶诚恐，她说：“我不介意她睡我的房间。”

“不用了，谢谢大家。”朱莉客气地推辞，“我不想占用任何人的房间。”

我突然好希望她能睡在我和汤姆中间，就像她七岁时发高烧，浑身颤抖不止那次一样，但那是不可能的。客厅好像张开一张大嘴，朝着我们打哈欠，黑漆漆的窗户隐匿在窗帘后面，看来让她睡在客厅也不合适。

“汤姆，充气床垫在哪儿？”我提出一个建议，“把你的办公桌搬出来，把充气床垫搬进去，她就能睡自己的房间了。”

“要是能锁上门睡就更好了。”她没有反对我的提议。于是，大家决定按我说的做。朱莉回来的时候两手空空，没有行李箱，也没有洗漱用品，我们都识趣地不去过问。简给了她一件 T 恤衫和一条短裤当睡衣，我翻出来一支没拆封的牙刷给她用。洗漱完毕后，朱莉走进汤姆的办公室，随手关上房门，关门的瞬间，仿佛太阳躲进了云彩里。不知道睡在挂满自己照片的房间里，她会不会觉得不舒服，或者烦躁不安。

朱莉进屋后，为了安慰简，我们向她保证，如果第二天早上醒来简想离开的话，我们会尊重她的选择，简这才安心地去睡觉了。这时候天色已近黎明，我终于可以回到卧室。关上房门的那一刻，我好想瘫坐在地上，却发现自己比其他任何时候都更加清醒。我撑着身子去洗漱，心里乱成一团，好像有个小人儿在里面奔跑、翻滚、摔跤。

“安娜？”汤姆已经喊我好几遍了。我走出浴室，看见他躺在床上属于他的那一侧，满是期望地抬头看着我。

我不关心他想干什么，直截了当地问他：“我们接下来该怎么做？”

“朱莉已经回来了，”汤姆说，“我们什么都不需要做了。”

我脱下牛仔裤，穿着 T 恤衫准备睡觉。

“她回来了。”汤姆重复了一遍，像一个固执的小孩。

“我们不知道她都经历了些什么，必须小心一点。”我边说边把牛仔裤挂在衣柜门后面，突然想起来警探的名片还在口袋里。

“我们当初就应该更小心的。”汤姆的声音有一些颤抖。

我关上衣柜门。“朱莉也许不再是以前的朱莉了。”

“我们都不再是以前的自己了。”汤姆有些激动。他停顿了一会儿后说：“你之前就不相信她还能回来。”

我在床边坐下来，后脑勺仿佛要被他盯出个洞来，我闭上眼睛，任凭他指责我。

沉默着坐了一会儿后，我转过身看着汤姆，告诉他：“我不相信的是，我们还能再找到她。”相信他能明白这两者的不同。

他没有做出任何回应。俯身关掉床头灯的那一瞬，我能感觉到有什么东西从我们之间流走了，迷离的夜间空气像一阵微风，沿着墙缝飘走了。他转过身去，背对着我，这让我想起我们曾经的婚姻。过去，一躺到床上，我们的争吵就会升级到白热化，两个人据理力争，互不相让，一直挨到天亮。多么固执的两个人。

看着汤姆的后背，我告诉自己，朱莉回来了，一切都有可能发生。

朱莉站在家门口时的情形又浮现在我眼前，她已经不再是以前的模样，颧骨上的肉没了，下巴也变尖了，后背还多了蝴蝶骨。

“晚安。”我对汤姆说。

我一觉睡到中午，楼下餐盘叮叮当当的声音将我吵醒。

我经常做这样的梦，梦见朱莉回来了，我在梦里对她说：“我曾无数次梦见你，现在你真的回来了。”我起床去浴室，往脸上泼了一捧水，盯着镜子里的自己，等着镜中的影像扭曲、飘散。但过了一会儿，一切都还在原地。原来，这次不是梦。

我打了个寒战，大脑额叶像触电了一样，瞬间被点亮。我穿上昨天的牛仔裤，赶紧下楼去。

餐桌沐浴在昏黄的灯光下，我金发碧眼的女儿坐在靠窗的位置，浑身散发着光芒。她还穿着简的 T 恤衫，不过穿在她身上显得太大了。汤姆坐在主座上，眼睛一动不动地看着朱莉，满脸慈祥的笑容。他们好像在闲聊，内容无非是果汁、天气、有人要再添个鸡蛋吗之类的。看上去跟寻常家庭的一天没什么两样。这时候，简端着一个杯子走进来，没有挨着朱莉，也没有挨着汤姆，她坐在了朱莉的对面。此情此景重现，仿佛遵循了一个古怪的规律：两个女儿各坐桌子一边，四个人，分坐桌边四个角。想到这儿，我的脊椎一凉，历史是惊人的相似，“可怕的对称”几个字出现在我脑海中。

“早上好。”我走到厨房门口。

“你永远在睡觉。”简嗔怪我。朱莉站起来，跨了三大步过来拥抱我。这令我受宠若惊。我的女儿们有多久没有从屋子里跑过来冲到我怀里了？刚闻到她头发上的香气，她就从我怀里起来了，她的双手从我的胳膊上滑下来，抓住我的手，看着我，有些羞涩地说：“早上好，妈妈。”我们对视良久。

平日里，我已经习惯了看简那张英气的脸，简遗传了我的特性，有高高的鼻梁和深邃的眼睛。而朱莉的脸偏娇柔，没有黑痣，没有突出的鼻梁，没有瑕疵，也没有皱纹。

她非常完美。

朱莉有些尴尬地移开视线，我这才意识到自己一直在盯着她看。

“抱歉，”我说，“我好久都没看过你的脸了。”

“我明白。”汤姆开口解围。

“快坐下吧，我去倒点儿咖啡。你昨晚睡得好吗？”我边问边走进厨房。炉子上放着一口大平底锅，锅里还有些炒鸡蛋。我盛了点炒鸡蛋，突然感到饿极了。

“我睡得非常好，”朱莉客气地回答，好像一位彬彬有礼的客人，“充气床垫很舒服。”

“她也是刚刚才醒，”汤姆说，“早上警察局的人不停地给我打电话。我总算明白，他那句‘等你们准备好了，随时都可以来’是什么意思了，他的意思就是‘如果早上九点你们还没到警察局，就别怪我要打爆你们家电话了’。”汤姆阴着一张脸，“我看发布会随时都可能举行，他们一定是害怕舆论的压力。”

朱莉的笑容退去。“既然妈妈醒了，我想我们也许该去趟警察局了。”

汤姆把一只手放在她的手上，安慰她：“只要你不想去，我们就不去。”

“越早去警察局，这件事情就越早结束。”我说。

汤姆的眼里涌上泪水，我知道他不想，也不敢去知道朱莉都经历过什么，我也一样。

朱莉充满感激地看着我，说：“是的，我想尽快让这件事情彻底结束。”从朱莉看我的眼神中可以看出，做笔录时她需要我陪在她身边，而并不想其他人在场。我不能制止汤姆跟着去警察局，但是我决定说服他待在大厅里，所以我们必须带上简，让汤姆留在大厅里陪简。

“跟我来，朱莉，”我招呼她，“我给你找件衣服穿。”看着她消瘦的身形，我想还是T恤衫比较合适，当然少不了用安全别针来帮忙。

“他说，如果我挣扎的话，他会杀了我和我的家人。”

“所以你相信了他的话？”警探奥华比问道。

此时，我、朱莉、警探奥华比，还有一位年轻的女警探哈里斯一起坐在警察局的隔间里，这间屋子的私密性很好，窗子是磨砂玻璃的，整个房间里只有一张桌子。按照朱莉的要求，汤姆和简没有进来，在大厅里等着。奥华比原本想单独询问朱莉，但看了看我，又看了看朱莉，他叹了口气，允许我陪她一起进去。我双手虚弱地端着一杯黑咖啡，塑料咖啡杯里还冒着热气，但我喝不下去，只是紧张地盯着咖啡杯上印着的出厂序列号。咖啡是哈里斯警探端给我的，我想这是他们的惯例吧。

这时候，奥华比开始提问了。

“我当然不敢不信他了，”朱莉回答，“他用菜刀抵着我的后背呢。”

“一把菜刀，”奥华比在查阅他的笔记，好像之前对此案件的卷宗一无所知的样子，“从家里拿的菜刀。还有其他武器吗？”

“她那时候才十三岁。”我打断他。但奥华比伸手示意我不要说话，然后对朱莉点点头，让她继续。朱莉的状态看起来还好，并没有被他的问题问得烦躁不安。

“虽然没看到其他武器，但我不敢怀疑他的话。就算再发生一次，就算已经对他有所了解，我还是不敢怀疑。”她深吸一口气，“出门后，我们在一家便利店门口坐上了公交车，公交车沿着纪念大道开到了市区的汽车站。”

“一路上有人看到过你吗？”

“也许公交车司机看到了，但我不太确定，因为我当时吓呆了，不敢出声。他在车站买了两张票，接着我们来到了埃尔帕索。”她停下来，眼神黯淡得如一潭死水，“他就是在那儿第一次强暴了我。”

“你还记得当时的具体位置吗？”

“汽车旅馆。那里有很多汽车旅馆，我不记得具体是哪一个了。”

“第六汽车旅馆吗？还是伊克诺旅店？”

她冷冰冰地看了奥华比一眼。“抱歉，不记得，我们只在那儿待了几天就又动身了。我们一直在转移，他还在埃尔帕索偷了一辆车……”说到这儿，奥华比不动声色地给哈里斯打了一个微妙的手势，哈里斯心领神会地在笔录上记下了一些东西。“开了一阵子后，他就把车卖了。我猜他是卖了，因为有一天他回来时没开车。”

“他把你一个人留在屋子里？”

“是的。他出门之前都会封住我的嘴，把我绑起来。他卖车的地点应该是在墨西哥，但我不太确定，因为很长一段时间里，我都是被蒙着眼睛的，被他扔到货车后面待着。”此刻，朱莉被用胶带绑在货车里的梦境又浮现在我眼前，“过了很久，我才发现他把我卖了。”

“他把你怎么了？”奥华比猛地抬头。

“他把我卖了，”朱莉回答，“卖给了五个男人，或者六个。”

哈里斯点点头，又继续做笔录。

“这些男人也都——”

不等奥华比问完，朱莉就已经明白了他的意思。“是的。”朱莉苦笑了一下，“是的，他们也强暴了我。”

我痛苦地闭上眼睛，不忍再听。

“惠特克夫人，你还好吗？”哈里斯试探着问我。我感觉身体在下沉，沉入漆黑的迷雾之中，冰冷刺骨。我听见奥华比纠正她：“应该叫黛沃洛斯夫人，夫人没有随夫姓。”我猛然睁开双眼，眼前的黑点久久都没散去。

“我没事。”我小声回应。我想去拉朱莉的手，但她的胳膊紧紧地抱在胸前。

“你还能认出那些男人吗？”

“我一直被蒙着眼睛。”她耐着性子重复了一遍。

“能听出他们的口音吗？”

朱莉想了一会儿说：“有几个人相互之间讲的是西班牙语，但他们都不怎么讲话。不过，没过多久，具体是多久我也记不清了，他们又把我卖了，这次卖给了一个大人物。”

奥华比和哈里斯意味深长地对视了一下，问：“谁？”

“我不知道他叫什么，只知道其他人在谈论他的时候称呼他‘头儿’，跟他讲话的时候叫他‘先生’。”

“继续，你怎么知道他是个大人物呢？”奥华比显得很冷静，旁边的哈里斯在奋笔疾书。

“他有一个巨大的宅邸，好像整个区域都归他管辖，宅邸里面有保镖，有用人，还有许多持枪的人听候他的命令。”她停下来喘了口气，接着说，“求你别再问我具体地点在哪里了，我真的不知道，我从来没有走出去过。”

“你在里面待了多久？”

“八年。”

询问结束后，警探又拿出一些墨西哥男人的照片给朱莉看，里面的男人清一色的高额头宽下巴，年龄在五十岁左右。在汤姆的追问下，我尽量避重就轻地把朱莉的经历跟他交代了一下。我只告诉他朱莉被几拨人分别囚禁，却没告诉他朱莉逃跑时那些人拿烟头烫她；我只是轻描淡写地告诉他朱莉遭到多年强暴，好像在叙述一档枯燥乏味的电视节目，却没告诉他更多细节；我告诉他囚禁朱莉的人最后厌倦了她，却没告诉他那人是嫌弃朱莉太老了；我告诉他朱莉被蒙着眼睛押解到直升机上，最后被扔到华瑞兹市的一个高层楼顶上，却没告诉他押解朱莉的护卫很有可能并不想放她走，而是想杀了她；我告诉他朱莉藏在卡车后面越过了边境，却没告诉他朱莉当时非常害怕美国边境巡逻队，因为时隔多年，她已经不知道自己还能不能说英语，甚至还能不能开口说话；我告诉他朱莉是趁红灯时从卡车上跳下来逃跑的，却没告诉他朱莉是拖着疲惫的身子，徒步沿着 I-10 州际支路走回家的。就像加油站停车场里那些步履蹒跚，却紧抓着装满全部家当的塑料袋的流浪汉，行驶在高速公路上的人们看不见他们，也习惯对这类人视而不见。

“我的天！”汤姆倒吸一口凉气。女儿们已经上楼睡觉去了，此刻只有我们两个人坐在餐桌前，好像又回到了从前。从前我们就经常等孩子们睡觉了才悄声交谈，现在想想，都是些芝麻大小的事情，何必避开孩子呢？“就是说，她被卖给了人贩子团伙，又被人贩子卖给了毒枭？”

很奇怪，在警察局里面听起来乱七八糟的词语，从汤姆口中表述出来，就像个完整的故事一样。“听朱莉的描述，是这样。”我说。

汤姆的胳膊肘撑在餐桌上，身体前倾，每一块肌肉都绷紧了，他努力克制住自己的怒火，问：“那警探也这么说吗？”

“他们没有说太多，只是问问题，录口供。”

“看出来了，他们什么都不敢说，怕万一说到人贩子和强迫卖淫这样的话会激怒我们。估计他们早就知道，却没有能力阻止！”汤姆终于爆发了，他已经不怕吵醒孩子们了。

“我想他们可能知道一些内幕，因为今天哈里斯提到过一个特遣小组……”

“没错，警察局是针对贩卖人口成立了一个特遣小组，这个小组成员遍布全州。”汤姆的话让我吃了一惊，原来他竟然在背后做了这么多努力。我想起，为了寻找朱莉，他加入了所有能加入的搜救小组和失子父母支援团，不断地在脸书上发寻人启事。我想一定还有很多事情，他知道，我却一无所知。“几年前，在一份重大报告发表后，他们成立了特遣小组。虽然小组成立得太晚了，没帮上朱莉，但事已至此，朱莉能帮他们提供一些线索也算是对我们的慰藉。”他深深地叹了一口气，“朱莉当时的状态怎么样？还好吗？”

“总体来说，她看起来——还好。”我说，“一个警探跟我说，朱莉还没从过去受的打击中恢复过来，我们需要给她请一名心理医生。”

“当然了，”汤姆不置可否，“我会给她请一位心理医生的，我今晚就打电话。”

第三章

朱莉回来的第一周里，我们靠购物打发时间。一方面，她被绑走的时候才十三岁，八年之后，她突然出现在我眼前，我不知道该怎么面对已然陌生的她；另一方面，她确实需要添置衣服。刚开始那两天，因为跟我的身形很相近，所以她穿的都是我的衣服，明明很简洁的一件黑色束腰外衣，穿在她身上却让我觉得很怪异，她金色的头发埋在硕大的连衣帽里，像是准备去参加葬礼的纸娃娃。

“我得去一趟塔吉特百货公司，”我对她撒谎，“你愿意跟我一起去吗？顺便给你买点衣服。”

过去，朱莉在开学之前可喜欢跟我一起去购物了，她最喜欢买各种各样的笔记本、钢笔、铅笔，恨不得把所有紫色、粉色、荧光绿色的东西都打包回家。除了给她买日常穿的牛仔裤、T 恤衫和内衣外，我还会给她买一整套开学日穿的套装。她总是兴奋地把衣服挂在门把手上，每天数着日子盼着开学。这八年来，塔吉特几乎是我唯一的购物场所，它会让我想起这段美好的回忆，不知道朱莉是不是也像我一样。

但一到塔吉特，大红色的墙就给人一种压迫感，荧光灯打在白色油毡地板上，晃得人眼睛疼。朱莉乖顺地跟在我后面，好像第一次逛塔吉特，甚至第一次逛街似的。眼前的货架上挂着一排比基尼，地上也散落着一堆打折的纤维超短裙，几箱子明艳的内衣上面印着红白相间的靶心标志，我忍不住带着朱莉避开这里。如果说我衣柜里的衣服对于二十一岁的姑娘来说太老气的话，那这里的衣服穿在朱莉这么漂亮的姑娘身上更不合适，看上去实在过于轻浮和廉价。我们迅速穿过服装区，来到厨具区，我随意抓起个奶酪刨丝器，就赶紧去排队结账了。我们站在快速结算通道，彼此不知道说些什么，场面有些尴尬。

朱莉静静地盯着糖果区花花绿绿的瓶子，我突然对似曾相识的场景感到惊讶，这跟我和简站在行李传送带前等行李时的样子多像啊，同样的沉默，同样伪装成正常的样子来掩盖两个人无话可说的事实。唯一不同的是，跟简在一起时，我知道她本来就不爱说话，或者说不爱跟我说话，但对于朱莉，我就不知道了。前面结账的女士因为折扣的问题跟收银员吵了起来，看样子我们还得等上两分钟。不过话说回来，不管我跟朱莉有什么话，也不急于在塔吉特的快速结算通道上说，更不急于在旁人争吵的这两分钟里说。虽然我知道朱莉这几年大概的经历，但我并没有真正了解她到底经历了什么，也不知道她内心受到了多大的创伤。比如现在，她正在愣愣地走神，我却对她内心的想法一无所知。

但其实她并没有走神。结完账回到车里，她才说："我以前最喜欢那部电影。"

"哪部电影？"

"《小公主》。"

我这才想起来，刚才在收银台旁边的展架上看到过《小公主》。除了异常鲜艳的封面，我对这部电影倒是没什么特别的感觉，只记得小女孩被寄养在寄宿学校里，她爸爸去世后，她成了孤儿，学校里的人对她态度大变，把她赶了出去，关到阁楼里。想到这儿，我感到有些烦躁。

"你应该早点儿告诉我的，我们就可以把它买下来了。"

"没关系，我不想买。"

"我们可以返回去买。"

"妈妈，我只是看到了就想起来了，并不想买。"

接下来的沉默几乎让我哭出来。朱莉把头贴在车窗上，好像在跟我说话，也好像在自言自语："为了将小女孩爸爸的遗产亲自交给她，那位印度先生四处寻找她，没想到她竟然一直都住在隔壁。"

我想说些什么，却什么都说不出来。

她紧接着解释说："有时候我就会想起这个故事。"她转过头来看着我，又戴上了友好的面纱。窗外突然下起雨来。

我们接着开往诺德斯特姆百货公司。在那里，我给她买了一堆丝绸吊带背心、名牌牛仔裤、打折的开司米羊毛衫、有领衬衫、朴素的民族衫、五十美元一件的薄T恤衫。除此之外，我还给她买了一个手提包、一个钱包和一条腰带。当然鞋子也不能少，我给她选了一双棕色的牛皮乐福鞋、几双白色凉鞋和三双不同颜色的平底鞋。都是名牌鞋子，但都比较低调地把商标印在了鞋子里面，所以光看外表是看不出价格的，不过一会儿结账的时候就知道了。

尽管我已经尽量把价签藏起来了，但还是被朱莉发现了，她偷偷地看了一眼衬衫的价签后，想趁我不注意把衣服挂回原处，被我逮个正着。“朱莉！”我喊住她。她见我态度坚决，于是微笑着点点头。她竟然对我微笑了！我像是一夜好眠之后，品了一口浓醇的咖啡，顿时觉得身心舒畅极了。

接下来的两个小时，我负责站在试衣间外给朱莉递各种衣服：文胸、运动夹克，甚至泳衣。正在我思考一会儿带她去哪家美味的餐厅吃饭时，她把门打开了一条小缝，伸出手来，让我将小一号的宝蓝色贴身及膝长裙递给她。我把裙子递给她，她伸手来接。透过她宽松的袖口，我无意间看到她的胸部有一个硬币大小的印记，泛着青黑色，看起来不像是擦伤。我还没来得及问，她就把门关上了。最后那件小一号的裙子也不适合她，所以我们没买，反正还有许多选择。

我们买了满满四大袋子的商品，走出商场时，每人提着两个大袋子。你肯定在电影里见过这样的场景，有钱有势的购物狂提着袋子尽兴而归。我觉得浑身都充满力量，好像刚从商场偷了一堆东西一样，不过收据上的四位数提醒我，我们的消费高达上千美元。朱莉也不再掩饰她的笑容，开心地笑了。她穿着新买的针织衫和牛仔裤，刚才结完账打印收据时，我们当场把衣服上的标签扯掉了。进商场前，太阳就已经从云彩后面出来了。现在，太阳升得高高的，明亮耀眼，停车场里的积水已经在阳光下蒸发了，一切都闪闪发光。这时候，我突然打了个寒战，如果汤姆在电脑的账户软件上看到这么一大笔购物消费记录，会怎样？要知道，这笔钱可比我们每月的房贷还多啊。

晚上，我在迷迷糊糊就要睡着之际，又想到朱莉胸前的青黑色印记，脑中冒出一个词：文身。

第二天，我开车带着朱莉去心理治疗中心。下了纪念大道后，又绕来绕去，才来到一座用鹅卵石堆起来的房子前。“心理学博士卡罗尔·莫尔斯心理治疗中心”，原来汤姆打电话找的，就是这样一个黑乎乎还有些破破烂烂的地方呀。朱莉走进去接受治疗，我在外面等候。屋外的无花果树在阴暗的环境下长势竟然异常茂盛。我坐在休息室，拿出一本关于拜伦和风景的书浏览了一会儿后，又把书放下，看起桌上的杂志来，足足等了一个半小时。看来以后我要经常陪朱莉来这里了，也要经常在休息室等上一个半小时，真希望他们能定期更换杂志。

回家的路上，朱莉问我以后能不能让她自己开车去心理治疗中心。

于是，我把她的想法告诉汤姆，汤姆和我为此事吵了整整三天。

“她连驾照都没有，开什么车？”汤姆态度坚决，“这个话题就此打住。”

“治疗中心又没有多远，根本不用走高速……”

“那我们给她买辆自行车。”

不过在一个没有人行道的城市里，我觉得骑自行车比开车危险多了。“你愿意让路上的汽车司机对着她按喇叭，甚至有司机下来打她吗？经常有骑自行车的人被绑架，公交车上也一样脏乱差。”一点保护措施都没有，我想说却没说出口。我眼前浮现出朱莉独自走在支路上的情景。“她当然会考驾照，但填完各种表格和文件，参加完大大小小的考试，得好几个月以后了，这期间怎么办？她还得先去做视力测试……”

“当然得参加！你以为这些考试是平白无故设立的吗？只有参加完考试，才能安全驾驶。”虽然汤姆这样说，但我能听出来他的态度已经有些动摇了，所以我继续劝说他。这是朱莉第一次请求我帮忙，而且是请求我，不是请求汤姆。我猜，她想独自开车的原因跟我一样：坐在高高的驾驶座上，开着循环空调，因为车窗上贴着深色隔热膜，所以被隔离在一个完全隐私的空间里，仿佛有了庇护所和铠甲。与其给她买衣服，远不如满足她这个小小的愿望。

最后，我们双方各退一步。我在家附近的社区学院给朱莉报了暑期驾照培训班。汤姆同意先亲自带着朱莉学习开车，这样朱莉就可以自己慢慢地沿着街边小路开车去心理治疗中心了。本来汤姆是不同意的，但朱莉一脸期待的表情让汤姆彻底放下了坚持，答应带着朱莉上私教课。接下来的一周，他们早早地就悄悄起床，去镇上空旷的停车场练车。练到中午，他们回家吃饭，然后汤姆去工作，我跟朱莉去游泳。下午，她有心理治疗课时，就去上课；没课时，我像带着个大学生一样带着朱莉去宜家购物，给她添置一些日常生活用品，或者跟她一起看电影。晚餐过后，我们坐在沙发上看电视，简也蜷在一边，专心地看她的电脑。这样的日子让人觉得舒服惬意，也很充实，所有人都默契地对朱莉失踪的八年缄口不言。我们再也不用假装不经意地摸摸她的胳膊，确认一下她还在不在了。这一次，朱莉是真的回来了。

日子就这样风平浪静地过了几周，好像这种生活能维持一辈子。直到有一天，一个电话激起了小小的涟漪。电话响的时候，汤姆看都没看就迅速接了起来，然后斩钉截铁地告诉对方："我们不想谈这个话题。"

"我不知道什么时候，"他突然厉声大喝，"我的家庭现在需要隐私！"说完，他挂断了电话。我很感激他独自一人帮这个家料理好了一切，就像朱莉刚失踪的那段日子一样。我的内心深处始终是回避的，回避我的工作、简未完成的学业、性侵犯特约护士检查员、性侵犯特约法医检查员。看到汤姆做了这么多之后，我觉得自己不能再做缩头乌龟了，于是也打起精神来给系主任发了封邮件，告诉他我需要晚一点再给学生评分。

至于简，自从朱莉回来后，简越来越沉默寡言了，她最近总抱着笔记本在写东西，但我不知道她在写什么，我决定给简下一道命令，要求她必须把迟交的论文完成得更好。朱莉呢，跟着汤姆学了几周开车之后，她已经可以自己开车去心理治疗中心了，我就知道她可以的。这是我们新的生活模式，全家人似乎都在学习一件事：我们是一家人。

我和汤姆甚至又开始恢复性生活了，我们已经好几年都没怎么做过了。汤姆仿佛能感觉到我皮肤上的刺痛，他每次触碰我的时候都非常小心翼翼。虽然这几周来我已经慢慢习惯了他的触碰，但还是觉得像锉刀从身上擦过。微风吹过，我身上的每个毛孔都舒张开来，每一根头发丝都像触电一样。我曾经非常努力地去扼杀自己的神经。我记得在悲痛欲绝的日子里，我每天就躺在沙发上，开着电视，一杯接一杯喝伏特加吉姆雷特鸡尾酒，盼着自己能早点醉倒，早点麻木。而现在，好像滚烫的热水浇下来，冲掉了我身上那层麻木的保护膜，让底层的肌肤直接暴露在空气之中。

如果说有什么东西也被冲走了，或者说我不敢再像以前一样爱朱莉了，那只是因为我内心深处对她的爱太强烈太炙热了，我担心一旦说出来，这股爱的洪流会将我淹没，会像驱散一片云彩一样将我的皮肤吹散，让我化为乌有。

一天早上，简站在我床边，摇着我的胳膊将我叫醒。一时间，我还以为在梦里，以为我们又回到了朱莉失踪的那一天。

“妈妈，”简着急地小声喊我，“妈妈，醒一醒。”

我本能地伸手去推汤姆。

“别吵醒爸爸，你快跟我来一下，好吗？”

我刚要掀开被子，却突然意识到自己没穿衣服，于是赶紧把被子拉上。简见状说：“我在外面等你，是朱莉出了点儿问题。”不用她说，我也知道是朱莉。虽然我现在已经完全清醒了，但还没从朱莉失踪那天的情景里缓过劲儿来。

我迅速穿上昨天的牛仔裤和T恤衫。“朱莉失踪了？”走出房门后，我便急匆匆地问简。不知是空调开得太冷还是怎的，我浑身的毛孔瞬间都闭合起来。

简奇怪地看着我，摇了摇头说：“不，她没失踪。我猜她只是病了。”

简带着我上楼去，小声告诉我她刚才观察到浴室的门一直是锁着的。

“门从里面锁上了。”她有些无奈。

“她在里面多久了？”

“我不知道，”简说，“我起床时她就在里面了，至少半个小时了。我还以为她在洗澡，但听到里面传来痛苦的呻吟声。我敲了敲门，她没理我。”简的声音有些颤抖。

我走到浴室门口，轻轻敲了敲门。“朱莉？”

呻吟声停止了，只听见一阵敲击声和拖拽声，我马上想起多年前我坐在马桶上疼得直不起腰来的那个晚上。

“宝贝儿，你还好吗？你是哪里疼吗？”

朱莉用力从牙缝里挤出来两个字，但是我听不太清。

“你说什么？”

“走开。”紧接着是一声呻吟。

我马上转头命令简：“赶紧去走廊壁橱里拿一条毯子放到车里去，车钥匙就在桌子上。在下面等我们，我们一会儿就下去。”简听了我的话，迅速去做了。

我对着浴室门恳求朱莉：“朱莉，你得让妈妈进去。把门打开，好吗？”

浴室里只传来一声呻吟和敲击马桶盖的声音，朱莉依然没有回应。

接下来发生了什么我也不记得了，我只记得自己最后进去了。后来汤姆告诉我，他是在我的敲打声和朱莉的尖叫声中醒来的。当他穿着平脚短裤冲过来时，我已经用拳头在浴室门上凿开了一个洞，整个胳膊伸进去把门把手从里面拉开，打开了浴室门。浴室里到处都是血，浴室地板上、门上、我的手上都是，汤姆满屋子寻找施暴的入侵者。

一冲进浴室，看到朱莉的第一眼，我就知道她怎么了。我曾经也失去过一个孩子，是在生完简之后。那种血腥和痛苦的记忆我永远都不会忘。朱莉失踪后，在最难熬的日子里，我甚至宁愿在她还没出生时就失去她了。

朱莉的眼泪止不住地流，我用一块浴巾裹住她的肩膀，帮她站起来，扶她下楼。汤姆跟在我们身后，一路上都在颤抖。看着他穿着平脚短裤惊魂未定的样子，我对他说："到医院后我会给你打电话的。我可从来都不知道，原来家里还有一把枪呢。"经我提醒，他也愣愣地看了看手中的枪，好像他也不知道这东西是从哪儿冒出来的一样。

"她没事，"我坐在候诊室给汤姆打电话，"卵巢囊肿破裂时疼得要命。告诉简一声，朱莉没事了。"汤姆表示质疑，我赶紧安抚他，"是的，医生知道朱莉流了很多血，但是他们表示病情并不严重。地上的血大部分都是我手上的伤口流的。超声波图片显示……"

超声波图片上有一个不规则的小黑块，已经分裂成了两半，随着一摊一摊的鲜血流逝了。朱莉看到显示器后停止了呻吟，脸色变得煞白，她放下我的手，低声命令我："出去。"出去之前，我看了一眼她的脸。

她是知道的。

我用谎话瞒过汤姆后，把电话放进了包里。就算急诊室的医护人员听见我在撒谎，他们也懒得看我一眼。我敢打赌，他们肯定听过太多人给爸爸打电话时，把流产说成卵巢囊肿。

我伸手去抓杂志，缠着绷带的指关节一阵抽痛。想起我给朱莉买的衣服，我不禁苦笑了一下。她的紧身牛仔裤显得更紧绷了，难道我最近连这一点都没有注意到吗？我只记得她身上的文身，还有她对警察说的话“最后一次被侵犯在六个月以前”。现在七个月了。虽然我讨厌自己这样想，但我脑中有一个声音不断响起：她在撒谎，她在撒谎，她在撒谎。

也许是她忘记了，疏忽不等于撒谎，不是吗？心理治疗的目的就是诱导她讲出不敢讲的细枝末节，这些细节看起来和问题毫不相干，却让一切大不相同。所以她每周两次，每次一个半小时的心理治疗也是一样的了？所以说她把这些细节都讲给她的心理医生了？她把专业的心理医生当成了妈妈的替身，跟她倾诉了一切？也就是说，心理医生知道一切，掌控一切，能让一切真相大白？

没错，我突然惊觉，心理医生卡罗尔·莫尔斯一定知道一切！虽然作为一名职业心理医生，她不能跟我泄露病人的任何隐私，但是现在情况不一样了，经历了怀孕又流产，朱莉的健康遭到威胁，所以卡罗尔一定会想办法给我一些提示的。对于朱莉，她了解的事情远远超过我，但没关系，不管真相是什么，我都做好了承受的准备。为人父母，我已经经历了生命中不能承受之痛，可以说朱莉现在跟我一样，我能感同身受。

又是一夜鏖战，走出医院时，天已经亮了，太阳正在升起，轻柔的晨光洒落在我们身上，仿佛在悄悄地提醒我们，更多的事情即将发生。此时的高速公路上还很通畅，我们沉默着行驶了一会儿。

“是押解我的护卫。”她主动开口，“在直升机上。我也不知道为什么不想告诉你们，可能是因为——”她的内心在挣扎，“因为那次不算是真正的强暴。”

我没有说话，我在慢慢消化她的话，努力让一切变得更合理一些。

“我的意思是，那次是我主动的。我天真地以为这样他就会手下留情。我不想告诉你们，因为这令我感到羞耻。我以为——”她轻喘一口气，“我以为我怀不了孕。我的生理期自从——”听到这儿，豆大的眼泪从我的脸颊上滚落下来，她看到我的眼泪，停了一下，又接着说：“好吧，是从来，从来都没有正常过。”

我点点头。眼前的姑娘才二十一岁，却有了这个年纪不该有的苍老。而我呢，四十六岁，长久的悲痛让皱纹过早地爬满了我的整张脸，永远都无法抹去。我们是那么相像。但她是知道的，她知道自己怀孕了，我看到她盯着超声波诊断仪显示器时的表情了。

“我爱你。”我对她说。我说的是实话，发自肺腑的实话。然而在此刻，在这场流产后，在经历了这么多之后，“我爱你”听起来更像是一句谎言。

“妈妈。”她的声音透着绝望。

“我不会告诉你爸爸和简的。这是我们两个人的秘密。”

朱莉长舒了一口气，好像心里的大石头终于落下了，重新靠到座椅上。说了这么多，她无非就是想要我这一句话。她看着车窗外，我看着前方的道路，在秘密的小世界里，我们第一次离得这么近。

朱莉（一）

朱莉大叫了一声，在一阵绞痛中醒来。

电视节目还在无声地播放着，这是睡前那部片子，还是另一部了？客厅里只有朱莉一个人，汤姆在楼上。因为不知道把办公桌搬到哪里去，所以汤姆白天依然在她的房间里办公，这让她觉得紧张，但她不想说出来。迷迷糊糊间，她看到汤姆从楼上跑下来，站在楼梯口。

看着眼前的汤姆，她依稀记得那天他手里拿着一把枪，他把枪藏到哪儿去了呢？

“我听见你喊了一声，你还好吗？”

“我没事，只是做了个噩梦。”她开始梦见了卡尔，但睡着睡着绞痛感越来越强烈，梦也跟着越来越可怕。汤姆站在这里，她有些不自在，想不起来到底做了什么噩梦，只记得嘴里一阵恶心，还有黄色和红色的影子。怎么会梦到这些？她厌恶地甩掉这可恶的梦。现在她已经清醒了，腹部尖锐的疼痛缓和了许多，只是还有些隐隐作痛。

“我去给你倒杯茶好吗？”

“我想出去走走。”开着空调的屋子里又冷又闷，简直令人窒息，她总是感觉硕大的窗子外面有人蹲在草丛里监视她。也许所有人都在小心翼翼地监视她。“我可以开车出去转转吗？”

“你妈妈刚刚开车出去，简也把我的车开走了。”汤姆的反应倒是很快，朱莉知道汤姆对她还没拿到驾照就开车仍然不放心。“你妈妈很快就回来了，她去办公室拿期末论文了。要不你再睡一会儿？或者再看个电影？”

朱莉把脚慢慢放到地上。“没事的，我只是出去走走。”

朱莉勉强支撑着自己站起来，她的腿还在颤抖，脚在抽筋。在看到汤姆一脸不放心的样子后，她强撑着说：“爸爸，我没事的，我只是想出去透透气，请给我一点空间。我去换衣服了，好吗？”

汤姆点点头：“那我去厨房。”

朱莉回到自己的房间，打开衣柜。衣柜里陈列着好几排崭新的平底鞋和靴子，连标签和包装盒都没拆。这时候，她看到走廊那头简的床边有双破旧的高帮匡威鞋——简每次一进屋，就把鞋子随便踢到地上。朱莉一时冲动，走到简的房间，抓起鞋子。鞋子上有几个小破洞，简每次穿时都用鞋带在脚踝处多缠几圈，朱莉没有学简，她穿了两双袜子，仔细地把鞋带从第一个扣眼穿到最上面的扣眼，打了两个结。她得确保万一一会儿需要跑的话鞋子不会跑掉。

想到这儿，朱莉的腿抖得更厉害了。她从简的衣柜里抓了一件连帽衫，又突然改变主意，把连帽衫挂了回去。也许这会引起汤姆的注意，因为这明显不是她的衣服，她的衣柜里从来没有过连帽衫，只有开衫、运动衣和一些她从来没尝试过的衣服。逛街的时候之所以看中这些衣服就是因为觉得新鲜，不过现在它们鲜艳的颜色在朱莉眼里太过于花哨和显眼了。她回到自己的房间，挑了一件最不起眼的浅灰色开衫穿上。然后，她用力抬起结实沉重的新床垫，把藏在床箱和床垫之间的手机摸出来，悄悄地放进裤子的前兜里，用开衫盖上，希望别被汤姆看出来。

下楼后，朱莉轻轻地从汤姆身边走过，抓起新包，头也不回地喊了一声："晚饭之前我会回来的。"一打开门，室外的空气像热汤上飘浮的蒸汽，熏蒸着她的脸。每天待在汤姆和安娜冷气十足的房子里，都快让人忘了这是炎热的夏天。走出私人车道后，她赶紧脱下羊毛开衫，塞进包里。

一直等到出了小区，朱莉才敢偷偷地把口袋里的手机拿出来开机。她很庆幸回来那天自己非常有先见之明，在按响门铃之前就把手机和身份证扔进了花丛里。也许是因为当时天气太热了，又走了太多的路，她竟然晕倒了，这完全不在自己的计划之内。看到简站在走廊里的那一刻，她吓了一跳，还以为见到了夏洛特的幽魂。她更没料到自己会进医院，幸好医生单独找她谈话，没把她怀孕的事情告诉别人。

当然，安娜现在算是彻底知道了。

难怪最近朱莉觉得虚弱无力，她还以为是自己没从伤痛中走出来。她一直在抵抗对卡尔的爱，强迫自己忍痛离开卡尔温暖的怀抱，卡尔温柔的眼神会让她沦陷，让她背弃自己。但现在她知道，自己陷得越来越深了，深到血液里、骨髓里乃至身体的各个细胞组织里。难怪她觉得被侵犯了，难怪她觉得被占有了。

好在卡尔没发现她怀孕了。

刚回来那两天，汤姆和安娜把她盯得太紧了，所以朱莉一直都没机会去找手机。不过在第三天，趁出门取信的工夫，她总算把手机捡了回来。谢天谢地，手机和身份证都还在，手机在遮阳篷下面没有进水，绑着身份证的皮筋也没有松落。朱莉给手机充上电，开机，屏幕亮起，卡尔在屏幕上对着她微笑，他的笑容带着坚定的信仰和灼热的爱意，朱莉沉醉于其中不能自拔。因为这份爱，朱莉变得强大，强大到让她记起了自己隐藏许久的真正身份，强大到让她狠心离开卡尔。还记得离别那天，卡尔把她放在图书馆里看普通教科书，当看到一篇文章后，朱莉做出了离开的决定。

离开西雅图前，朱莉删除了手机里的一切，但是她没法让自己不去想卡尔，她总感觉卡尔好像还在身边。直到医生告诉她，她怀孕了，朱莉才明白为什么会有这种感觉。她当时想，等结束了这里的一切，也许她可以回去找卡尔。

朱莉知道这是个愚蠢的想法，但身体却不听使唤地为她做出了选择。

朱莉最后一次深深地凝视了一眼屏幕上的那张脸。一时间，她仿佛又回到了卡尔的身边——她的指尖轻轻地从卡尔的胸膛抚过，卡尔的手指缠弄着她的头发，他们躺在一起，卡尔静静地给她讲述他妈妈的故事："那天，舅舅的大众汽车后窗映出妈妈苍白的脸，她有一头金色的秀发，一只眼睛肿得睁不开，她最后看了一眼橱窗后面的黑皮肤小男孩，然后扭过头去，再也没有回来。"

朱莉明白了，不仅仅是因为她跟卡尔的妈妈一样，都是金发女人，而且因为有时候，人总是要离开的。她深深地吸了一口气，按下了删除键。

删完后，她才注意到有一条陌生人发来的未读语音留言。她打开收件箱，按下播放键，刚听到声音就像触电一般扔掉手机，好像被什么咬了耳朵一样。还要删除多少次才能将卡尔从生活中彻底剔除？还要再心痛多少次？她再也没有打开那条语音留言，因为只听一个词，她就知道卡尔要说些什么，每次都是同样的话。卡尔用不同的号码给她打电话，只希望她能接一次电话。朱莉又看了一眼那个陌生的号码，突然震惊地发现这个号码居然来自俄勒冈州的波特兰。也许只是个巧合吧，卡尔是跟朋友借的电话。但他会不会真的去了波特兰呢？如果他真的去了波特兰，说明他正在沿着朱莉曾经的足迹寻找她，先从威尔那里找起。卡尔肯定先去找威尔，他早就想找个理由去见见威尔了，顺便把朱莉的东西都拿回来。卡尔一直觉得那段过去很重要，他好像洞察了一切的样子，他可能现在就知道一切了。一旦他沿着这个方向找下去，还有多久他就能找到她了？

看看这个小区，看看汤姆和安娜生活的环境，朱莉到现在还不敢相信自己居然到这里来了，更不敢想象卡尔出现在这里的场面。炎热的午后，小区里的路上空无一人，两旁是白色的马路牙子，她走在没有人行道的街道上，沿着弯弯曲曲的柏油马路绕来绕去。途经一座又一座房子，住惯了卡尔拥挤狭窄的西雅图公寓，这些房子在朱莉眼中可谓硕大。房子前面铺着漂亮整齐的草坪，上面种植着茂盛的灌木和美丽的秋海棠。在静谧的空气里，秋海棠好似手工绢花一样，一动不动。有些门廊前还立着门柱，给人置身农场的感觉。

朱莉循着马路上喧哗的声音走出了街巷小路，来到繁忙的大道上。汽车呼啸而过，朝她喷出热气，卷起地上的碎石打在她的脚踝上。这条大道上不仅没有人行道，连马路牙子都没有，泥泞的马路边只有一条两侧长满了马唐的狭窄小路，再往前，小路也不见了，只剩下一条杂草丛生的排水沟。朱莉路过一条商业街，街上是各种散乱的商铺：克罗格、奎克清洁公司、珍妮的礼品屋、五彩的冰雪皇后玻璃房。这条凌乱的街道最终通往公共汽车站。朱莉看了一眼候车亭，三个穿着制服的女人在等车，她们每人拖着一个装满瓶子的手拉车。原来是保洁人员。光是看她们拖着车的样子，朱莉都觉得后背疼。

路过一家麦当劳，麦当劳后面有一家店支着长长的蓝色遮阳篷，上面印着脏兮兮的白色大写字母店名：博比酒吧。朱莉松了一口气，总算找到一处可以藏身的地方了，她朝着酒吧走过去。尽管这条商业街的所有店铺都是玻璃门窗，但博比酒吧的窗子外面镶着年头已久的胶合板，看起来里面黑漆漆一片，也不知道还营不营业。她在心里告诉自己，不是因为自己想喝酒，想喝的话几周之前就来了。既然都走到这儿了，进去看看又有何妨？而且，她钱包里有钱了，也许买点酒，坐在马路边借酒消愁，肚子就不会那么疼了。

现在是下午，酒吧里的酒鬼并不多。他们都坐在门口，跟吧台后面的卷发女酒保聊得热火朝天。女酒保一边站在菜板前挤柠檬汁，一边哈哈大笑，根本没有人注意到朱莉的到来。朱莉靠到吧台前，酒保突然止住笑声。

“你来这里做什么，小可爱？”她斜着眼睛看了看朱莉，“想来这里工作？你得先满十八岁才行。”

“一杯科罗娜，谢谢。”

女酒保大笑起来：“那你先给我看看你的身份证呀，小可爱。”

朱莉翻了翻新钱包，拿出一张驾照，告诉酒保自己已经二十四岁了。就在她递出去时，她突然觉得有些不安：这是一张真驾照，驾照上的人来自加利福尼亚州，如果被人发现这是偷来的，朱莉会惹上一身的麻烦。

女酒保仔细看了很久，抬起头来盯着朱莉看了看，又低下头看她的证件，问道："默西迪斯·罗德里格斯？"她把音节拉得很长，好像第一次看见有人叫这种名字。

"默西。"朱莉脱口而出。最后一次用这个名字时，朱莉还留着一头棕色短发，虽然现在头发不一样了，但博比酒吧里面灯光昏暗，所以不要紧。而且她的宽颧骨和蓝眼睛与证件照上的人看上去非常相像。默西，默西，她在心里告诉自己，注意表情，你要表现得像默西。

几乎就要过关了。朱莉能感觉到女酒保在做心理斗争。可就在这时，酒吧里面突然有人喊了一声"贝弗"，女酒保紧张地转过头去，等她再转头回来，仿佛换了一副面孔，态度变得坚决起来。"抱歉，女士，"女酒保的耐心已经消磨殆尽，"你看起来不像二十四岁，而且这张证件是过期的。没想到街坊邻里的，还能发生这种事情，看来以后我要当心了。依我看，你是逃课出来的高中生吧？"贝弗把证件扔到柜台上，催促朱莉赶快离开。

这座该死的城市。还没走出十条街区的距离，朱莉就已经在汤姆和安娜的家附近亮出了一张假证件，还被人家识破拒绝了，看来此地不宜久留。她从柜台上抓起证件，塞进口袋里。

吧台前面的两个男人一直盯着朱莉看。有个男人在一边喊："好啦，贝弗，你最善良了！"

另一个男人赶紧接话："她已经成年了，我一眼就能看出来，我能数树木的年轮，也能看女人的年龄。"说完放声大笑。

现在朱莉真得赶紧走了。也许是出于一瞬间的直觉，她拿出手机，拨出一串电话号码，这串号码是汤姆和安娜让她记下来的，她记在了一块碎纸上，一直保存在包里面。

“你好？”电话那头的人一看是陌生来电，带着疑问的语气。

“嗨，简，我是朱莉。”

“你在哪儿？这是谁的电话？”

朱莉看了看窗外，看到马路对面的招牌。“我在家附近的星巴克，电话是我跟人借的。是这样，我想出去透透气，爸爸妈妈犹犹豫豫的，你能载我去吗？”

“你是在纪念大道上的星巴克吗？”

“是的，我得挂了，借我电话的女士跟我要电话了。”

“我正在朋友家，几分钟后就到你那儿，等着我。”简挂断电话。

朱莉用力甩手关上酒吧的大门以泄愤，但门还没合上，就被门框上十五厘米厚的气垫给反弹回去了，匆匆过马路时，朱莉还听得到酒吧里面酒鬼们嘲笑她的声音。

十五分钟后，简开着汤姆的路虎驶入星巴克的停车场。简摇下车窗，对着朱莉说：“鞋子很漂亮。”

“谢谢。”朱莉低头去看，才记起自己穿的是简的匡威鞋，“我的意思是，没经过你的同意，对不起。”

“没事。”近距离看着简，朱莉心想，尽管也是黑头发，也留着刘海儿，但简其实并不属于甜美范儿。简长得更高更壮。

“妈妈给我买的都是平底单鞋，”朱莉再次道歉，“我只是想找一双适合走路的鞋子。”她拉开笨重的车后门爬进去。

“我说了没事的。”仔细观察简的脸，尤其是她微笑的时候，朱莉可以看出，这个女孩子从来都没有离家太远过。当然读大学除外，尽管从休斯敦到西雅图横跨了半个美国，但是它们之间的距离所用的时间还没有一条公交车路线的时间长。如果你再继续观察简的鼻环和眉环、文身（两个小文身，一个在肩膀上，一个在屁股上，安娜毫不知情）还有头发（前面那缕淡绿色的头发肯定是她自己在家染的，一头黑发一定是在美发沙龙漂染的），你就会发现，这个女孩平常一定不需要坐公交车。

朱莉后悔上次把头发染色了，刚开始看着还非常柔顺光滑，但是现在的发尾乱糟糟，肩膀下面的头发开始折断褪色。更糟糕的是，头发的本色已经开始在发际线显露了。要不是现在需要扮演好朱莉的角色，她可能也就对这金褐色的发根置之不理了。

她可不想成为金褐色头发的女孩，她想成为朱莉。

简有些不耐烦地用车钥匙敲打着方向盘，问朱莉：“我们现在去哪儿？”

“我想把这些都剪了。”朱莉抓起一小缕分叉的发尾。

“现在就去吗？”

“是啊，现在就去。或许再给头发染个颜色。我想你肯定知道去哪里做头发比较好。”

简看起来兴致盎然。“我带你去个好地方。就在蒙特罗斯大道上。你想染什么颜色？”她转了一下眼珠，一副机灵的样子，“最好不要染成黑色的。”

“我也没想好，也许红色吧。”朱莉想都没想就脱口而出。也许红色能带来好运，在“黑玫瑰”的时候，她就是染了红发之后才开始赚钱的。而且，她觉得自己开始慢慢转变，变得越来越像金发的朱莉。在扮演朱莉之前，她曾对比过照片里的失踪少女和镜中的自己，但当她真正在安娜、汤姆和简的面前扮演朱莉后，有什么东西悄悄发生了改变。透过他们三个人的眼睛，她看到了朱莉的天真无辜，这让她觉得紧张不安。尤其是安娜看她的眼神，好像把她当成瓷娃娃一样。

“太好了，那我们就赶紧去吧。”就在朱莉胡思乱想时，简已经把车开出了停车场。从侧面看去，简坚毅的下巴上有几颗被遮盖住的小痘痘。朱莉心想，安娜不是一个好对付的角色，不过简倒是容易对付，应该先从简这边入手，而且简最大的好处就是总能替她将安娜挡在门外。

朱莉知道汤姆的路虎是一辆舒适的座驾，但她不知道原来坐这车竟可以这么舒适，尤其是简来驾驶的时候。车子朝城市驶去，简驾轻就熟地开着车子在有四条车道的维特美路上穿梭。旁边一会儿开过来一辆贴着防晒膜的硕大黑色雪佛兰，一会儿开过来一辆封闭的多轮卡车，一会儿开过来一辆简直可以变身为机器人的炫酷悍马，相比之下，她们的路虎也变得矮小起来。开了一段距离后，又驶过来一辆银色的敞篷车，像一颗即将被太阳烤化的子弹。她们经过一排排公寓，又经过一幢幢亮闪闪的办公大楼，大楼底下精心修剪的灌木和棕榈树给了建筑物绵长的亲吻。大楼在发光，绿色的树木在发光，就连挂在弧形架子上的路标都在发光，一切都在太阳底下闪闪发光。

“你能想象风雨商业街廊这么多年的变化有多大吗？”

简的声音有些低沉。朱莉突然觉得脖子后面一阵刺痛，提醒她跟简共同回忆那些不能忘却的记忆。

“是啊，我知道。”

“你还记得有一次妈妈开车把我们放到这里采购圣诞礼物吗？”

“我也在回忆那次圣诞节。”

“我当时觉得我们两个太厉害了。”简一边说，一边盯着前车的尾灯。绿灯亮了，她们跟着车流缓缓挪动，看来还得等下一个绿灯才能开过十字路口。“我当时觉得我们已经长大了。你那时候在读六年级还是七年级来着？因为——”她想了一下，“因为我那时候读四五年级。我们中午在美食街买了薄煎饼。你还记得我们用一个小时分头行动给对方买圣诞礼物吗？那是我那天最高兴的时候了。我们行动前把手表调成一致，约定一个小时后在面包店门口会合。”简大笑起来，“为了不让你猜到我买的是什么礼物，我当时特意原路返回，让你猜不到我是从哪个方向来的。印象中我是从克莱尔之类的饰品店挑的礼物。”

简的声音在耳边响个不停，但朱莉的注意力被一个十二三岁的小男孩拉走了。男孩穿着T恤衫，松松垮垮的蓝色阔腿牛仔裤上绑着一个链条包，看起来很沉的样子，男孩正在大步穿过那还能勉强被称为“人行道”的人行道，至少比马路旁边的排水沟要好走多了。他乱糟糟的棕色头发长长的，每走一步，头发就垂下来遮住他的脸。这么热的天，他的小手却一直插在口袋里。走着走着，前面遇到了路障，小男孩被夹在了灌木和弧形架子之间。只见男孩一只手提起宽大破旧的裤腿，抬起一条腿，大步跨了过去，就像动画片里提着裙子跨过水沟的小姑娘。

“朱莉？”简的声音将她的思绪拉回，朱莉这才注意到车里的音乐声被简调小了，简正在问她问题，“你还记得吗？我们分开的那一个小时你去干吗了？”

“我去试了舞会礼服，过了一把公主瘾。”

“哇，”简笑了起来，“难怪我最后收到了沃尔顿书店的礼品券。”

朱莉哪儿还有心思去理什么小男孩呀？这可是跟简拉近关系的绝好机会，她跟上简的思路。“我以为你喜欢读书！”

“那你可以直接给我挑一本书呀。”尽管简还在笑，却不知为何透着一股忧伤，“你知道的，发生了那些事情后，礼品券就再也没派上过用场。”

绿灯再次亮起，这一次她们勉强以龟速开过了十字路口。

还在马路旁的灌木丛中艰难前行的小男孩已经被她们远远地甩在了后边，从后视镜望去，他几乎是静止的。

朱莉转过头来对简说："这样吧，把车停在路边，我去给你买一本最新的畅销书《保姆俱乐部》怎么样？这本书估计都卖出一万册了。"

果然，听到朱莉的话，简又大笑起来，把车里的音乐声调大。

简把车开到蒙特罗斯的一个美发沙龙前，沙龙二楼是文身工作室。她们下了车，简深吸了一口气。想必这里才能让她找到家的感觉，才能让她觉得休斯敦是她的城市，而不只是她短暂的落脚点，不只是她父母居住的地方。不过让朱莉觉得可悲的是简内心莫名的骄傲感，好像这个地方很难找似的，好像除了她，就没人能够在半小时内走进一座城市，找到城市里的艺术家、同性恋、瘾君子和文身工作室似的。

沙龙里面客似云来，柜台后面的女理发师看见朱莉走进来，说她可以先给朱莉染发，等着头发上色的工夫再给下一位客人剪发。于是朱莉坐在椅子上准备染发。理发师的手指穿过她的头发，露出一脸嫌弃的样子，赶在理发师批评她的发根之前，朱莉率先开口："剪短，染红。"理发师跟朱莉在镜子里对视了一下，说："好的，亲爱的，我去拿样册。"很快，她就拿回来一个大活页本，每一页都贴满了两三厘米长的头发样本，像小马柔滑的鬃毛，要么就是染完发的姑娘们留给她的纪念品。

朱莉指着其中一缕头发，理发师会意地点点头。“哦，确实，八号色非常适合你。”说着，她走到后面调色去了。

简站在朱莉身后，看着镜子中朱莉的脸，说：“妈妈看到后肯定会大惊小怪的，不过我觉得红色配你一定棒极了。”

“我染头发的时候，你干什么呢？”

“看会儿杂志喽。”简耸耸肩，表现出一副对这里熟悉得不能再熟悉的样子，看来这里已经没有什么东西能吸引她的注意力了。不过，朱莉知道，当你染头发时，只要能把妈妈赶走，赶去哪里都是极好的。

这让朱莉想到一个赶走简的好主意。“你可以上楼啊，趁着等我的工夫文个身。”

“你以为我很有钱吗？”

“你不是有信用卡吗？”

“我的信用卡跟妈妈的是连着的。我这边一刷卡，她那边就会显示账单的。”

听见简这样说，朱莉突然非常想出钱为简文身，另一方面她也确实得把简赶走，免得一会儿理发师提起她发根的颜色被简听到。

朱莉指着地上安娜给她新买的手提包说：“妈妈给了我两百美元，你为何不用这个钱上楼去文身，然后用你的信用卡给我买单呢？”

简有些犹豫。

“你不是早就想好下一处文身文什么了吗？别告诉我你没有。”朱莉一眼看透了简的小心思。

“我想在左手无名指上文出得克萨斯州的轮廓。”简大方承认。

“那就文啊！”

“妈妈会看到的，”简拿不定主意，“我想还是等到——”

“等什么？等到你三十岁吗？勇敢点儿，做你自己。”

可以看出，她的话起作用了。“你自己一个人做头发没问题吧？”简一边问朱莉，一边伸手去拿手提包。

“当然了，我可以看杂志啊。”这句话倒是真的。以前卡尔把她放到图书馆准备普通教育水平测试时，她就经常把杂志夹在塑料文件夹里，看得聚精会神。有一次她甚至偷偷把一本《美好家园》杂志带进了女厕所，撕下了其中的一页，那一页上面印着松软可口的白色蛋糕，被金银色的圣诞饰品环绕，把它撕下来不是为了上面的食谱，只是因为喜欢这张图片。如今，那张图片早就皱成一团，不知道被丢到泽西村的哪个垃圾箱里了，一并不知所终的还有她的鞋、镶着小马挂坠的廉价金项链、装满纪念品的双肩包。她从车上跳下来的时候两手空空，全身上下唯一的财产只有——

朱莉猛地一惊，迅速倾身向前去抓包，但太晚了，简已经在翻她的包了。还没等她说“把包给我，我给你找”时，简就已经把钱包拿在手里了。钱包里有一沓刚从自动取款机里取出来的二十美元纸币，简正在数钱。朱莉迅速坐回去，暗暗期盼简没有注意到钱包里的身份证件，没有注意到手提包内袋里的手机，也没有注意到她此刻的忐忑不安。

不过简只是看着手里的钞票笑了笑，说了声“谢谢”，就迅速上楼去了。

简刚一上楼，理发师就回来了。她穿着黑色的围裙，一只手拿着满满一碗红色的染发膏，另一只手拿着一把刷子。“染完一定会非常漂亮的，相信我。”理发师自信地跟朱莉保证。朱莉向后靠在椅背上，她相信，她真的相信。理发师将冰凉的染发剂刷在朱莉的头发上，说：“我们得先从你这乱糟糟的发根染起。”理发师一边染发，一边唠唠叨叨地说个不停。如果发现客人不爱讲话，好的理发师都是这样。听她说着说着，朱莉插了一句话：“我妹妹跟我长得一点儿都不像，大家都以为我们不是亲生的呢。”

理发师让朱莉稍稍低下头，朱莉在盯着地板的工夫，突然想明白了一件事，一件从到达休斯敦第一天就开始困扰她的事。从塔吉特百货公司到心理治疗中心，从博比酒吧到路上简非要停下来买点心的红砖房咖啡厅，再到这家美发沙龙，不管走到哪里，这件事情都搅得她心烦意乱。朱莉总感觉有什么地方不太对劲儿，整个城市像是个舞台背景。她低着头，从眼前的大镜子里看到桌子下面，周围的客人们都把脚搭在脚凳上，排成一排，她终于明白哪里不对劲儿了，是鞋子。

穿皮鞋的将皮鞋擦得锃亮；穿锐步运动鞋的，连鞋底都是青春靓丽的荧光黄；再看，那白色的金利来皮凉鞋穿在涂着鲜亮指甲油、精心修饰过的美脚上面，透着高贵和优雅，所有人的鞋子都是崭新的。朱莉回想了一下过去几周里，家里一排排的人字拖和皮靴，连一丁点儿的磨痕都没有，像新的一样。朱莉又低头看看自己，黑色的理发围布下面，她的一双脚踩在银色的脚凳上，这时候她才发现，简的匡威鞋虽然破了，但穿起来却依然舒服。一个小洞在右脚趾处，一个在右脚趾旁边，还有一个在脚后跟，并不影响穿着，真是破得恰到好处。朱莉以前也穿破过鞋子，但不应该是鞋带下面的帆布先磨破吗？不应该是脚后跟处先裂开一条缝吗？而不是鞋子表面出现整齐的椭圆形小洞。而且鞋子穿久了，橡胶底不是应该变得特别薄吗？走路的时候不是应该硌脚吗？原来简的鞋子根本就不是磨损，而是故意做旧的。

朱莉在心里想，这座城市里有两种人，一种是像她和那个穿着邋遢牛仔裤的小男孩这样的，一种是坐在 SUV 里面从他们身边呼啸而过的。前一种人的鞋子每天只能徒步行走，他们的鞋子早已被杂草、泥土、马路上的沥青染了色，经历着磨损、汗湿、变形的一生；后一种人每天在户外行走的路从来不超过二十步，他们不需要走路去公共汽车站，连去便利店都要开车去，他们的鞋子从来都不会穿破。

这一刻，朱莉特别想把这座城市的事说给卡尔听。

但朱莉不想跟简讨论这个话题。简从来都没走过远路。简总是能找到各种办法反抗安娜和汤姆，但在走路和开车的事情上，却从来没有反抗过。

理发师抬高朱莉的下巴，朱莉头朝上盯着天花板，暗暗为简祈祷，希望她文身的时候能少一点儿疼痛。

第四章

周一一早，我跟朱莉从医院回到家。也许汤姆知道朱莉并不是卵巢囊肿，但他对此只字未提。所以出于对彼此的尊重，我也没问他关于那把枪的来龙去脉。朱莉躺在沙发上，我将热茶和遥控器放在她手边，朱莉调到了一个电影频道，电影已经演了一大半了，这是一部节日主题的浪漫喜剧电影，演绎了六个各自独立的情节。这时我注意到蓝光机上放着我特意跑回去给朱莉买的《小公主》光盘，它的塑料外包装都没有拆，看来朱莉连看都还没看呢。

我坐在朱莉身边，把她的脚丫放在我的腿上，盖上毛毯，心不在焉地给她按摩。朱莉看起来异常疲惫，不到一刻钟，她就睡着了。昨晚的疼痛可是把她折磨惨了。

我轻轻地把她蜷缩的小脚从我的腿上拿下去，又把她胳膊下的遥控器悄悄拿出来将电视调成静音。电视里面正演到西装革履的股票交易员抬头看了一眼时间，突然反应过来还有五分钟就到午夜了，拔腿就跑出了办公室，去跟电影里另一端的女演员求婚。汤姆正在厨房里洗碗，收拾完他就要去楼上工作了。

汤姆要去朱莉的房间工作，我也不想回屋补觉。虽然我觉得疲惫不堪，但始终感觉有什么东西困扰着我，等着我去处理。

“我去办公室拿期末论文，”我对汤姆说，“虽然我不想现在就离开，但朱莉得睡上一会儿。”我看了一眼朱莉，“我得赶快把论文看完，才能给学生打分。”我没有告诉汤姆，他也并不需要知道，其实我已经成功说服了系主任，暑假结束时再提交期末成绩单。没想到系领导对我家里发生的事情这么敏感，不过也难怪，持刀绑架、失踪少女、新闻头条，有几个家庭发生过这么多的大事呢？

汤姆停下手中的活儿，无声地看了我一会儿。我承认，其实我非常想知道他那把上膛的枪放在家里多久了，但我还是忍住没问，我问他：“你留在家里照看朱莉可以吗？”

“当然没问题，”汤姆说，“她是不是——”

“我已经说过了，她没事。”我厉声打断他，又放缓了语速，“我只是不希望她醒来的时候，身边一个人都没有。”

汤姆点点头。

我坐在车里给心理治疗师卡罗尔·莫尔斯打电话，也许是因为我提出跟她见面的理由非常合理，也许是因为听起来我的情绪十分低落，再加上她之前邀请过我见面，总之，她答应了我的请求，问我：“你下午带着朱莉一起过来怎么样？”

朱莉当然不会去，她还在睡觉，不过我打算等见面的时候再跟卡罗尔解释。

“不，这次我想单独跟你见面。”

“好吧，”她说，“我上午十一点取消了一个预约，你十一点过来怎么样？”

也许她是把午休时间腾出来了，看来我的语气可能听起来比想象的还要糟糕。

为了打发时间，我在卡罗尔·莫尔斯办公室附近的书店转了一会儿，翻阅了一会儿爱情小说和侦探小说。见到她的时候，我有点吃惊：她穿着棉布紧身裤，披着披肩，比我想象中年轻许多，还没有我年纪大。不知为何，这让我心里有点烦躁。

“请进，请进。”卡罗尔请我坐到沙发上。桌上摆着一个白色陶瓷底座的台灯，旁边放着一盒纸巾，也不知道朱莉有没有在这里哭过。卡罗尔关上门，坐在我对面的低背椅子上。

“谢谢你答应跟我见面，”我突然有点紧张，“也许你会觉得有点奇怪，但今天我来找你是因为朱莉——”

“朱莉怎么样？”她表现出一副关心的样子。

“她很好。好吧，老实说，不太好。”我告诉她，“她今天生病了，所以来不了了。”面对卡罗尔的眼神，不知为何，我不想告诉她医院的事情。这是朱莉和我，我们两个人的秘密，我们两个人唯一共享的东西，我不想告诉别人，也许我是害怕发现卡罗尔其实早就知道了。我继续讲下去，尝试着让她主动提供一些关于朱莉的信息。“我非常希望你能帮我带着朱莉渡过难关。我一直感觉……感觉她有事情瞒着我。我知道作为一名职业心理医生，你不能把朱莉对你说的话告诉我，但是有些事情我想你应该知道，也许听完你就会改变想法了。”

“你是想让我泄露病人的秘密吗？这是不可能的。”

“对父母说都不可以吗？”

“尤其不能告诉父母。”面对我的恳求，她面不改色，“安娜，你是否知道，你的女儿已经两周都没来进行心理治疗了？”

我震惊得说不出话来，过了一会儿，我才回过神来，试着开口：“卡罗尔，都没有人打个电话告诉我一下，我怎么可能知道呢？”她许久都没说话。我意识到自己的语气有点过头了，赶紧解释：“不，不，我的意思是我完全不知道。她一直都瞒着我们，她告诉我们她来这里治疗了。我的意思是，难道你不觉得作为家长，我们其实很想知道她没来的事情吗？”

“朱莉是成年人了，”卡罗尔冷冰冰地开口，“她预约的课程是完全保密的。”我的脑海中突然浮现出一个画面：卡罗尔·莫尔斯和她的丈夫躺在屋后天台上的按摩浴缸里，舒服地听着佛利伍麦克合唱团的音乐，而他们的大房子和房子里的一切，花的都是陌生人的钱，都是靠她耍嘴皮子得来的。她每天要做的就是一味地安慰病人“生活会好的，你想要的都会得到的”，大笔的钱就会流入口袋。

我努力压抑着自己没有站起来离开，继续恳求她：“她来这里进行了两周的心理治疗，这个我是知道的。你能不能告诉我她说了些什么？哪怕跟我透露一丁点儿都可以，好吗？”我必须要想办法撬开这个女人的嘴。“求你了。除了警察局里的口供，朱莉什么事情都不肯跟我们说，而且——”而且她对警探说的话并不是实话，至少不全是实话，但是我不能说出来。

正在我思考如何告诉她医院和超声波检查的事情时，卡罗尔终于开口了：“你问过朱莉吗？”

我问过朱莉吗？我……一时间，我突然愣住了。我想站起来尖叫，我想打翻桌上陶瓷底座的台灯，我想把她身上的披肩拽下来扔到地上狠狠地踩上几脚。

但我没有，我问她：“你有孩子吗？”

“没有，我没有孩子。”她平静地回答。

“看也能看得出来。”说完，我抓起手提包，站了起来。

“惠特克夫人。”她喊住我。

“博士！”我厉声大喝。

“博士。”

“黛沃洛斯。”

“黛沃……博士。”

“好了，你还是叫我安娜吧。”

“安娜。”她没有上当。即使我刚才差点儿摔门而出了，她也连站都没站起来，竟然还坐在低背椅子上，不紧不慢地跟我讲话。“安娜，朱莉曾经有过一段非常不幸的遭遇。我只能告诉你这么多。那段经历带给她的创伤，是常人难以想象的。”

她要跟我讨论创伤了。

“许多受到过性侵犯的被害者都会觉得受到了奇耻大辱，尤其是长期性侵犯，而且朱莉受到的创伤远不止这些。你需要给她一点时间，等到她觉得安全的时候，她就会跟你开口的。”

“她当然已经安全了。”尽管我强忍着，但愤怒的泪水还是止不住往下流。

“在经历了这些以后，她已经不知道如何去跟家人相处，不知道如何去跟其他人相处。她不告诉你太多，也许是在保护你。她不想让你们伤心和烦恼。”

“就请你告诉我吧。”我恳求她。

“你要做的就是让她知道，你爱她，不论发生过什么，你都一样爱她。”

“求你了。”

“安娜，你不想再坐一会儿吗？我们还有三十分钟的时间，我觉得有些话不要憋在心里，你也需要跟其他人聊一聊，你不这样觉得吗？”

我逃也似的跑回车里，开车回家。车子开到一半才想起来，我还没回学校拿期末论文呢，于是我开车往学校驶去。我不是为了圆谎，而是真的想把办公室的门锁起来，好好地在里面待一会儿，想一想。现在我不想见任何人，不想跟任何人说话，哪怕是朱莉。走进办公室后，电话上面的红灯一闪一闪的，提醒我有未接来电。我研究了一会儿怎么播放语音留言——我都忘了该怎么操作，因为近来已经很少有人会往办公室打电话了。前三条留言都来自记者，还没等他们做完自我介绍，我就把留言删了。

我又按下第四条语音留言。“呃，黛沃洛斯博士，我是亚历克斯·梅尔卡多。我是个私家侦探。我知道你现在不想接受媒体的采访，不过你放心，我也不打算问你任何问题。实际上，我还有一些消息想告诉你，我想你对我的消息一定会感兴趣的。所以，期待你的回电。”他留下一串电话号码，“再重复一遍，我是亚历克斯·梅尔卡多，如果可以的话，期望与你面谈。”

“语音留言结束，重听请按——”电话里的女声响起。

我回放了一遍留言，记下那串电话号码，然后又听了两三遍才删除留言。是的，我没有听错，真的有个自称“私家侦探”的人给我的语音信箱留了言。

朱莉失踪后，我们从来没雇过私家侦探，我们当时太相信警察了。一想起这些，我都气得笑出声来。我以为只有电影里才有人雇用私家侦探。不过那个时候，这些事情都是汤姆负责的，我什么都不管。我打开笔记本电脑，搜索了一下私家侦探亚历克斯·梅尔卡多，搜出来一个叫AMI的公司，他的名字就在公司网站的链接页面上。这是什么破烂网站呀？看来又是个骗子。你瞧瞧，它的公司标志还是个软呢帽，接下来网页里面会是什么？放大镜？我换了一个搜索词，寻找私家侦探实名注册的网站，我得先查查亚历克斯·梅尔卡多的资格证书。

朱莉刚失踪的时候，有许多骗子给我们打骚扰电话。我们坚持没换电话号码是怕朱莉联系不上我们，我们始终相信有一天她会往家里打电话的。即便警察专门为朱莉案件设置了举报电话，但每天也还是有各路人马把电话打到家里。他们的开场白都一样：我这里有朱莉的信息；我看到她了，我向上帝发誓一定是她；朱莉在图森；朱莉在杰克逊维尔；朱莉在密苏里州。更有甚者，他们拒绝警察介入，他们强调“只能是你，只能是你本人来”。不用说，警察一直在监听我们的电话，我猜他们也在怀疑我跟汤姆。上帝啊，他们浪费了多少时间啊！最后经过调查，打电话的人无非就那么几种，要么是家有体弱多病老母亲要赡养的中年单身汉，要么是玩真心话大冒险的调皮青少年，没有一个人能给我们提供任何有价值的线索。

我当时真是很难相信，居然有那么多人愿意介入这样一个可怕的案件，但是经过了这么多年，噩梦慢慢消退，我上下班时无数次路过假想的朱莉的墓地，日复一日，我突然理解这些人了。我们总是容易忘记世界有多可怕，要靠悲剧来提醒。所以，悲剧使我们清醒。但悲剧慢慢地过去，时间一久，我们就又“好了伤疤忘了疼”，于是悲剧又发生，就这样反反复复。

我根据邮政编码终于搜索到了一个看起来靠谱的私家侦探实名注册网站，没想到网站上的第二个名字就是亚历克斯·梅尔卡多。我又返回AMI公司网站页面，点击“关于我们”查看，我看到亚历克斯·梅尔卡多的证书和个人履历：他曾在休斯敦警察局特殊受害人调查组工作了近三年，之后担任了六年的私家侦探。该公司还列出了他们最近参与侦破的几起案件，并给出了链接，其中一起的功臣就是亚历克斯·梅尔卡多。

我拿起电话拨下那串电话号码。嘟声响了两下后，电话那头传来男人的声音。

“私家侦探亚历克斯·梅尔卡多，请问是安娜·黛沃洛斯吗？”

“是我，”我有些惊讶，尽管知道他那边会有来电显示，“你前些天给我的语音信箱留了言。”

“谢谢你给我回电话，”他说，“你听我说，虽然我知道这有点唐突，但我真的希望能跟你面谈。”

“关于朱莉吗？”

“当然。这些事情在电话里说并不方便，我们能约个地方见面吗？”

“可以，不过只能约在今天，就现在。”我提议跟他一起吃个饭，没约在我们家附近那些复古矫情的餐厅，而是约在了高速公路旁边的华夫饼店。我的心脏在怦怦跳，但我还是故作冷静地说：“半小时后见。”我就这样轻轻松松地结束了对话，好像自己每天都要处理这类事情，早就得心应手一般。

就在我刚要放下电话的那一刻，他忍不住问了最后一个问题：“你听说过格雷琴·法伯吗？”

“没有，”我回答，“那是谁？”

“没什么，”他说，“半小时后见。”

格雷琴

她犯了一个错，错就错在不该让自己爱上一个人，那个人就是卡尔。他应该只是让她自己逃离黑洞的一个阶梯而已，而现在，格雷琴却爱上了他，是她的错。

刚遇见卡尔时，格雷琴又在实施一场蓄谋已久的逃跑。演出一结束，格雷琴面带微笑对着话筒不停地说“谢谢”，然后趁势迅速撤离到舞台后面。她直奔更衣室，却在最后一秒突然转弯，飞快地从后门溜了出去，沿着小路跑到了前门。她在等待。一分钟，两分钟，三分钟过去了，她的心脏随着刚才激烈的奔跑扑通扑通跳动，她的皮肤在寒冷的空气中微微刺痛。她没穿大衣，为了不让别人发现她跑了，她把黑色军大衣和钱包都留在后台了。幸好现在没下雨，只有一团雾气环绕着俱乐部门口的霓虹灯招牌。

就在这时，那个男人出现了，他一边走，一边拉高了衣领，霓虹灯粉红色的光线照在他的光头上。她知道他心里打的是什么算盘，她决定今晚让他梦想成真。他走过来，格雷琴装作一副在等人的样子，问他："嗨，你身上有烟吗？我快冻死了。"

他看着她，眨了眨眼睛，无奈地浅浅一笑："我不抽烟，抱歉。"

"不用道歉，抽烟确实是个坏习惯。我也不应该抽，如果乐队的人看见了，他们会打死我的。"格雷琴张开嘴，指了指喉咙，示意他看看香烟对她的声带造成的伤害。这时候她眼前浮现出威尔死死掐住她脖子的一幕，为此她那两天都不能唱歌，还要穿高领衫掩盖瘀痕。但威尔跟戴夫和伦恩解释说她得了咽炎。

"你还好吗？"他突然问她，脸上的笑容退去了。

她用半分钟时间调整了一下情绪，微微张开嘴，故作颤颤巍巍地说："难熬的一夜啊，说实话，我今晚想离这些人远点儿。你要去哪里？"

"哪儿也不去，"他回答，"回家。需要我捎你一程吗？"

"好啊，"她点头，"如果路过杂货店或者卖烟的地方，你把我放下来就好了。"她有些自嘲地笑道，"抱歉，我是不是像个怪人？"

"不，没有。"他生怕她误会。她知道她要的可远不止让他载她离开那么简单。说话的工夫，她一直用眼角的余光盯着他身后的大门。大门随着客人的进出不断地开关，越来越多的穿法兰绒格子衬衣的人聚集在夜总会的招牌下面抽烟，但还好，到现在都没有乐队的人出来。他注意到她的视线，也跟着转头去看。她好希望自己的眼睛能变成两个瓷盘遮住他的视线。

“我叫卡尔，”他伸出一只手，“现在已经将近午夜了，所以你——”他指着脏乎乎的招牌，说，“你一定是格雷琴了？”

看得出来，他为自己绞尽脑汁想出来的这句妙语而沾沾自喜，但她可不这么觉得，所以她只是点点头，握住了他温暖的手。想到他愿意无条件地相信她，她的手微微地松动了一下。“谢谢你，卡尔。”她的声音又有些沙哑，但这次不是装的。说完，她迅速抽开手，卡尔本能地往前迈了一步，就像你看见架子上有东西要掉下来，迅速上前接住一样。

她站直了身子，问：“你的车停在哪儿了？”

“在那边。”他用手指了指。卡尔擦过她的肩膀，朝着停车的方向走去，她跟在后面。让他一个人在前面带路吧，让他一个人回味一下这从天而降的艳遇吧。她被自己的奇思怪想逗笑了。希望卡尔能忘记香烟的事情，其实给她烟她都不抽，吸上一口就得马上吐出去，因为每次吸烟都会让她咳嗽个不停。

不过卡尔没忘记。车子从夜总会驶出后开了五个街区，路过一个加油站时，卡尔准备开进去。

“其实我不想抽烟，我饿了。”她突然开口，带着解释的口吻，“你饿了吗？”

“我不饿，但是可以吃点东西。”

“你知道这个时间，哪儿还有吃的吗？我来西雅图只是为了演出，对这里并不了解。”

“当然知道。”她的突然转变倒是让卡尔松了一口气，他问她："你是不是很快就得回去？"

"我饿了。"她重复了一遍。

她心想，也不知道他们有没有发现她放在凳子下面的钱包，一走神的工夫才反应过来卡尔在问自己问题。"抱歉，你刚才说什么？我——"

"你肯定也累了，"他说，"我刚刚说今晚的演出非常棒，每次演出后你是不是都这样筋疲力尽？"

"不。"她舒服地靠在身后的靠背上，熟悉的疲惫感冲刷过她的身体，又离她而去，她已经感觉不到疲惫，只剩下逃离的兴奋感，好像到达了世界上最安全的地方。

汽车行驶在高速公路上，公路两边是高高的护栏和参天大树。不过才开了十五分钟，他们就找到了吃饭的地方。漆黑的夜里，她几乎隐约能看见山那头耸立的太空针塔。看来他们距离市中心已经很远了，距离夜总会、乐队的厢式货车和威尔都已经很远了。想必威尔现在正在暴躁地四处寻找她，也许他正派人去女厕所找她呢。

卡尔为她打开餐厅大门。热气腾腾的美食散发着香气，为餐厅里面的窗子蒙上了一层雾气。

"哇，真是太棒了！"他们走进餐厅，坐在富家美木凳上。她点了一份汉堡包和薯条，卡尔点了金枪鱼沙拉三明治。

"你经常来西雅图演出吗？"卡尔问她。

"你应该知道的。"

卡尔的脸唰的一下就红了。她心想，真是可爱。

“呃，是啊，我见过你几次，”他小心翼翼地说，“你们经常在波特兰演出吗？”

“一周两次。”她回答。

“你唱歌唱了多久了？”

她在桌子上找了找可以玩的东西，找到一个有凸纹的白色盐瓶。“我是六个月前加入这个乐队的。”

“你喜欢站在舞台上唱歌吗？”

“我喜欢把歌唱好。”

“这不一样，我是说，你喜欢唱歌的感觉吗？”

“我喜欢把歌唱好的感觉。”

“我的意思是，唱歌是你生活的全部吗？因为每当我看你站在舞台上唱歌时，总觉得你是全身心地在投入。”

“呃，我不是，”她有点儿不高兴，“我只是想做好一份工作。”

“好吧，唱歌看起来像你的全部。看你站在舞台中央唱歌，真是太让人震撼了。让人想私藏欣赏，不想让其他人看到。你懂这种感觉吗？”

“是啊，威尔也是这么想的，”她嗤笑了一声，“要不是因为我让乐队有钱可赚，他早就把我锁起来，让我只给他一个人唱歌了。”

“我不是这个意思。”卡尔解释。

“我知道你不是这个意思，但事实就是这样。”

卡尔皱起眉头，显然他在思考该说些什么。她决定帮他省点力气。

“威尔打我，”她平静地叙述，好像在讲述发生在别人身上的事情，“我在逃离他。”

“他打你？”

“而且我在逃离他。”

他把她手中的盐瓶拿走，立在桌子上。她能感觉到他终于领会她的意思了。她没穿外套，没带钱包，没错，估计他已经意识到自己要给她买单了。她有些迫不及待地等着他问出下一个问题。

“我该怎么帮你？”

她看着他的眼睛，他有一双深棕色的眸子，眼珠外沿围了一个淡蓝色的环，好像一汪澄澈的湖水，她的声音都不自觉地变得温柔起来：“你已经在帮助我了。难道你不知道吗？”她把盐瓶拿回来，侧着放倒，旋转。每旋转一次，就有一些盐粒撒出来。她知道此刻卡尔一定非常想把撒出来的盐清理干净。不过他没这么做。

这时候，服务员把餐品端上来了。她一把抓起汉堡包，张嘴咬了一大口，用眼角的余光瞥到，卡尔对服务员点了一下头表示感谢。等服务员走后，卡尔才拿起餐具，将餐巾纸铺在膝盖上。然后，他不紧不慢地拿起刀沿着对角线将三明治切成两半。

“哇！”她叫了一声。

“怎么了？”他拿起一半三明治，轻轻地咬下一个小角。

她嘴里塞满了食物说不出话来，所以用手中的汉堡包指了指卡尔的三明治。

“我喜欢先吃掉一半，因为有时候我喜欢把另一半带回家去吃。”他解释道，“而且我发现从审美的角度来看，三角形会让我心情愉快。”

“好吓人，”她大笑起来，“听起来好像连环杀手。”

“你多大了？”他问她。

“你这么问好没礼貌啊！”

“好了好了，”他说，“你这么年轻，根本不需要隐藏年龄，你肯定还很小。”

“二十七岁。”

“胡说。”

“那你多大了？”她抓起一根薯条含在唇边，许久才舍得咬下去。

他皱了下眉头，说：“比你大多了。”

“四十岁？”

“谢谢，”他笑了一下，“三十，实际上。”

“我二十五岁了。”

“天哪，好吧，我相信。”他打趣道，“你现在不是应该在大学读书之类的吗？”

“我毕业得早呀，”她一本正经地回答，“我学东西快。”

“那你很聪明啊！”

“但你可不是。”

“你怎么知道？”

她拿起一根薯条指着他的鼻子，假装发作。“因为你没料到能跟我约会吧？”

她也没料到，她还是第一次感受到调情所带来的轻松和愉悦。面对威尔时，由于形势所迫，她只能表现得淫荡和甜美；面对莱娜时，更多的则是沉默和顺从。她不禁问自己，此刻的自己有几分是逢场作戏，又有几分是真情流露？热乎乎的晚餐攻陷了她的胃，她浑身的肌肉都放松下来。几个月以来的恐惧，忽然在这一顿温暖的晚餐中一扫而光。

与此同时，卡尔带着一脸严肃的表情在仔细“研读”她。“听着，格雷琴，我可以给你找个住处，让你住上一阵子。”

“我能跟你住一起吗？”

他有些犹豫。“你还有其他可以求助的朋友吗？”

“我看起来像是有其他可以求助的朋友的人吗？”她指了指彼此，还有桌子上的晚餐。

“好吧……”他停顿了一会儿，然后叹了口气，“你来我这儿住吧，今天晚上。”

“你经常这样做吗？给陌生人提供住宿？”

“我了解一个人急于脱离苦海时的难处，我曾经遇到过这样一个人。”他不理会她的挑衅。

当他说出“今天晚上”之后，她就再也听不进去一个字了。该来的即将来了。只要进了他的房子，她早就算计好了要如何黏在那里。但千算万算，她没有算计到，自己反而会被黏住。在这一点上，是她的失误。

第五章

亚历克斯·梅尔卡多比我在电影和电视剧里看到的私家侦探要年轻个十来岁。他的脸圆圆的，带着几分孩子气，皮肤黝黑，刚剃完胡子的脸清爽干净。看了他们的网站后，我还以为他会戴着软呢帽呢，好在他没戴帽子。他的穿着很低调——牛仔裤和套头马球衬衫。不过现在店里的人不多，只有几个单身汉独自坐在小隔间饮酒，所以我一眼就能看出谁在等我，亚历克斯恰好也在这时站起来，倾身过来跟我握手。

“我是亚历克斯，谢谢你能来。”他指了指对面的座位，邀请我坐下。灰色的塑料隔板上方镶嵌着磨砂玻璃，我往靠墙的座位走去，塑料咯吱咯吱作响。我已经很久没来过这家华夫饼店了。瞧瞧这四周，估计我的学生喝多了四处闲逛时，也喜欢来这种地方。这里闻起来有一种肉桂苹果的味道，还有一点儿变质的食用油的味道，却很神奇地让人觉得心情很好。

“你经常来这里吗？”我问他，“我想我以前在这里见过你。”

他看起来有些惊讶，我心想：小伙子，我只是根据来电地址推测出来的。

“我只是想找个可以安心谈事情的地方。”他的声音有些粗哑，不过这声音不仅没给他增添老气，反而让他看上去更像是个处于变声期的青少年。他环视了一圈都没看到服务员，于是笑了一下，说：“这一层现在只有一位服务员，而且她还很粗心。”

“相信你已经察觉到了，我丈夫知道我在这里。”

“是吗？”听他的语气，他根本就不相信我的话。

“直接进入正题吧。”我免去客套话。

“我知道这是个敏感的话题，”在提到“敏感”这个词时，他显得格外小心，“我知道你现在的感觉可能非常——”

“是，没错，”我忍不住打断他，“所以你找我来的目的到底是什么？”

“你跟你女儿谈论过之前发生的事情吗？”

“警方的报告——”

“我知道警方的报告里面写了些什么。”

“你知道？”我倒是在电视上看到过警方的新闻发布会，因为我们全家都没出席，所以发布会草草了事，整个过程中只有一位警察对着媒体记者反复强调“平安无事”“人口贩卖特遣小组”这样的字眼。然后镜头就对准了角落里朱莉上七年级时的照片。屏幕下方滚动出一条字幕：十三岁被绑女孩八年后终于平安归来。警方根本没有公开报告里面的任何细节，所以我问他：“你怎么知道的？”

“我看过警方的报告。”他回答。

“你是怎么看到的？”

“我是一个私家侦探，当然有自己的办法。但我问的不是警方报告里的东西，你跟你女儿谈论过她被绑架这些年发生过什么吗？”

“她录口供的时候，我就陪在她身边。”

他看着我的眼睛。

“好吧，如果这就是你想问的，那么我的答案是没有，我又不可能天天追着她问这些事情。”

“你不想知道？”

“我不想逼她说。”

“黛沃洛斯夫人。”

“请叫我博士。”我脱口而出。

“你不觉得朱莉的故事充满矛盾吗？”他继续逼问。

缺席四节心理治疗课，身上的文身，她看到超声波图片时的表情，她驱赶我的声音“出去”。

“你有没有怀疑过——”话说到一半，他突然停了下来，压低了声音，一脸严肃，并非出于歉意，更像是关心的表情，“你听我说，黛沃洛斯夫人——博士，这个案件不太寻常，一个失踪的孩童在八年后，莫名其妙地自己出现在家门前，坦白说，你不觉得奇怪吗？即便不是八年后，而是三天后，没有交赎金，绑匪又携带武器，她归来的可能性也——”

“我知道。”

“现在警察不去问这些问题，是因为她回来了，她完好地回来了，他们再也不用为这个案子头疼了。”

“他们还在寻找——”

他打断我。“没错，如果他们能够揪出幕后的罪犯、曝光人贩子团伙当然最好，那可是头版大新闻。但是博士，有些话我不得不说，从我知道的来看，这个贩卖团伙很是奇怪。如果你想把一个孩子从得克萨斯州绑架到墨西哥的话，你肯定不会大费周章地拖着她绕了三个州才去墨西哥，边界就在那儿。”

“也许绑匪事先也没做好计划。”

“没错。”亚历克斯说，“也许绑匪只是个普通的精神病患者，跟正常人不太一样。也许绑匪不知道在哪里见过朱莉，一冲动，就趁机绑走了她，但很快就厌倦了她，想把她送走。恰好这时候呢，他无意中遇到了贩卖团伙，于是他把朱莉卖给了贩卖团伙。贩卖团伙带着朱莉来到墨西哥。这时候呢，又冒出来一个从电影里走出来的毒枭，他们把她卖给了毒枭。”他摇了摇头，接着说，“这是一个大胆的举动，但是很聪明。”

“聪明？你是什么意思？”我听得有些云里雾里，“什么举动？”

“因为现在联邦调查局介入了。”他更像是自言自语，脸上关心的表情不见了，露出兴致勃勃的样子，“现在这个特遣小组成员遍布全州，休斯敦警察局、整个县、所有相关部门都在携手破案。案件越复杂，进展就越慢。所以最终这个案子会经年累月地拖下去。而且，你觉得警察会愿意让她出现在媒体面前，让大家关注他们八年都没侦破的案子吗？不然你以为他们为什么那么急匆匆地召开新闻发布会？你以为他们想让大众知道被绑架的小女孩是自己回来的吗？”亚历克斯停下来放缓了语速，我知道我已经把他的话听进去了。他接着说，“尤其是朱莉有可能一直都在他们眼皮底下，但是他们却一点儿都没帮到她，没能救她，你觉得他们想让大众知道吗？”

“就在他们眼皮底下？”但是朱莉现在安全了，我安慰自己。

他把一个大马尼拉信封推到我面前，不知道为什么，我脑海中响起警报“不要打开，不要打开”，但我还是打开了信封的金属扣，翻开信封。我将两根手指伸进去，抓出来几张纸和一张照片。一开始我没觉得这张照片跟我有什么关系，但当我看清楚照片中是什么时，胸口迅速泛起一阵恶心。照片中是腐烂的衣服碎片，还有更可怕的东西。我果断地移开视线，用眼角余光瞥到上面的标题：休斯敦橡树河边发现遗骸。

我把纸张和照片都一股脑地塞进信封里，迅速合上信封，扣上金属扣，我的胃里在翻腾。

“是谁派你来的？”我的声音都在发抖。

“你女儿失踪那段期间，我离开了警局。”亚历克斯继续侃侃而谈，他没有回答我的问题，也没有收回信封，就好像刚刚的一切都没有发生。我们从可怕的华夫饼店穿越出来，在进行尴尬的第一次会面，他在向我介绍自己的情况。“我厌恶了他们调查案件的态度和方式，道不同不相为谋。这些年，我也一直没再重返警局。相信我，放弃保险金和一系列社会福利金是一件很难的事情，但如果一个地方不适合你，还是越早离开越好。”他笑了一下，“我妻子也很支持我。”

“谁派你来的？”我继续追问。

“没人——”

“那你到底叫我来这里干什么？”

这时候，服务员端着一个高高的塑料瓶子走过来，亚历克斯居然还有心情指着他的杯子，让服务员给他续杯。他朝着服务员点头表示谢谢，看服务员走远后，才转过头来看我。他刚要开口，我感觉手机嗡嗡振动了一下。汤姆肯定在想我去哪里了。现在几点了？

“安娜，这个案子我一直参与其中。难道你就不想知道为什么警察始终都没有找到你女儿吗？当然，我认为严重的失职是一方面。”

听见我的名字从他的嘴里说出，而且声音刺耳，我再也压抑不住心中的愤怒。是时候结束这场荒唐的谈话了。“我得走了。”我站起来，包里的手机又振动了一次。

“你想知道真相，我也想知道。我有充分的理由相信，真相比我们想的还要糟糕。信封里照片上的遗骸——”他的语速越来越快。他用手指戳着桌子上的黄色长方形信封，刺眼的黄色灼痛了我的眼睛。“他们都没有拿它去跟你女儿的牙齿记录做一下鉴定，朱莉·惠特克就已经被他们从失踪人口数据库里面移除了。我检查过了。”

“那是因为她回来了。”我小声嘀咕了一句，身子往后靠了靠。

手机又嗡嗡振动了一下，又收到一条短信。

“安娜，警方认为这具遗骸已经保留八年到十年了，他们认为死者是一个十三岁的小女孩。但是有一种办法可以证明这不是朱莉——”

“你凭什么觉得这是朱莉？”

“如果你有合理的理由怀疑住在你家里的女人并不是朱莉，这具遗骸就有可能是朱莉的。”

“住在我家里的女人？”我像个傻瓜一样重复了一遍。

“你能帮我个忙吗？能帮我拿到她的 DNA 样本吗？最好是梳子上的头发。”

嗡嗡，嗡嗡。我把手机从包里拿出来，粗略地扫了一眼汤姆刚刚发来的短信。看到短信内容后，我顿时感觉天旋地转。

亚历克斯却毫无眼力见儿地继续讲了下去：“我有一个朋友在犯罪实验室工作，到时候他会用头发来做鉴定，看看跟朱莉的是否匹配。在找出真相之前，我们不需要惊动任何人，任何人都不会知道这件事，即使是住在你家里的女人。”

“抱歉。”我把桌上的信封推回给他，好像推给他一道吃不完的菜。

“这么说，你确定她就是朱莉？别误会，我只是想确认一下而已，冷静一点儿。”他敏锐的目光仿佛洞察了我的内心。

嗡……

“但你并不确定，不是吗？至少并不完全确定。”

他仍然坐在我面前，双手交叠放在桌子上，却给我一种居高临下的感觉，他的双手仿佛已经触及我的内心深处，抓取了我内心的一切。这是对你一次又一次的侵犯，就好像你忘记设定闹钟，忘记锁门，好像生活在一个没有界限的世界里，人人都可以走进你的厨房，拿尖刀抵着你的女儿将她绑走。在这个世界里，什么灾难都可能发生，我失去了信仰和希望；在这个世界里，好事的笑脸下面总是藏着恐怖的面具，哪里有最好的事情发生，哪里就有最坏的悲剧紧随其后。对我来说，现在最坏的事情就装在信封里面，就在标题的几个大字里面：发现遗骸。

“我很确定。”我说。

“你有我的电话，”他没有强迫我再次把信封打开，“你想谈论这个问题的时候，可以随时打给我。”

我的电话一直振动个不停，我现在必须马上赶回家，去面对因为我的怀疑而可能要面对的惩罚。我起身往外面走去，好像我早已离去，永远地离去。到现在我都不敢相信自己几个小时前刚从卡罗尔·莫尔斯的心理治疗中心冲出来。心理治疗，我突然想起朱莉缺席的四节心理治疗课，或许身后那个大坏人能帮上我的忙。我转身大步走回去。

“你刚才说的东西，我一点儿都不感兴趣。”我对桌子上的信封置之不理，“但如果你真的想帮我，就帮我查出周二和周四下午，朱莉都去了哪里吧。她一点半从家里出发，跟着她。”

“我以为你永远都不会问呢。”

“不是无偿的，这次是为我服务，我会付钱给你。”

“好吧。”他点点头说，“但是你也得帮我一个忙，安娜。去网上搜一搜叫‘午夜格雷琴’的乐队，看一看他们在YouTube（视频网站）上的视频。然后告诉我你看到了谁的脸。如果到时候你改变主意了，给我打电话。”

兰

早上七点从睡梦中醒来，她的背后抵着一个坚毅的下巴，还有一双时刻紧盯着她的黄色眼睛。威尔还在她旁边睡着，一会儿磨牙，一会儿鼾声大作。

迷迷糊糊中，好一会儿她才反应过来为什么下巴疼得厉害。她走进浴室，只见半个浴帘都被扯下来了，洗发水瓶滚落在浴盆里。她还记得昨晚在淋浴喷头下面，威尔的手紧紧地掐住她的脖子将她抵在墙上，水流朝着她扑面而来，呛得她喘不过气来。威尔松手后，她险些跌倒，慌乱中一把抓住浴帘，将浴帘扯了下来。塑料浴帘盖在她的头上，她蜷缩在地上，听着水流拍打在浴帘上的声音，等着威尔进来看到满地狼藉后，对她大吼大叫。但等到最后，他都没有进来。

这是威尔第一次动手打她，虽然之前好多次她都觉得威尔要动手了。威尔会相信她吗？毕竟她的过去并不光彩，她曾经为男人跳过脱衣舞，也为女人跳过，而且不仅仅是单纯地跳舞。威尔经常一觉醒来就会唱一首歌，就像昨天晚上，那首歌她早就烂熟于心了。先是主歌，接着是副歌，他没有喊出昨晚那个让他愤怒的名字，只是哭着发誓，说他从来都不相信她心里只有他一个人。第二遍主歌，跟第一段一样。然后，迎来了整首歌最好听的部分——难道她不明白他曾遭人背叛？直到二十二岁，他都是个处男，因为他大学女友说自己还没准备好，却背着他跟其他男人睡在一起。他是个十足的绅士，她却忍心背叛他。

兰总是装作第一次听到他的故事。他不停地哭着乞求她的原谅，但最后还是莫名其妙地变成了她的错。又一次卑躬屈膝地道歉，又一次讲述自己羞辱的过往，这些都只会让他在下一次想起时更加暴躁，令场面更加糟糕。

兰回到卧室，看着威尔熟睡的脸，此刻他是如此的安静、英俊。他的下巴坚毅丰满如雕像，泛着青色的胡楂儿衬得他的皮肤仿佛大理石一般光滑。她想象自己把手掐在他的喉咙上，然后俯下身来，慢慢地收紧，收紧，死死地掐住。

他的眼睑近乎透明、薄如蝉翼。她突然用手摸了摸自己柔嫩的下巴。瘀青恰好在下巴正下方，围一条围巾或者穿一件高领衫就可以挡住了，别人根本看不到。

威尔似乎已经找准了该掐哪里，他似乎对此很有经验。

刚才兰已经花了几分钟将浴室打扫干净了。威尔会哭，会道歉，但是他不想看见任何哭泣时留下来的痕迹。每次，她都将他的脸拥在自己胸口，充满爱怜地轻抚他，她胸前被他的泪水浸湿。她穿着内衣躺回床上，轻轻地挪到他身边，把毯子拉过来盖在他们身上。她闭上眼睛，虽然睡不着了，但也没关系，可以趁着这段工夫想一想逃跑的计划。

最后，她将实施计划的地点定在西雅图。威尔在西雅图谈好了几场演出，他总是担心继续待在这个小镇里，兰会再次回到她之前的队伍——莱娜的团队中，尽管她们分道扬镳后就再没说过一句话。莱娜团队里的大部分人，兰原本就不认识，所以她开始跟威尔上台表演，那些人即便看到她了，也会假装不认识，她也一样。

后来兰就没怎么见过她们了，因为她们不再去女同性恋酒吧玩了。当初她找上威尔时，威尔召集了两个之前乐队的老队友，把她介绍给他们："我有一个女歌手。"兰令人惊艳的歌声盖过了电吉他声。于是，她成为领唱，不再只做和声。在兰看来，有些歌词更像是文笔差劲的遗书，但是观众听不大出来，所以无所谓了。威尔是对的，观众喜欢看有领唱的乐队演唱。没有人在意舞台上的她穿的是破洞牛仔裤还是什么，他们仰头看她时，那一张张脸就像一朵朵花儿，仿佛聚光灯下的她就是天使。有时候，她真的以为自己是个天使，闭上眼睛，深情地歌唱，闪亮的聚光灯照在脸上，她仿佛看到了天堂的模样。等到她再次睁开眼睛，眼前出现许多小黑点，好像在冥冥之中阻止她去看周围的世界一样。

乐队之前有一个压抑的名字，叫"午夜"。但很明显，自从兰上台后，大家来这里就是为了看她。所以威尔灵机一动，干脆建议乐队更名为“午夜格雷琴”，灵感来源于小时候妈妈给他讲过的一个故事。她已经做好了跟紫罗兰这个名字告别的准备，正如她所料，人们开始叫她“格雷琴”了。她喜欢这个名字，比紫罗兰听上去舒服多了，紫罗兰更像是风尘女子的名字。格雷琴要比紫罗兰更加健康阳光，不再是黑暗里的夜玫瑰，而是明亮鲜艳的向日葵。她的头发又长长了，她把新长出来的碎发染色，于是又恢复了一头美丽的金发，配上黑T恤衫和牛仔裤，舞台上的她看上去漂亮极了，一切都在或多或少地好转。

本来生活可以就这样风平浪静地过下去，直到有一天，她不小心说了一些不该说的话而暴露了自己，毁灭性的灾难随之而来，生活从此截然不同。那天，演出结束后，戴夫和伦恩在讨论去脱衣舞俱乐部玩，正好提到“黑玫瑰”。她当天有点儿兴奋，顺口开了个愚蠢的玩笑，给他们讲了去那里的女同性恋的故事。讲完后，她发现威尔突然用可怕的目光盯着她，他的目光像一把剑，寒光逼人，看来他已经有所警觉。威尔问她：“你是怎么知道的？”

她没有否认自己曾经就是“黑玫瑰”里面的脱衣舞娘，否认又有什么用呢？他之前已经无数次地吻过她胸前的小黑玫瑰了。在他锐利的目光下，她T恤衫下面的黑玫瑰文身突然灼痛起来。

她马上就明白完蛋了，平静的日子到头了，威尔其实是个危险的人物，只不过之前深藏不露。从那天起，尽管她在舞台上仍像路标一样引人注目，但在威尔眼中，她再也不是兰了，威尔仿佛又看到了曾经在聚光灯下跳脱衣舞的那个斯塔尔，虽然她早就告别了斯塔尔的身份。演出结束后，不管他分到了多少钱，不管他看起来有多高兴，他都会对她说："这里的每个人，都想要你。"

她只是耸耸肩，那又怎样？

刚开始，他们一到家，他就兴奋地一把抓住她，掀起她的衬衫，用拇指使劲儿揉搓她左胸下面的文身，直到把皮肤搓到瘀青、破皮，然后狠狠地占有她的身体，仿佛要从里到外完完全全地将她占有。她本可以告诉他，没人拥有她最里面，即使是她自己，但说了也没用，也阻止不了他的暴躁。很快，他的欲望消退，厌恶油然而生，他的眼睛又恢复了清明，只是这样已经不能消解他的心头之气，他得找点其他方式宣泄。

浴帘杆已经坏了，她感觉到自己也在损坏、破裂。是时候逃离这里了，是时候去换一种生活环境了。再也不要有莱娜这类人，不要有威尔这类人，她已经过够了这样的生活，再也不想做一个破布娃娃，晚上被人随意占有，随意撞到墙上。

不过，乐队越来越受欢迎了，现在几乎每场演出都有长方形摄像机架在高空中俯拍，闪光灯晃得她不舒服，她不喜欢这样。她知道必须赶快加紧逃跑的脚步了，因为这些天威尔盯她盯得更紧了，一刻都不让她脱离他的视线。在路上，威尔就像她的守护神，跟她寸步不离。到达演出地点后，其他人睡沙发，威尔带着她住进便宜的汽车旅馆。有一天，威尔竟然让她开着门上厕所，这下，连上厕所都要被人监视，她再也没有独自行动的机会了。

她开始在演出之前跟队友们一起围坐在舞台上喝啤酒，酒水是夜总会免费提供的，以此来弥补一下给他们开出的低微的酬劳。威尔喜欢让她参加演出前的热场环节，他已经捏碎了五六个空瓶子，严厉警告她好好表现，但她始终充耳不闻，再也不肯像过去一样卖力演出。时机终于要来了，她几乎都能数出来还能跟大家喝几次酒。她依偎在威尔身上，给自己多一点时间感受一下最后的温存，尽量不让自己去怀念跟戴夫和伦恩一起挤在临时窝棚里的日子。在上台表演之前，她故意让大家都看到自己踉踉跄跄地撞进了女厕所。威尔还嘲笑她怯场了。但实际上，她是故意表现出踉跄的步伐，就是为了一会儿谢幕后，她能跌跌撞撞地撤走而不被大家怀疑。

每次来到西雅图演出，她都觉得自己像个孩子一样在荡秋千，秋千飞快地向前摆，她迅速地观察地形，寻找最佳的落脚点。一开始，她不知道自己在寻找什么，直到看见坐在观众席里的他。她之前见过他，他总是一个人，看上去只是个普通的男人。但那天晚上，舞台上的聚光灯打在她的脸上，仿佛给她戴上了面具，面具下的她思绪开始游离。他的目光一直放在她的身上，像是黏在她衬衫上湿乎乎的污渍，她能感觉到。在周围的一圈人当中，他的脸色最黝黑，像白色人群中的黑洞，将她吞噬。她闭上眼睛，用带磁性的女低音深情地哼唱，突然爆发出嘹亮的女高音，好像一双手从舞台上伸展过去，直抓他的心脉，又像潜水运动员突然从寂静漆黑的人群中脱水而出。

在那个十月的晚上，西雅图又飘起了毛毛雨，朦朦胧胧的细雨给整座城市盖上了一层帷幔，这一盖就要盖上七个月。她朝帷幔跳了下去。

第六章

等我赶回家，什么视频，什么格雷琴·法伯早就被我抛到了脑后，她不见了，朱莉不见了。

汤姆竟然让她一个人走出家门，我想冲汤姆发飙。但汤姆并不知情，他不知道朱莉刚刚流产，他不知道她二十四小时内还不能下床走路，他不知道她有可能会大出血，会再次受伤。但说这些都没用了，她已经消失五个小时了，走之前一句话都没留。汤姆整个人像一头发狂的狮子。我们开车沿着纪念大道寻找，问遍了路上的每一家咖啡厅和商店。终于在星巴克，有个咖啡师说他可能见到过朱莉，看见她坐上了一辆路虎。

还好我们在疯狂之前残存了一丝理智，想到了接走朱莉的人可能是简，因为简正开着汤姆的路虎在外面晃荡，于是我们打电话给简。但简的电话直接转到了语音信箱，通常电话没电了才会这样。我一时失了控，无数的场景在我脑中闪过：一伙从墨西哥来抓朱莉的男人最后终于找到了她，正好两个女孩在一起，他们干脆把两人一起绑走；简接走了朱莉，但路过十字路口时，一辆车从侧面撞上来，现在她们躺在医院昏迷不醒。不断浮现的灾难性场面令我心急如焚，我不相信，闪电不可能击中同一个地方两次，我的女儿也不可能再一次消失。我朝着汤姆大吼，汤姆也冲着我吼，两个近乎崩溃的人紧紧地抱在一起。走投无路之际，我们想到了报警。一直找到天黑时，我们才不得不回家。汤姆一直在跟警察通着电话，没想到，两个女孩突然跌跌撞撞地闯进厨房，她们回来了，终于回来了。她们浑身湿透了，像两个疯子一样咯咯咯笑个不停。

她们的笑声彻底将我激怒。在过去的四个小时里，我以为两个女儿都失踪了，我回到家，坐在厨房里，心如死灰。我告诉自己：相信吧，你逃避不了的，这就是你的命。谁让你去朱莉的心理治疗中心找她的治疗师的？谁让你去见一个从学院网站弄到你办公室电话，就胡编乱造叫你出去的神经病的？你辜负了朱莉，你背叛了她，所以你活该再次失去她。我给简的每一位朋友都打了电话，贝拉、阿普里尔，甚至她不再一起玩的朋友，我们有他们父母的电话，我们不放过任何可能。汤姆一直在给警察局打电话，警探哈里斯、奥华比，每一个接过电话的人，都被他大吼了一遍。不过我内心深处知道，是我，是我害得她们失踪。

而现在她们终于回来了，哈哈大笑着回来了。

“你们去哪儿了？”我压制住心中的怒火。

但她们还在打打闹闹，朱莉和简，简和朱莉，就像小时候一样。不过朱莉已经觉察到气氛有点儿不对，她的表情有些严肃起来。

“哦，我的天，去了好多好多地方！”简把手搭在朱莉肩膀上来稳住笑得花枝乱颤的身体。

“你先解释一下为什么浑身都湿透了。”

“哦，”简说，“没错。应该说这是一场意外。”简的声音透着兴奋劲儿，不过我没心情去听。简看到我的表情后，拉了拉朱莉，说：“你来告诉她吧，朱莉，她喜欢你。”说完，她又紧张地傻笑起来。

朱莉开始跟我解释：“回来的路上交通非常拥堵，所以我们把车停下来去吃饭。简想带我去看看雕塑公园，但那个点儿，公园早就关门了——”

“所以我们就翻墙了，”简接过话，“我之前翻墙进去过很多次，但今天是第一次被保安追着跑！”她又开始咯咯咯地傻笑，“所以我们只好退而求其次，来到赫曼公园的喷泉前面。”

“我们想许个愿。”

“但玩起来就一发不可收拾，我们游起泳来了。”

“她是想游进去拿钱！”朱莉也忍不住笑起来。

“好吧，我没有零钱嘛，而且许愿池里的愿望不会介意被捡回去再许一次的。”

她们还沉浸在当时的欢乐之中，回忆着两个人一起跳进巨大的喷泉池，在喷涌而出的弧形泉水下面追逐打闹，任凭周边车来车往，嘀嘀鸣叫。她们投入得早就忘了我脸上的表情。

我再也忍受不了了，噌的一下从餐桌前站起来。此刻我已经被气愤冲昏了头，脑子里一片空白，我不知道自己在做什么，也不知道要走向谁，朱莉看见我过来了，迅速躲在门框后面。于是我径直走向简，一巴掌打在她脸上。

“安娜！”汤姆大喊一声。

“你脑子里都在想什么？”我大声质问她，“我们给你发了二十几条短信，你们呢？你们在干什么？”

汤姆大步穿过去，伸出一只胳膊揽住抱着门框的朱莉。他没有横在我跟简之间，但他已经做好了随时冲上来的准备。

简难以置信地伸手摸了摸脸。“你打我？”

其实我特别想说“宝贝儿，对不起”，但不知为何更刺耳的话脱口而出：“你欠你爸爸和我一个道歉。”

“你竟然打我，”简气得咬牙切齿，“你这个贱人！”

“简！”汤姆出声警告。

“我手机肯定是没电了！你们不是想看吗？我拿给你们看！”她气得双手发抖，摸索了好一会儿才从包里找出手机，按下开机键，然后对着我们摇了摇手机，“看见了吗？没电了！”

“没电不是理由，我早就告诉过你要时刻给手机充好电，你不是不知道。”

“你什么时候开始这么关心我了？”简把电话扔回包里，“你以前可没这么关心我，以前我晚回来五分钟你都不会注意到。”

“你现在是晚回来五个小时，不是五分钟。”汤姆接过话，“我们连你们去哪儿了都不知道。”

“我以前总是在你们吃完晚饭后才回来，从来没有人打过我。不管我做什么，你们连眉毛都没皱过。”她气得大笑了几声，“为什么自从她回来以后就不一样了呢？是不是害怕你们真正在乎的人出事？”

“因为我们知道你会照顾好自己。”我终于痛痛快快地把这句话说出来了。

“你什么意思？”

“你曾经让她被带走过一次！”我朝她大喊，“你眼睁睁看着她被绑出了家门！”

简瞬间瞪大了眼睛。她朝我走过来，她高大的身躯压倒性地站在我面前，举起一只手，有一瞬间，我以为她要打我。但她没有，她反手指向朱莉。

“随便你怎么骂我，但别忘了，她就站在那儿，有什么问题，你去问她啊！”

我的眼睛顺着她的手指看过去，这才注意到朱莉的头发跟简一样，虽然已经开始干了，但还湿乎乎地黏在脑袋上。她剪了头发，还染成了红色的，像扣着一顶羽毛帽，额前的碎发翘起来，一瞬间，我连话都说不出来。

“我告诉过你们她可能会出乱子。”简继续说道。不过现在没人关心她说什么。

“对不起。”朱莉小声说。

“为什么道歉？”我朝朱莉走过去，伸出手试着轻轻抚摸她的耳际，这里本来长着长长的金色头发，怎么会突然就没有了呢？我来回翻了翻她的头发，想看看这到底是真发还是假发。

我突然抑制不住地哭出声来。

“我真是不敢相信，”简气急败坏地说，“是她不声不响地跑出去，是她消失了八年，不是我，不是我！”简左手无名指的绷带松开了，飘落下来。她看到根本就没人把注意力放在她身上，气得使劲儿跺了下脚，冲上楼去，狠狠地把房门摔上。

朱莉也跟着她上楼去了，但是她走得很缓慢很艰难，一步一步踩在我的心头儿上，踩在我的悲痛上，我的悲痛像汹涌的洪水，随时可能把她冲倒卷跑。

妈妈曾经扇过我一记耳光。

那是五年级的暑假，安琪·佩什邀请我跟她和她的家人一起去东北湾玩几天。我的妈妈是个很固执的人，对于养女儿这件事有着自己一套强硬的方法。在我的恳求下，她终于勉强同意了。不过不凑巧的是，我的身体长得快，泳衣都太小了，买新泳衣真是一件折磨人的事。妈妈站在更衣室的角落里看着我试衣服。我的屁股又变宽了，每当看见我需要使劲儿才能把衣服提上去时，妈妈都会皱一下眉头。最后，我们选了一套圆点图案泳衣，宽松的荷叶裙垂到大腿中间。这一年是我个子长得最快的一年，一下子长到了一米五二，打那以后，我就再也没长过个子。

到安琪家的第一天，她看见我的圆点图案泳衣后，冲我做了个鬼脸，说：“过来，从我这里选一件。”说着，她拉开抽屉。天哪，她的抽屉里面装满了少女系比基尼，要知道，这种泳衣，我跟妈妈逛街的时候她连碰都不让我碰一下。我试了一件针织比基尼，上衣是挂脖式的露背装，臀部镶着串珠，一走路就会哗哗作响。安琪上上下下打量了我许久，说：“原来这件衣服穿起来竟然这么漂亮。”语气里带着一丝嫉妒，但只有一点点。毕竟，在东北湾坐拥一座度假屋的人是她，而我，只有一位信天主教的妈妈。

接下来的十天里，我跟安琪一起玩绳球、乒乓球，一起跑到老式的冷饮小卖部买冰冻可乐，一起躲在被子里面打着手电筒讲鬼故事。临走之前，我把泳衣还给了安琪，但是我忘了身上的晒痕。进我屋子从来不敲门的妈妈，恰好在我换衣服的时候走了进来。

妈妈反手打了我一巴掌，我疼得大哭起来。妈妈朝我吼：“穿成这样，你知道那些男人会在心里怎么想你吗？你知道吗？”

我不相信她的话，对我来说，这仅仅是一副身体罢了。但夏天结束后，我开始注意到学校里的男生，大街上的男人，还有任何看我的人。从他们的眼神中我看出，我的身体对他们来说不仅是一副身体，它仿佛一本敞开的书，上面写满了可怕的秘密，仿佛一本肮脏的杂志，任何人都能够随便翻阅。妈妈再也没有打过我，但是我恨她，因为事实证明她是对的。

后来，我有了朱莉。我看着朱莉一天天长大，身体越来越丰满，她紧实的臀部也可以撑起一条裙子了。当我在试衣间的灯光下看到我的女儿试衣服，想到她将来也会长成一个真正的女人时，我的心脏几乎停止跳动。但我的妈妈却已经去世了，她没能看到这一切。我想起曾经的自己：上楼梯时，男孩子们用铅笔撩起我的裙子；在公交车站等车时男人们盯着我看；走在马路上时汽车司机朝我按喇叭，喊出下流的话挑逗我。有一天，我终于高兴地以为远离了骚扰，穿着太阳裙一个人坐在草地上看书，毛茸茸的小草刺痛我的大腿，阳光晒在我的手臂上。突然，我发现自己不是一个人，一个男人走过来，问要不要帮我给后背擦点防晒霜，我羞愤得都顾不得害怕。如今，我看着自己的女儿，往事重现，羞耻和害怕又时时刻刻占据我的内心。但这一次不是我，而是一副跟我相似的身体，但它并不属于我，所以我只能眼睁睁看着，却无力保护。

我的心跳几乎又戛然而止。我为她担忧，也被她惊吓。我屏住呼吸，告诉自己：很快就会过去的。等再过两年，她长到十三四岁，就会明白了，就像曾经的我一样。

但那一天，我却没有等到。

“你竟然敢打简！”汤姆俯下身来强迫我看着他的眼睛，

但他的眼神依然在我的头顶上方游离。我还是第一次看到他这么生气。“我们不能打孩子，安娜。我们不能打自己的孩子。”

“你不是也跟我一样吓坏了？”

“我不管你有多害怕，”他的身体越来越逼近我，“我们之前说好了：在我们家绝对不能打孩子。我小时候见过太多次家暴。”

“那你的姐妹们现在过得怎么样，汤姆？”我突然抬眼看他。

“她们怕自己的父亲怕得要命！也许她们也怕丈夫怕得要命！你想要我们的女儿以后也跟她们一样吗？”

“那她们中有谁被绑架了？有谁被人贩子卖来卖去？”我提高了嗓门，“有谁被强暴了八年？”

“安娜——”

“她们很安全，汤姆！她们一直都过得很安全！”

他抬起我的脸，一字一顿地咆哮着反击我的话。“如果你觉得跟我父亲生活在一起也叫安全的话，你连安全是什么都不知道。”

我已经失去理智了。汤姆的咆哮无形中释放出了我心中的洪水猛兽。我想我是在哭泣，却发现自己哭不出来，只能大口大口地喘气。我感到头晕目眩，眼前乌黑一片。下一分钟我才慢慢缓过劲儿来，我发现自己还站在原地，被汤姆紧紧地搂在怀里，好像他往我的肺里注入了空气，我心中的洪水猛兽化成了泪水，终于哭出声来。

“为什么她要这么做？”我靠在他胸前啜泣，“为什么？”

“你知道简的，她总是没有时间概念。而朱莉，我想她只是觉得我们把她关起来了，又把她困在了笼子里。你知道她过去的经历。”他浑身颤抖起来，深深地叹了一口气，“我跟你一样担心，也一样生气。但现在她们回来了，老实说，让她们两个在一起，对她们来说未必不是一件好事。”

“我是说，她的头发。”

汤姆松开我，后退了一步，盯着我说：“你开玩笑呢吧？”

我知道这些年他一直在努力跟简沟通谈心，努力消除简在我们之间设立的屏障，而我竟然傻乎乎地以为简只是不希望我对她的生活做太多的干涉。不过朱莉，汤姆是如何跟朱莉保持心灵上的联通的？汤姆是怎么拥有以前的心电感应的？在我径直走向简打了她一巴掌时，汤姆怎么知道要在第一时间走向朱莉，把她紧紧地护在怀里？

“她们就像陌生人一样。”

汤姆难以置信地看着我。“安娜，女儿们成年之前，所有妈妈都这么想。”

但正如卡罗尔·莫尔斯提醒的那样，朱莉已经成年了。汤姆不知道朱莉逃避心理治疗课和流产的事情，也不知道私家侦探亚历克斯·梅尔卡多和那个信封。他没有直视过这些人的眼睛，也无须问自己这些人的话到底是真是假，该如何分辨。

我可以告诉汤姆一切，但正是我才招致今天的局面，我们已经为此受到惩罚。我亵渎了母女之间的信任和感情，我竟然连自己的孩子都认不出，我竟然闻不出自己孩子的气味，把她们赶出温暖的巢穴，在她们想要拥抱的时候狠狠地打了她们，仅仅是因为她们在外面玩得忘了时间。作为母亲，我竟然不知道孩子们回来时会长成什么样子，还有比这更可怕的吗？

“你是对的，”我向汤姆认输，“我知道你说得对。”

我和汤姆一晚上只能吵一次架，我们刚刚和解，实在没有精力再吵一次。我听话地被他抱到床上。等他睡着了，我悄悄地拿着手机走进卫生间，把手机调成静音模式，搜索“午夜格雷琴”。最后，我在 YouTube 找到了一个“午夜格雷琴 @ 查普尔酒吧——2014/10/2”的视频片段。我点了三角形的播放键，一张还没有脏乎乎的手指印大的脸出现在屏幕上，舞台灯照在她的脸上，她张开嘴，无声地歌唱。这个人，就是朱莉。

紫罗兰

第一次在莱娜家的后院唱歌。

尽管在这里住了近一年了，但紫罗兰从来没把这里当成自己的后院。这一年里，她先是把头发染蓝，接着漂白，又剪短，然后再次把头发慢慢蓄长，长成光泽饱满略带红色的金发。当然，这里很多人都是短发，但她看得出来，莱娜更喜欢长发，不管什么颜色。

那天，莱娜把朋友们叫过来聚会，她们都抱着酒瓶子喝个不停。天色渐黑，天气也开始寒冷起来，于是她们点着了火盆，回厨房拽出来几把椅子。莱娜从来都不抽大麻，所以紫罗兰通常也不碰它。这时候，她左边的苏珊突然递给她一支大麻烟。莱娜喊了一声“小兰”想制止她，不过紫罗兰没理会，她接过去深深地吸了一口大麻，莱娜迅速转过头去耸了耸肩。这只是个开始，紫罗兰已经做好准备不再做一只乖巧的小绵羊。

紫罗兰想利用这次小契机来提醒莱娜，她不是莱娜从外面随手买来的小玩偶。莱娜以为，带着紫罗兰离开脱衣舞舞台就等于买下了她，紫罗兰就属于她一个人了。但紫罗兰可不这么想。在老虎嘴边拔毛的兴奋感像空气中的烟火味一样，还没等人察觉，就转瞬即逝了。紫罗兰平静地呼出一大口烟，将大麻烟递回给苏珊，苏珊张开嘴看着她笑，一脸欣赏的样子，接过来将大麻烟传递下去。

等大家抽完大麻后，苏珊从椅子后面拽出来一把吉他。

“到唱歌时间了吗？”苏珊的女朋友贝壳问。一圈人里面，苏珊坐在紫罗兰对面，裹着针织毛毯。

苏珊没唱情歌，直接赤手轻弹吉他，轻快的弦音驱动着一个个跳动的音符，仿佛潺潺的溪水在眼前流淌。这些日子以来，紫罗兰无时无刻不在提醒自己，自己只是莱娜买回来的战利品，是她的花瓶女朋友，不应该出现在大众面前。而此刻的吉他声，让她四肢的每个关节都慢慢放松开来，多日的紧张感也像奶油一样，在咖啡中溶解、飘散。她看着苏珊拨弄琴弦的手，仿佛撩拨在她的身上，她胳膊上、腿上和脖颈上的汗毛都为之颤抖。

苏珊开始用沙哑的女低音唱起了民谣：她披着长长的黑色面纱走过山丘，在夜风哀号时来到我的墓前。不知为何，这首歌听起来格外熟悉，或许只是喝多了的缘故吧。紫罗兰的思绪紧紧地跟着歌声走，她记得每一句歌词，她从来没跟哪首歌如此合拍过。圆润的尾音撞到她裸露的膝盖上，她的身体仿佛遭到电击一般，她的膝盖在颤抖，大腿在颤抖，浑身都在颤抖。

第一次，她被一个女人吸引，深深地吸引，但那个女人，不是莱娜。

贝壳也全程都在盯着苏珊看，她的表情里掺杂着慈爱和充满占有欲的偏执，看来她也是大麻吸多了。而其他人几乎还都在闲聊、大笑、干杯，还有几个喝高了的把啤酒瓶子和玻璃杯摔在地面上，直接趿拉着凉鞋进屋去拿酒喝。

紫罗兰开始歌唱。

最初，她是跟着苏珊一起唱，接着她开始在“面纱、哀鸣、看见、我”这些押韵的尾音处跟苏珊的声音分离开来，苏珊唱重音的地方，她用高音配合。她的歌声就像过山车一样，忽高忽低，忽缓忽快，忽轻忽重，这都是过去跟约翰·大卫练出来的。然后，她唱高音，苏珊唱低音，她的声音在苏珊的声音之上，仿佛骑在一只鸟儿的后背上追逐、飞翔，飞着飞着，便张开了自己的翅膀。接着，她们的歌声像是两个默契的舞伴，同时呼吸进退。最后，像一把吉他上的两根琴弦，共同震颤。

歌声之外，觥筹交错。大家把酒杯和啤酒瓶举在空中碰撞，尽情畅饮。

终于，歌词唱完，又回到静静的琴弦声，紫罗兰知道结束了。飞扬的高音之后跟吸食大麻之后获得的感觉一样，留下的是困倦和空虚。

围坐成一圈的女人们尖叫着鼓掌，赞叹紫罗兰的好声音，好像看到一个早熟的孩子或小动物突然开口讲话一样。有人问莱娜:“莱娜，你过去把她藏哪儿了？”看那人一副吃惊的样子，好像这个夏天她从没来参加过诗歌朗诵会和晚宴一样，好像她从来没去过“黑玫瑰”一样，紫罗兰可是记得自己的同事还骑在那人身上跳过大腿舞呢。

就在莱娜欣然接受大家的赞美之时，苏珊抓住紫罗兰的胳膊问:“你从哪儿学的这种唱法？”

“教堂。”她实话实说。她现在的状态还有点兴奋，短短两个字似乎就涵盖了一切:曾经的约翰·大卫，曾经的灯光下的那个黑影，曾经为了求生的肮脏交易。苏珊点点头，有一瞬间紫罗兰恍惚间以为苏珊听懂了。如果她真的听懂了，会怎样?

“如果有一天你愿意跟我一起演出——”苏珊拍了两下她的胳膊，冲她眨了下眼睛。

皮肤上的刺痛和莱娜的眼神让紫罗兰意识到，空气中流动着危险的因子。看着苏珊，她想象自己是噼里啪啦火花四溅的旋转烟火，烧毁了苏珊和贝壳现在的生活，拆散她们，逼她们选择谁来拥有西北部的公寓，谁来获得她们共同经营的餐厅，谁来抚养四岁的儿子。大麻产生的感觉未退，紫罗兰的身体还在颤抖，不过也许过了今晚就会消失，至多停留几个星期，所以她在心里权衡了一下利弊。

苏珊的条件很诱人。

但紫罗兰扼杀了心中的火苗。“我想不会有那一天的。”她回答。苏珊是个太复杂的人。

虽然她拒绝了苏珊，却也不是没有好处。等下一次机会来临时，正如紫罗兰所料，莱娜非常高兴地点头答应了。从那以后，紫罗兰开始在小咖啡厅里唱三重奏民谣，有时候还会跟其他乐队到处合唱。曾经那个留着瀑布一样红发的脱衣舞女斯塔尔终于不见了，终于被洗刷掉了，她换了一个崭新的身份——紫罗兰，一个梳着波波头的歌手，一个正在慢慢长出微红金黄色头发的姑娘。她参加了一场又一场演出，跟一个又一个乐队合作，直到遇见一位男鼓手——威尔。

威尔是个单身汉，所以她不需要拆散一个家庭，她要做的，只是拆散一个乐队。

第七章

第二天早上我醒来时，汤姆正在院子里清扫游泳池。

透过卧室的窗户，我看见他站在铺满鹅卵石的池子里，拿着吸尘器慢慢地从水池的这头清扫到那头，像个划着小船的船夫一样，每划一下桨，便驱散一些我心中的恐惧和愤怒。睡了一觉，又冲了澡之后，昨晚打简耳光时掌心的刺痛、汤姆的吼叫，还有我蹲在卫生间时看到的手机屏幕上的那张脸，都消散得一干二净。这是个误会，一个大大的误会，模糊的视频能说明什么呢？不过是一个金发女孩罢了。我从衣篓里抓起一条新洗的牛仔裤穿上，突然感觉后兜鼓鼓的，我摸了摸，原来是警探奥华比的名片，早被洗衣机绞碎又被甩干桶卷成一团了，完全认不出字迹来。我把它扔进了垃圾桶里。

我端了杯咖啡走到屋外，舒服地倚在天台躺椅上看汤姆一下一下清扫着游泳池。今天的天气格外好，雨过天晴的早晨空气凉爽，水珠在太阳底下闪闪发光，仿佛一下子回到了三月份。休斯敦已经很久没有这样的好天气了，尤其是进入六月之后。不知道的恐怕还以为休斯敦的夏季每天都气候宜人呢。身旁高大的松树长势茂盛，树荫投到天台上供我纳凉，微风拂过，树枝被风吹来吹去，好几次与我擦身而过。一团像虫子一样的黄色花粉从晚熟的橡树上掉下来，直接掉到我的杯子里，我把它捞了出来。虽然家家有本难念的经，但不管怎样，我们一家人团聚了，丈夫、妻子还有两个漂亮的女儿，这个家庭总算又完整了。

这时候，门开了，简拖着行李箱怒气冲冲地走出来。

她理都没理我们，直接把行李箱搬到车上。“宝贝儿？”汤姆喊了她一声。我听到车门打开的声音，随后又被重重地关上，简两手空空地走回来。汤姆叫她：“简？”

“我要回学校了，昨天晚上买的机票。今晚我去阿普里尔家住，明天早上她送我去机场。”

汤姆放下手中的活儿，把吸尘器靠在树上。“宝贝儿，我们谈一谈，也许你需要一些时间——”

“我想回去，现在就回去。”汤姆没问她为什么，我也没敢问。简问他：“你能把我送到阿普里尔家吗？”

“可以，当然可以。”汤姆只能采取缓兵之计。等简走进屋去，汤姆转头看我。

他在暗示我。“我会道歉的，对不起。”说着，我起身去追简。他低头盯着穿着拖鞋的脚面，连头都不抬。我知道，他在生气。

我走上楼，小心翼翼地敲了敲简的房门，屋里没人回应，我稍微推开一点门缝儿，用温柔的语气打招呼：“嗨。”

简正在翻衣柜。她扭头看了我一眼后，迅速低下头继续胡乱地往行李包里塞衣服，行李包已经塞得满满的。

身后的房间里传来洗澡的声音，我想起了朱莉的新头发，不知道会有多少多余的染料被冲到下水道里，也不知道会不会染脏浴缸。想着想着，我才忽然回过神来：自己不是来跟简道歉的吗？

“对不起，简。我知道没什么好解释的。我们只是……我只是，太担心你了。”

简猛地从衣架上扯下来一件毛衣扔在行李包里。“担心我？你们担心的是朱莉吧？”

我迈进房门一步，把身后的门关上。简突然转过身来。

“我让你进来了吗？”

“简，求你了。”

“求我什么？求我赶紧走，这样你就能跟另一个女儿，你真正的女儿，你关心在乎的那个女儿在一起了？求我行行好，这样你就不用浪费宝贵的时间，也不用在这里听我唠叨了？”

“求你留下来。”听到我的话，简充满渴望地看着我，等待我继续说下去。她的下巴绷得紧紧的，微微颤抖，就像她小时候那样。“你爸爸需要你。”

她的眼神一暗，看向地面，等她再抬起头来，下巴已经不再颤抖了。“去阿普里尔家的路上，我会跟他一起吃早餐的。你觉得这样能让他高兴一点儿吗？”

“我想他会的。”

“我会想他的，也会想你的，还有朱莉。”她用法兰绒衬衫袖子擦了擦眼睛说，“我只是……只是现在不能在这里待下去了，我会疯掉的。她也是我的亲人，我的姐姐，过去这些年我也想她。我一直都生活在恐惧之中。”她看了看这间屋子和衣柜，“我讨厌这个房间，每天晚上都会做噩梦。”

“但是我们不能搬家，我们——”

“我知道，我知道，我们得留在这儿，这样她才找得到我们。确实，她找回来了。这才是最重要的，我明白了。”她转过去继续往行李包里塞东西，“我不介意的，我甚至都不介意，你们身为父母几乎从来都没问过我在学校的情况——”

“简——”

“不用道歉，我自己能处理好。从小到大，一直是这样。”她塞完最后一件衣服，把行李包从地上拎起来扔到床上，“我知道找了这么多年也没找到她，最后还是靠她自己找回来的，你们心里有气，但请不要把气撒到我的身上。”

这时候传来轻微的敲门声，简从我身边挤过去，打开门。

朱莉正拎着一双高帮网球鞋站在门口。她的头发湿乎乎地黏在脑袋上，比平时看起来更弱小，像只小鸟一样。

“还你鞋。”朱莉把鞋递给简。

“你留着吧。”简的声音有些沙哑，“反正我也要再买一双。”

“真的吗？”朱莉受宠若惊。

“没错，我希望你把它留下。”

“谢谢。”

“你有我的邮箱地址是吧？”简问她。我想我应该离开，让这两个姑娘单独道别，但门口被她们挡住了，所以我只好双手插在牛仔裤兜里，静静地等待。

“我有，”朱莉回答，“谢谢你带我出去玩，昨天我玩得非常开心。”

“我也是，”简向前迈了一步，迅速拥抱了朱莉一下，“我爱你。你能回来，我非常高兴。”

然后，简回屋拉上行李包，又从桌子上抓起一堆笔记本，抡起书包挎在肩膀上。等她转过身往门口走时，朱莉已经不见了，她的屋子房门紧闭。

我伸出一只手去帮简拿包，但她摇了摇头，抓起行李包，自己一个人迅速冲下楼去。她每次下楼都故意把脚步声弄得很重，好像赶着出海一样。我轻轻地一步一个脚印地跟在她身后。看见简下来了，汤姆从餐桌前站起来朝她走过去，伸手接过包。简把东西一股脑儿扔给了汤姆，汤姆默默地接过来拎到车里去。我跟着她走到后门的门口，一走到这里，我就想起八年前的朱莉，她一定在这里徘徊了很久，才在尖刀的威逼下，义无反顾地迈出了家门，迈出了无忧无虑的童年的大门，走向了未知的世界。

我想伸手去摸摸简的肩膀，但我的手僵在口袋里，不听使唤，同时却又仿佛产生了幻肢感，感觉身体里伸出了一只隐形的手帮我摸了她，而简也似乎感觉到了我的触摸而转过身来。

“妈妈。”她把头靠在我的肩膀上，伸出胳膊圈住我。我被弄得有点儿疼。

过了一秒钟，她松开我，从我肩膀上抬起头来。泪水在我的眼里打转，但我强忍着不哭。等情绪平稳后，我终于把手从口袋里拿出来了，抚上她的眉头，告诉她：“妈妈爱你。”

简的表情严肃中透着悲伤，她说：“妈妈，我觉得有些事情你应该知道，朱莉有一部手机。她昨天给我打电话的时候，说是借的路人的手机，但后来我在她的包里看到了手机。”她从口袋里取出来一张小纸条，“我把那部手机的电话号码记下来了。”她轻轻地把我的手从她的胳膊上拿下来，将纸条按进了我的掌心。

然后，简转身离开了。汽车沿着车道呼啸而去，我看着汽车的后影，久久地站在那里，简的手似乎还放在我的手掌上，她似乎还在我的身旁。我茫然地问自己，简的手指上为什么缠着白色绷带呢？过了很久才想到把纸条放进口袋里。

等我转过身来，朱莉正站在厨房看着我。我不知道她在那里站了多久了，也不知道她都听到了什么，看到了什么。

斯塔尔

跟着“黑玫瑰”一帮人住在俄勒冈州的波特兰，这段日子里，她学会了说谎。虽然她以前也说谎，对警察说谎，对养父母说谎，对任何有可能会利用真话来伤害她的人说谎，但那时候只是用语言来撒谎，只要对方稍加留意，就能识破她稚嫩的谎言。而在“黑玫瑰”，她学会了用整个身体来撒谎。

斯塔尔站在先锋法院广场，在这里，她洗了洗脸，洗掉了曾经的旧身份，现在的她叫默西，一个留着一头不起眼的棕色披肩发的女孩。她穿过河流，朝正东方走去。她已经路过两家俱乐部了，“黑玫瑰”是第一家在脏兮兮的招牌上印着一张图片的俱乐部。图片上，穗状的光环包裹着一团黑色的花瓣。于是，她走了进去。这里的主管叫盖瑞，是一个瘦瘦高高的男人，蓄着时髦的胡子。得到这个工作不费吹灰之力，衣服都不用脱，直接出示证件证明自己年满二十一岁即可。盖瑞跟她介绍规则，她上台的时间段里，必须保障顾客消费十美元一杯的酒水，一支舞十杯酒水，两支舞二十杯，以此类推。如果最后没能达到这个额度，她就得自掏腰包，不仅要交门票、保护费，给酒吧和服务员小费，还要上交在台上跳脱衣舞和在台下跳大腿舞赚到的钱。盖瑞说，这是理所应当的，只有这样才能更好地鞭策她去卖力跳舞、卖力赚钱。

至于规则，自从解除管制以后，哪里还有什么规则？什么不允许身体接触，什么表演者跟顾客保持一米以上的距离，早就成了过去式。盖瑞指着墙边的一排扶手椅子，那里正有一个脱衣舞娘浑身赤裸地坐在顾客大腿上，她的双腿大大咧咧地分开着。那个顾客有些招架不住似的把头往后靠，舞娘看都没看，随手把他的头扳了回来。“感谢俄勒冈州高等法院。”虽然他的表情没变，但盖瑞的声音带着意味深长的笑意。

当然不是每个人都要像那个舞娘一样，她可以不必做这些。在这里，她想怎么做就怎么做，但盖瑞只有一个要求。

“你不能叫默西，我们这里已经有一个默西了。”

斯塔尔里面穿了一条从商场里偷来的丁字裤，外面穿了一件邻家女孩的衣服，勉勉强强当演出服上了台。她的第一场脱衣舞是在星期四的下午，虽然天色尚早，但在密闭的俱乐部里你根本分不清是白天还是黑夜，更何况舞台上还有不分昼夜喷雾的烟雾机。她跟着音乐尴尬地旋转，慢慢地把衣服从身上滑下去，一边脱一边忐忑地等待着完全暴露的那一刻。但丁字裤越是一点点滑向脚踝，她反而觉得自己穿得越多。最后，除了荧光黄色的防水台高跟鞋没脱，她全身一丝不挂。衣服脱得掉，但身上那层坚硬的盔甲誓死守卫着她，此刻的她，坚不可摧。

她走下舞台，挑选猎物，刚才的感觉消失了，斯塔尔突然觉得他们很可悲。想赚他们的钱并不容易，因为每条街上都有脱衣舞俱乐部，所以没有什么是他们没见过的。新的法律已经删掉了重要的法则，变得宽松多了，也就是说，只要脸皮够厚，脱衣舞娘可以不择手段地靠身体从顾客的钱包里捞钱。有些女孩舞蹈结束后，用后背抵在地上，胳膊摊在地板上，像水下不明生物一样摆动双腿。男人们看得目瞪口呆，他们的眼珠一动不动，恨不得马上扑上去。斯塔尔之前也在家里试过一次这种舞，但她腹部的肌肉一点儿力气都没有。她能勉勉强强掌握钢管舞的基本舞步就不错了，尽管她一直都在跟室友学习。哦，对了，她的室友大部分也是脱衣舞娘。

刚来俱乐部的那天，盖瑞安排她住在距离霍桑市有一段距离的维多利亚时代风格的房子里。很显然，那座房子已经年久失修，门前的台阶有一半都腐烂了，翘起来的窗子用黑胶带缠着，连绵不断的毛毛雨渗进屋子里，整个房子都潮乎乎的。她的背包里装满了纪念品和好不容易积攒起来的几件衣服，所以她不敢把东西留在这样的住处，放在俱乐部的柜子里都要比放在住处安全多了。而她拥有的唯一一件首饰——镶着小马吊坠的金链子，跳舞的时候，就被她戴在脚踝上。

舞台光照在她汗湿的皮肤上，烟雾机吹得她嗓子发疼，斯塔尔为此沉醉，她爱上了这个舞台，但也掩不住她脱衣舞跳得很烂的事实，大腿舞或多或少还好一点儿。她不喜欢躺在地板上博取大家的目光和抚摸，她总是沉着一张脸，给人疏离的感觉。但有的人偏偏就喜欢冷淡的，所以跟那些擅长咯咯笑和调情的姑娘一样，斯塔尔也拥有自己的顾客。只要故事编对了，感情到不到位都无所谓，不过把台词记下来还真是一件伤脑筋的事情，他们相信她的话也好，不相信也罢，反正只是一场交易而已。她已经学会了看人下菜碟儿，该跟哪种顾客说这是她初次跳脱衣舞，跟哪种顾客说她是为了攒钱上大学，跟哪种顾客说她得赚钱给孩子买新玩具，她都拿捏得恰到好处。至于其他的顾客，她根本不需要说话，只需要坐在他们两腿之间，表现出十分满足的样子就够了。

不过，这里有太多的脱衣舞娘，顾客却远远没那么多。有些女孩翻着白眼，抱怨明天的日子会更糟。有时候下班后交完小费，斯塔尔几乎分文不剩。不过，如果你想赚钱，也有一百万种方法在眼下这个宽松的大环境下任你选，一个微笑，一个点头，堕落就在眨眼之间。她见过有些顾客趁着女孩出去抽烟的工夫追出去问她们愿不愿意赚点额外的钱，等这些女孩晚上再回来时，要么一只眼睛眼眶发青，要么被扯断了吊带，要么干脆一夜未归。

斯塔尔想起了“皮特”们，她对这些暗地交易可是一点儿兴趣都没有。但如果她总是跟喜欢她的顾客说不的话，她可能就要失去一个常客，也就是说俱乐部就少了一个常客，这也不是长久之计。所以，她决定什么都不说，不答应也不拒绝，让人以为或许早晚有一天她会答应，只不过是在等待合适的时机罢了。全身而退也是一门学问。

一天，有个脱衣舞娘递给她一个塑料盆，里面装了半盆红色染发剂，煞是显眼。舞娘对她说：“相信我，站到舞台灯下，你就知道它的好了。”还很少有人给她提这类建议，于是斯塔尔接过来，把头发染成了红色。正如那个舞娘所说，斯塔尔在舞台上更加光艳照人了。她也从中发现了一件矛盾的事情：外在越显眼，就意味着越要在内心给自己找一个更隐匿的藏身之处。她又学到了一项生存技能。

接下来的八个月里，斯塔尔明白了一个道理，改变身份不是只有染发一种方式，还可以变个口音，换个不常见的姓氏，在脖子后面印个假文身，画个明亮的蓝色眼线，穿双牛仔靴……有客人问她打哪儿来，她就随口编一个偏远的地方，比如她出生在农场，师从著名的芭蕾舞演员。如果你也像她一样长着宽宽的颧骨，有牛奶一样光滑亮白的肌肤，眨着丘比特娃娃般无辜的大眼睛，那么不论你说什么，别人也都会信以为真。不管她跟客人说自己是色情明星还是职业拳击手，他们都信，而且从来不刨根问底地追问她编造出来的小妹妹和社区大学课程。她开始真正赚钱了，一晚上可以达到四支舞的业绩，一桌一桌的看客为她叫好，更有人专程来看她表演。而且，她带着谁上台，客人们就会一并为谁消费。于是，其他舞娘都对她友好相待。

轮完了一整天的班后，她和几个小姐妹走在大街上，突然看见一家文身工作室，招牌上的标志也是一朵被光晕包裹的黑玫瑰。她不知道除了把钱花在文身上，自己还能对什么提起兴趣。

但俗话说得好，做人要懂得功成身退、见好就收。所以，当一群女人总是正值她轮班的时候出现在“黑玫瑰”时，斯塔尔知道机会来了。

为首的人叫卡罗莱娜，简称莱娜，是个五十五岁的萨尔瓦多人。她留着一头浓密的灰色短发，露出粗壮的脖子。她的身体圆润丰满，整个人看上去很有活力。莱娜每次都会带着女朋友海蒂一起来，海蒂跟不化妆的斯塔尔容貌倒是有几分相似。有一天，莱娜是自己一个人来的，她的意思已经很明显了，斯塔尔立刻心领神会。反正斯塔尔也早就准备好要离开俱乐部，搬离霍桑的老房子了。那天晚上演出结束后，她就跟着莱娜走了。

莱娜住在东北部一个维多利亚时代风格的大房子里，她的房子离地面非常高，简直像踩在高跷上，爬满苔藓的水泥墙看起来颤颤巍巍，勉强支撑着前院，不知道它下一秒会不会倒下。石头台阶直通前门，台阶上星罗棋布着一簇簇紫罗兰，在黎明前的冷空气中，小紫罗兰把身上的花瓣裹得紧紧的。台阶两旁弯弯曲曲的日本枫树上长满了细长的叶子，桃红色荷包牡丹敞开花瓣的小可怜样子，像是冻坏了。斯塔尔走在前面，拐了一个长长的大弯后，粗糙的台阶似乎没有尽头。不过，登到顶后，斯塔尔才觉得爬了那么多台阶是值得的。门上的椭圆形彩色玻璃反射出黎明的第一缕光线。太阳，就要升起来了。

莱娜推开门，让斯塔尔先进去。屋子里铺着光滑冰冷的木地板，地板上又铺了一大块黄白色的羊毛毯子，斯塔尔在地毯上踩了踩。

“这是羊驼毛，”莱娜看着斯塔尔的脸说，“从老家那边买过来的，非常便宜，才花了三百美元。”

对斯塔尔来说，这个价格可不便宜，不过她只是赞赏了一句：“很好看。”斯塔尔打量了一圈屋子，客厅的天花板是拱形的，墙上挂着一大幅抽象画，似乎画的是水果从高空中掉下来的场景。“这是你画的吗？”斯塔尔问她。

“事实上，是的。”莱娜的声音变得硬朗起来，她的目光在屋子里随意转了转，问道，“你喜欢？”

“它让我觉得头晕，”斯塔尔实话实说，“我能去躺一会儿吗？”

“当然可以。”莱娜把她带到了次卧，这间卧室是用原木材料装修的，房间里的床很高，上面铺着鲜艳的橘红色被子。木百叶窗紧闭着，房间里黑乎乎一片。一看到床，斯塔尔想都没想就迅速脱掉鞋子爬了上去，床垫随着她的体重陷下去。斯塔尔爬到床中间，转过身平躺着，盯着天花板上一动不动的深色木质吊扇，只觉得筋疲力尽。她不禁感到好奇，海蒂看到吊扇的时候，脑子里想的是什么？跟莱娜在一起之前，海蒂是做什么工作的呢？她爱上莱娜了吗？

“你为什么不告诉我你的真实姓名呢？我可不觉得你真叫斯塔尔。”

被子上的小装饰珠子硌得她后背疼，她觉得自己像豌豆公主一样，她想起了长在陡峭的石头台阶上的小紫花，说：“紫罗兰。”这个名字听起来有些轻浮，并不那么具有说服力，但她要的就是那股轻浮劲儿，这样才能将海蒂完完全全从莱娜的生活中挤出去，她也才能完全取代海蒂而在莱娜的床上占有一席之地。当然了，海蒂的名字肯定也是胡编的。对了，是不是直接用海蒂的名字，事情会更容易一些呢？她想象自己的回答是“海蒂”，然后莱娜惊讶地说“真是巧啊”。

好几个月都没有睡过这么舒服的床了，一不小心，斯塔尔竟然晕晕乎乎地把心里想的说了出来，她竟然真的将“海蒂”两个字脱口而出。就在莱娜问她“什么”之时，她闭上眼睛，沉沉地睡着了。

第八章

大门关上的那一刻，这个家好不容易蓄起的一点活力也随着简的离去而消散了。我和朱莉之间的秘密压得我透不过气来，像气味一样充满整个厨房，一触即发。

“你今天感觉怎么样？”我问朱莉。

“挺好的，”她把一只手放在肚子上，“像普通的例假期一样。”

我点点头，想起自己那次流产。“你告诉简了吗？”

她摇摇头说：“没有。我们昨天玩得很开心，我不想扫她的兴。”

“其实，你可以给我打电话让我去接你的。如果你想出去透透气，”朱莉一副无动于衷的表情，我继续说，“我们可以去吃午餐，逛街，或者干点儿其他的事情。”

“又逛街？”朱莉嗤笑了一下，然后换上向往的表情，“我只想跟我妹妹一起。”

可惜她却走了。她没说出来的后半句话像幽灵一样在我的脑子里徘徊。

“你们两个能在一起玩，我真的很高兴。昨天是我不好，我向你道歉。我们只是想知道你们当时在哪儿。”站在切菜板后面的不像是我的女儿，更像是躲在树后面的小鹿。我小心翼翼地注意自己的措辞，唯恐惊吓到她。

“对于昨天的事情，我也非常抱歉。我现在有一种被困在笼子里的感觉。”

我甚至都不敢想“困在笼子里”这几个字对她意味着什么。昨晚听汤姆这样说是一回事，但是亲耳听到她这样说又是另一回事。我也觉得被困住了，悲痛得快要窒息，像是被她关进了漆黑的屋子里。我紧紧地攥住口袋里的纸条，攥住她撒谎的证据，但我真的不敢面对她，不敢质问她，所以我最后只能说：“朱莉，我们该给你买一部手机了。”

她眼睛一眨不眨地看着我，我的心扑通猛跳了一下，缓了缓才继续说：“为了我和汤姆，真的。这样我们才能找到你，你也能随时联系到我们。”

我是不是说得太快了？刚才她张开嘴是不是要告诉我真相了？我是不是不该打断她？她想说什么？是不是“我已经有一部手机了，就在我包里”，然后给我一个貌似说得过去的解释，为什么她会有手机，为什么她一直都没告诉我们。

不管她刚才想说什么，反正她最后给我的答复是“谢谢你，妈妈”。虽然她没说出真相，但我反而突然如释重负，不必去听她胡编乱造的解释，不必强迫自己相信她完美的理由。她接着说："有件事情我一直都很担心，我不知道该不该说。"

"当然可以说。"也许她现在就要跟我解释了，终于要说了。

"我有点担心——钱的问题。"

她的话大大出乎我的意料，我从没想过我的女儿会跟我提钱的问题，简就没提过，我脑子一片空白地重复了一遍她的话："钱？"

"是啊，我知道自己早晚得出去找份工作。"

"哦，宝贝儿，你不需要考虑这些——"

"但我必须考虑，必须。"她坚持己见，"虽然我们从来没谈论过发生那件事之后，你们过得怎么样，但我知道你们一定花费了不少钱。我的意思是，我知道找我很费钱，我看过……看过那块广告牌了。"

"你看过？"

"我在网上查过自己的事情。"她说。

她是用汤姆的电脑查的，还是用藏起来的手机查的？

"我知道爸爸辞职了，简又在上大学。我只是——"

"你爸爸现在的私人工作还不错，我的工作也是。我们都挺好的，朱莉。"

"可是现在我回来了。"

"你能回来是老天赐予我们最好的、最幸运的礼物。"

"我知道，我懂。我只是——"她抬起双手，"我得为自己的未来做打算。"这时候，她的语气突然发生了一丁点儿变化，

“好吧，我已经在找工作了。”

她的话简直让我猝不及防。“什么工作？”

“哦，能找的都找了。”她言辞闪烁，“咖啡师、收银员。我昨天连拐角处的酒吧都去了，问他们需不需要洗碗工，酒吧叫什么名字我忘记了。”

我想了一会儿，她说的是哪家酒吧呢？购物中心街上那家肮脏阴郁的小酒吧吗？比利酒吧、博比酒吧还是其他家？她走进去了？朱莉在观察我的表情，想捕捉我脸上最细微的变化，所以我努力让自己看起来充满期待，好像在等着她把话说完再做评判。

“我也去星巴克了。”她加快了语速，“但我还有一些地方没去。我当时太累了，觉得头晕，可能是因为止疼药，所以我才给简打了电话。”

“你跟人借来的电话吗？”我忍不住问了一句。

“是的。我也不知道为什么没打给爸爸，不过临走之前爸爸说简今天把他的车开走了，这么热的天，我不想让他顶着太阳走那么远的路来接我。我不想成为大家的麻烦，不过想想也知道，我确实给大家添了一些麻烦。”

她在说谎，从头到尾都在说谎。

“不管怎样，有一件事情让我觉得愧疚不安，所以我想跟你坦白。”她深吸一口气，好像是在给自己打气，接着要有大事情宣布了，“在过去两周里，我没去上心理治疗课，我希望把这件事情告诉你，好让你知道我在哪儿。”

我稳住身体，她要告诉我一切了。真相即将大白，一切都会得到合理的解释。

“我开着车到处闲逛。”她一开口，我就知道她又在扯谎了，但她接下来的话又让我分不清真假，“我总是忍不住去想上一堂课要花多少钱，所以我干脆取消了。如果我找到了工作，比如服务员或者其他什么工作，就能在晚上学习普通教育课程，那样的话，也许有一天我也能像简一样上大学了。”说到最后，她抬起头看着我，带着一丝奢望的表情，生怕我怀疑这段话背后的真诚。她赢了，一想到简拥有的机会朱莉通通错过了，而且永远无法弥补，我的心就像被撕裂了一般。

我的头疼得厉害，已经分不清她哪句话是真，哪句话是假。“很高兴你能为你的未来做打算。”我努力挤出一句话，“我的意思是，只要这是你想要的，我会全力支持你。但目前，你还是需要去看心理医生，如果你不喜欢她，我们可以换个人，钱不是问题。我和你爸爸没问题，我们能支付得起。”

“你们已经为我花了太多的钱了，”她继续劝说我，“你给我买了那么多新衣服、新家具，现在还要给我买手机。而且，如果我的课程跟上了，以后要上大学了，更不知道要交多少学费。不过，学校里有没有专门为被拐卖女性设立的特殊奖学金呢？”

提到奖学金，我突然想起来一件事情。“朱莉基金。”

“那是什么？”朱莉好奇地问我。

“大众以你的名字捐的款。我们当初就是用这笔基金付的寻人广告费和悬赏金，还有其他一切经费。”我们吗？不，是会计师汤姆一个人经营的，他料理一切。而我呢？谁知道我当时都在做什么呢，我已经记不清那些日日夜夜了。“那笔钱被留着用作赎金。当时我们想以后拿它以你的名义设立一项奖学金，如果，如果你——”我说不下去了。

“我们现在可以使用这笔钱吗？我的意思是，既然我已经回来了。”

“那笔钱不能直接使用。”我努力回想使用细则，但是记不太清了，“使用大众捐款要遵守各项规则，掌管基金者必须是非家庭成员。如果不通过基金管理员，我和汤姆连一分钱都取不出来。”

我知道她下一个问题要问什么，但是我确实不知道答案。如我所料，她问我：“基金管理员是谁？”

“哦，我得问问你爸爸。”我有些心虚地回答，“但你是唯一受益人。”

我抬头发现她正在盯着我看。

她一张嘴，我就知道她要问什么，所以我索性直接回答了：“基金总额差不多五万美元。”

她甚至都忘了掩饰自己听到这笔巨款时吃惊的样子，惊叹一声：“哇！”她蓝色的眼睛里闪着泪花，下巴微微颤抖，“看来你们是真的想找到我。”

她回到自己的房间洗澡，浴室里传来低低的啜泣声，这时候我才反应过来，既然她说看到寻人广告了，怎么会不知道朱莉基金呢?

新来的女孩

一边在给自己想新名字，一边看着默西迪斯整理床铺。只见她一只手拉紧床单，一只手抬起床垫，把床单一角向上折成一个白色三角形，将折痕抚平，塞到床垫下面。新来的女孩还没学会怎么叠，默西迪斯就已经整理好并走到女孩这边来了。这个经验丰富的女人仅仅花了十五秒就把女孩之前折得乱糟糟的床单整理好了。

“像给婴儿换尿布似的。”新来的女孩说。

默西迪斯正跪在床上，把床单的四个角塞到床垫下面，听到女孩的话，她的手顿了一下，转了一圈罕见的蓝眼珠说：“我猜你以前连这些活儿都没做过吧，嗯？”

新来的女孩脸倏地红了。

等她们推着手推车去库房取卫生卷纸时，默西迪斯问女孩：“难道你有个小孩？”新来的女孩没有立即作答。默西迪斯说：“想也不会，我竟然问出这么傻的问题。”

新来的女孩耸耸肩，轻轻地摸索了一圈手推车上的喷雾器，看看有几个是空的。她问默西迪斯：“你有孩子吗？”

“有，我这个年纪了当然有孩子了，”默西迪斯笑了一下，“我勉勉强强能养得起他们。”

“我连一个都养不起。”

“你还太小，最好等到像我这个年龄的时候再要孩子。”

“你多大了？”

“二十四。”

二十四岁对新来的女孩来说太遥远了，让人可望而不可即，她多希望自己也能快快长大。她想起自己在尤金市连坐公交车的钱都没有的日子，简直像挨了当头一棒。她去脱衣舞俱乐部找工作，却发现人家只招聘二十一岁以上的姑娘。她有一张假证件，上面的身份是杰西卡·摩根斯坦，一个来自得克萨斯州的二十二岁的金发碧眼的姑娘。假身份证用来混进门倒是不成问题，但她知道肯定逃不过事务部门的严格检查，更何况那还是一家提供酒水的俱乐部。不过，她还是决定拿着假证件再试一次。

第二家俱乐部的管理人员几乎都懒得在黑光灯下看一眼，就直接把证件扔了回来。“去停车场对面看看，那边招非法劳工。”

她一把接过假证件，穿过停车场走进“乡村经济旅馆”。女服务员在这里能拿到小费，不是吗？她也不是完全确定，但旅馆的工作人员那天早上都忙得四脚朝天了，好像在为哪个大学足球比赛做准备，根本就没人顾得上搭理她。她都没时间想太多，假证件还没来得及递出去，用肩膀夹着电话筒的前台经理就从柜台里面扔过来一件制服，指着大堂里推着手推车的默西迪斯说："她派你做什么，你就做什么，懂了吗？"说着，他又接过来一个话筒，看都没看她一眼。

旅馆后面有一个大仓库，里面装满了被淘汰的破烂家具，独自一人在这座小镇打工的无证劳工就住在这里。跟她一起睡在一张弹簧床垫上的是个年轻女人，睡觉的时候总是咕咕哝哝地说梦话，不过没办法了，至少还有床可以睡。刚开始工作的头两天，一切都比较顺利，她暗自庆幸，多亏在雷德布拉夫骑马练就了一副好身板，后背和大腿都足够强健。

旅馆里有一群大学生模样的孩子和他们的父母，都穿着黄绿色的T恤衫，上面印着球队的鸭子吉祥物。比较让人讨厌的是，他们总是大喊大叫，趾高气扬，每次服务员推着咯吱咯吱叫的客房推车经过需要他们让路时，他们都会大发脾气。她一看到扎着马尾辫的金发女孩就走不动路，眼睛盯在人家身上挪不开视线。等女孩们离开房间时，她会忍不住上去摸一摸女孩们遗落在梳妆台上的吊坠手链、浴室里看起来价值不菲的护发素瓶子，还有散落在地上印着商标的拖鞋和紫色睡袍。

第三天，新来的女孩开始觉得浑身酸痛无比，肩膀、后腰、脖子、上臂都灼痛起来。她勉强支撑着自己下了床，吸尘器嗡嗡的声音震得她脑仁疼。趁默西迪斯清扫浴室的空当，她把开着的吸尘器放到了一边，偷偷地给自己的肩膀做按摩。这时她注意到梳妆台上有一根黄绿色的发带，她拿起来系在自己的马尾辫上，肩胛骨和两条胳膊同时一阵刺痛，她嗞地抽了一口冷气。疼劲儿过去了，她对着镜子看看自己，抿嘴一笑，露出花骨朵一样的笑容。浴室里传来马桶冲水的声音，几乎被吸尘器轰隆隆的噪声给盖过，她迅速扯下发带。接着，默西迪斯拿着一小卷快用完了的卫生纸走出来，大声冲着她喊："再来一卷！"

等她们打扫完客房回到库房时，默西迪斯对她说："姑娘，我知道你这几天都睡在哪儿，再这么睡下去你的后背就要受不了了，所以今晚跟我去我家住吧。我表姐搬出去之后，我家里正好多出来一张床。"

默西迪斯家住在红砖楼街区，是一个二层公寓。从旅馆到她家一共花了一个小时的时间，其间转了一次车，在朦胧细雨中等了十五分钟的公交车。她本来就没什么钱，还得买车票，这让她一路上都心疼不已。她们摸黑爬上楼梯，看到厨房窗子上附着一层水雾，看来热气腾腾的饭菜已经准备好了，她的心情总算舒服一些了。默西迪斯打开家门，电视机里的广告声和水龙头的流水声迎面而来，这是专属于家的温馨。两个小男孩正坐在电视机前看电视，年龄稍微大一些的那个扭过头来喊："嗨，妈妈。"然后就转过头去继续看动画片了。

女孩跟在后面关上大门，屋子里的气氛让她觉得非常舒服。厨房里，有个女人在用西班牙语跟默西迪斯说话，听她说话的语气似乎是在讲今天都发生了什么事，把她累坏了。默西迪斯也用西班牙语打断了她，指了指女孩。水槽边的女人转过头来瞟了一眼女孩。那个女人看着要比默西迪斯年长十岁左右，但她化着浓厚的妆容，看不出来具体的年纪。

“这是我姐姐，露西亚。坐下吧。”默西迪斯请女孩坐下后，又指着餐桌上的盘子，继续用西班牙语跟她姐姐讲话。那个女人从头到尾都没正眼看女孩一眼，更别提微笑了。她只是耸耸肩，没说话，打开橱柜取出一个盘子，又从抽屉里拿出来一套餐具，一起放在将厨房和餐厅隔开的案子上。然后，她从案子上抓起一本打开的杂志，走出了厨房，经过电视房里的两个孩子，沿着走廊进屋了。

“她还好吗？”新来的女孩小声地问默西迪斯。默西迪斯绕过案子走进厨房，把炉灶上的鸡肉和米饭盛到盘子里。

“没事，她人挺好的。我不在家时，都是她帮我看孩子，我回来她才得空去睡觉，第二天早上还得早起去百货商店开门。”默西迪斯盛好了饭，端到桌子上。这时候，卧室里的电视声响起，清晰的西班牙语从薄墙那边传出来，跟动画片里的英语交织在一起。默西迪斯催女孩：“快吃吧。”

女孩赶紧低下头去吃饭。饭菜非常可口，女孩忍不住称赞。

“在家里做饭要花费不少时间，露西亚做饭非常好吃。她从来不让我在回来的路上给大家买麦当劳。她说男孩子们必须吃最新鲜的食物。”女孩想拿叉子叉鸡肉，手却抖了一下。默西迪斯接着说:“在旅馆工作的话，我是没时间给孩子们做饭的，不过等她在百货商店再工作一段时间，就会尽力把我也弄过去。”

热乎乎的饭菜让女孩整个身子都暖暖的。盘子里的鸡大腿炖得特别嫩，用叉子轻轻一拨，肉就从骨头上掉下来了。她不禁想象，有个闺密是怎样一种感觉，她们可以在候车亭谈笑打发时间，可以穿着制服一起坐公交车，一起开怀大笑——笑什么呢?

“该让我换台了！”“不，轮到我了！”动画片演完了，电视里滚动着片尾字幕，两个小男孩在争抢遥控器。抢着抢着，其中一个号啕大哭起来。默西迪斯突然转过头去，脸上的微笑像面具一样瞬间脱落。

“儿子们！”她大吼一声，“该睡觉了！五分钟后我去你们房间检查，谁没睡觉我就把谁塞进被窝去，赶紧去刷牙，现在就去！”她转过头来，有些抱歉地看着女孩，说:“我去给你拿一条新床单，顺便哄他们睡觉。不够吃的话，你就自己去盛饭。吃完了可以看看电视。”她含糊地用手指了指，然后站起身朝电视房走去，路上几次弯下腰把地上的玩具捡起来，又穿过电视房消失在拐角处。

女孩听见壁橱的门打开又关上了。两个男孩不知又在争抢什么。“给我！”女孩抬眼看到默西迪斯的钱包敞着拉链躺在厨房案子上。她的左脑想着明天还要坐公交车去上班，右脑在计算扣掉公交车费，剩下的钱够不够让自己染个棕色头发。突然，她注意到离钱包一米远的地方，放着一张覆膜的长方形证件，上面写着：默西迪斯·罗德里格斯，加利福尼亚州。照片上是一个金发碧眼的二十四岁姑娘。还偷什么钱呢？真正赚钱的机会来了。老天都对她伸出援助之手了，她又何乐而不为呢？

第九章

汤姆陪简吃完早餐后，没有直接回来，直到午餐时间，他都没回来。

我突然意识到，朱莉回来后，汤姆一次都没有提起过朱莉基金。他肯定想过我们该怎么使用这笔资金，该用这笔资金来做什么，比如继续以朱莉的名义开设奖学金；或者如朱莉暗示的，我们可以把这笔钱转换成奖学金，供她上学使用；再或者，朱莉已经二十一岁了，作为唯一受益人，这是她的钱，由她自己决定。那么托管人呢？基金管理员呢？一直以来，都是汤姆负责跟外界打交道，基金管理员、警察、律师……我发现自己竟然什么都不知道，更不知道该从何问起。

汤姆的办公桌在朱莉睡觉的房间里。她从浴缸里出来后，我给了她一片安定，还没等身子完全晾干，她就把安定吞了下去，直接穿着浴衣钻进被子里，合上肿胀的眼睛睡着了。

我走到走廊里，站在她门外悄悄地听了一会儿，她的气息均匀，看来是真的睡着了。我推开门，她身上的被子还盖在原来的地方，她也还保持着之前的姿势，都没有翻过身，看来她从睡着到现在一动没动。只见她红色的头发乱七八糟地翘起来，短头发的人湿着头发睡觉就会这样。她头发下面的枕头被染上了淡淡的粉红色。

我背对着她坐在汤姆的办公桌前，故意使劲儿拽了一下办公椅，轮子在地板塑料保护膜上滚动时发出吱的一声，我自己都跟着抽搐了一下。不过还好，朱莉只是轻声哼了一声，继续一动不动地背对着我沉浸在睡梦中。

汤姆的办公桌被他整理得井井有条、一尘不染，笔都被归拢在笔筒里，记事本和方格纸被整整齐齐地放在置物架上面。桌子后面的窗台上放着一盆带刺的小仙人掌，宽叶片的百叶窗没有全部放下来，下面留了十多厘米的距离，一束光线透过这道空隙照进来，正好打在小仙人掌上。办公桌的一角，放着我们一家四口的照片，前面还有一张朱莉的单人照，不是用作寻人启事的那张，而是在科罗拉多大峡谷拍摄的，是摆拍，那是我们一家人在朱莉失踪前最后一次家庭旅行。那次旅行，简照了很多照片，每一张都两腿叉开，双脚分别踩在两块大圆石上，双肘弯曲，双手搭在屁股上。而朱莉，刚刚经历了猛长期，不过看起来她自己并没意识到自己的四肢当时已经有多长，爬山的时候一个劲儿地滑倒，吓得她离边缘地带远远的。照片里，她有些不安地浅坐在岩石上，一只脚伸出来放在前面，一只手支在膝盖上，撑着下巴。

看了一会儿后，我开始做正事。我移动了一下鼠标，谢天谢地，没有提示我输入密码就直接进入了桌面。桌面的背景是艳阳下的热带岛屿风景图。文件夹一看就被精心分过组，一目了然。我打开搜索，轮流输入关键词：朱莉、基金、托管、托管人、捐款、赏金。我猜汤姆一定建了个电子表格，记载了捐款记录和寻找朱莉过程中的各项开销，或者最起码也能有个文件，保存着托管人的联系方式，但我却什么都没搜到。我不禁疑惑，朱莉最近是不是也像我一样查找过相关文件夹呢？如果她也查找过，那她肯定也一无所获。我打开浏览器查看历史记录，没发现任何记录。但她刚跟我说过她在网上查过自己的事，怎么可能一点儿痕迹都没有呢？看来她肯定是一键清除了。

收起这些想法，我拉开他办公桌正下方的浅抽屉，如我所料，除了没有芯的自动铅笔、橡皮筋、曲别针外，其他什么都没有。旁边的抽屉里放着一堆空白的纳税申报表，一看到这些我就头晕。我悄悄地把查无所获的抽屉关上，拉了一下文件柜的把手，柜子是锁着的。

该死，我怎么那么笨呢？

如果你早就将文件打印出来锁进了抽屉，谁还需要给电脑设置密码呀？这个文件柜里一定放着高级机密的客户文件。我突然很确定，朱莉基金的资料一定在这里。我记得以前在汤姆的钥匙链上见到过他办公桌的钥匙，但钥匙向来都有两把，不是吗？所以肯定还有一把备用钥匙被他藏起来了。我再次拉开浅抽屉，确认一下小钥匙是不是跟曲别针掺在了一起。有了，会不会藏在塑料隔板底下呢？我抬起塑料隔板，仔细看了看，可除了灰尘，哪里有什么钥匙呀！我又打开一个浅抽屉，这个连翻都不用翻，里面空空如也，汤姆怎么可能把东西藏在这里呢？

这时候，身后传来动静，我迅速转身去看，祈求椅子不要再咯吱咯吱响了。躺在床上的朱莉脸面向了我，但眼睛还是闭着的，她咕哝了几下又叹了一口气，继续安静地睡去了。我不知道她是真睡着了还是在装睡，也许她刚才睁开眼睛看到了我，见我转过身来才把眼睛闭上的。我一动不动地等待着，等着看她还动不动，一直等到四肢都麻木了。不过后来我突然释然，无所谓了，如果她刚才看见我了，现在掩饰也为时已晚，我还是继续做要做的事好了。也许她没看见我呢。当然，我更愿意相信后者，于是我继续绞尽脑汁琢磨钥匙到底被汤姆藏到了哪里。

这倒是真的难为我了，因为我从来都不是一个喜欢窥探别人隐私的人。如果你以为朱莉消失后，我就会像只老鹰一样时刻盯紧简，翻她的手机，查她的通话记录和历史短信，看她的日记（当然不是朱莉的那种日记，警察翻箱倒柜，翻出来的日记上记录的不是家庭作业，就是日常训练，要么就是星罗棋布的红心），那你就错了。我过去以为抵制住翻看的欲望，就是对简的尊重，对她隐私的尊重。但现在我明白了，我是根本就不想看。简的叛逆是正常的，处于青春期的孩子都会经历这些，而且她也没做出什么出格的举动，只是染染发，戴一下鼻环和眉环。就算我探查她的隐私，又能发现什么呢？我过去以为，如果我让她保留自己的隐私世界，让她摔门，让她把音乐声放到最大，总有一天她会明白我的苦心，感激我给她充足的成长空间。但现在，她走了，离开了这个家，这个城市，这个州，我这才明白，原来她希望我能多关心她，哪怕多探查她的隐私。我想起早上她离家时手里抱着的一摞笔记本，那正是她的日记，以前她回学校上学时之所以把日记留下来，为的就是给我看。可惜我到现在才明白这一点，为时已晚。

我突然想到钥匙在哪儿了，汤姆把它藏起来是为了防别人，主要是为了防我。他把钥匙藏在了一个我最不会去找的地方。

我拿起朱莉的照片，翻转过来，在相框背面的金属夹里面，终于发现了钥匙。我把钥匙拿出来，打开了文件柜。

首先映入眼帘的是客户文件，再往下有一个没做标记的文件夹，我把它拿出来，又用其他文件掩盖了一下，尽量不让汤姆看出来少了一份文件，之后锁上了文件柜。我将钥匙放回原处，拿着那个文件夹，离开了这个充满轻浅和温柔呼吸声的房间。

我以为文件夹里会是一摞厚厚的布满灰尘的剪报，以及我们跟失子父母支援团、媒体和执法机关的往来书信，但并不是。那里面只是一些折叠的表单：建立信托基金的银行凭证。我从头开始浏览，可看了个开头就看不下去了，因为都是官方语言，读起来像木头一样生硬，根本看不太懂。除了这些，还有几份附属文件，我打开后，看到下面基金管理员的签名：阿尔玛·约瑟菲娜·鲁伊斯。我对这个人完全没有印象，就是她管理着二〇〇八年那笔募捐款项，原来这笔钱竟然有二十四万美元之多。虽然不知道现在还剩下多少，但我估计也差不多足够用来完成普通教育课程了，甚至足以支付朱莉在公立大学读几年书的费用。

我不记得阿尔玛这个人，也不太记得那段日子发生的事情。我当时饮酒度日，常常一睡就是好几天。很多时候因为白天睡了一整天，所以晚上只能靠吃安眠药才能让自己睡着。我什么都不想知道，只希望眼前的一切都能模糊、褪色，永远离开我的生活。我不想看见任何人，只想自己一个人待着。现在，看到这笔钱，我第一次感觉到，有这么多人帮助我们，给我们捐款，却被我拒之门外，在自我麻痹的世界里，那时候的我是多么孤独啊。

汤姆是不是快回来了？我看了看时间。以前周六上午他都会去参加失子父母支援团组织的活动，不过现在朱莉回来了，他还会去吗？人家还允许他去吗？其他父母的孩子都没有回来，甚至永远不会回来了，上帝却独独垂怜我们，将我们的孩子送回来了，他们会用什么脸色对待汤姆？

等等，我突然想起来了。

“问问阿尔玛，有谁知道她女儿长什么样？”

对，是寻人广告牌。我最后一次跟汤姆去支援团时，他们因为寻人广告牌的事情攻击我们。

那天，一个似乎叫康妮的女人指责我："到处都能看见你的女儿。我每次去街角的商店，都能看见寻找她的广告牌。那我们呢？你们什么时候见过我女儿肖恩娜的脸？你们有人知道她长什么样吗？"她从人群的一端看到另一端，盯着坐在她周围的家长，"我就知道。我猜你们顶多知道她是个黑人女孩，十四岁左右的黑人女孩，可能刚刚才被拐走，是不是？你们根本没一个人关心。问问阿尔玛，有谁知道她女儿长什么样？"

印象中的阿尔玛眼眉低垂，露出乌黑的睫毛，总是编着一头紧绷绷的法式辫子。

支援团的领导说，大家应该多一些同情心和怜悯心，康妮气急败坏地说："放屁！"在座的家长开始窃窃私语起来。他们的孩子被绑架的方式比较普通：被前夫从学校接走并迅速带过了州界线，比如阿尔玛的女儿；或者被比她年龄大的男朋友骗到卡车上带走了。这些丢失的孩子要么太瘦弱，要么太黑，要么年纪太大，要么行为不太端正，所以他们在失踪之后上不了新闻。

而朱莉就不一样了，不说别的，单单朱莉那双无辜的大眼睛，简直就是为上电视而生的。她就像一本连环犯罪小说里的角色：粉嘟嘟的脸颊，金色的头发，典型的美国小女孩。精神病患者盯上了小女孩，继而持刀到她家里偷走了她。圆圆的小脸儿，薄薄的上嘴唇，让朱莉看起来天真无邪，就像很多成年女性故意装出来的那样。再加上蓝色的眼睛和一头柔软的金色头发，简直太容易被人记住了。朱莉还长着浓密的睫毛，睫毛根部是黑色的，越往外颜色越淡，我过去经常看着她，心里想：要是这个小姑娘以后化了妆，那还不得倾国倾城呀！当然了，我们看不到了。

家长们一个接一个转过头来怒视我们，眼神充满嫉妒，甚至仇恨，仿佛我们孩子的失踪，夺走了大众对他们孩子的注意力；仿佛朱莉被精神病患者偷走了，对我们来说是一件幸事一样。

虽然我指的是我们，但毕竟我是孩子的妈妈，他们都瞪着我，我觉得自己已经石化了。

“很高兴我们还可以讨论心里的愤怒，”支援团的领导想说点什么来缓和气氛，“很高兴我们可以互相分担心中的愤怒之情。”

我的孩子跟你们的孩子一样，她死了，死了！我想为自己辩解，但我忍住了。我起身走出去，再也没回去，留下汤姆一个人在那里。那晚我也没问他最后是怎么回的家。

我突然反应过来：一定是阿尔玛，是阿尔玛送他回来的。

凯伦

凯伦的十七岁生日聚会只有三个人参加：凯伦、梅琳达、鲍勃·麦金蒂。

“生日快乐。”梅琳达递给凯伦一个纸盒子。梅琳达铁灰色的头发依然像往常一样光滑整洁，她戴了一串耳环，耳环时不时摆动到高领衫上。她张开嘴微笑，露出大门牙，看上去心情很好。今天就连鲍勃看起来都很高兴。

凯伦打开盒子，一条镶着小马吊坠的项链呈现在眼前。

骑马让凯伦在加利福尼亚州雷德布拉夫的公立学校“幸存”下来，因为在那片不毛之地，有一群打棒球的混混儿专门挑奶白色皮肤的女孩约会。骑马也让凯伦无须上体育课，并且有权决定自己穿什么衣服。这对她来说是一件好事，因为麦金蒂夫妇给她买的那些裙子、紧身衣、毛衣并不好看，还有他们的侄女十五年前读高中时穿剩下的衣服，虽然跟她的尺寸差不多，但穿上都难看极了。梅琳达和鲍勃一直都想生个女儿，遗憾的是，到老了都没能如愿以偿，而且他们的儿子十八岁那年就离开了家，从此杳无音信。不过唯一值得安慰的是，他差不多每年都给家里寄一张明信片，梅琳达跟凯伦讲这些的时候，末尾还加了一句“最起码我们知道他还活着”，从她的语气听得出她心酸无比。

这种话凯伦之前已经听得太多了，而且听过各种版本的。所以每当养父母告诉她为什么要收养她时，她一点儿都不会觉得惊讶。听多了这种话，她很清楚自己扮演的是谁的替代品：一个日思夜想却求之不得的孩子，一个死去的孩子，一个失踪的孩子，一个四十年前骑着摩托车离家出走再也没回来的哥哥或姐姐。她早就学会了不要去相信这些家庭，一家子亲兄弟姐妹只会团结起来把她当作敌人一样对待，在父母面前对她和蔼可亲，在父母背后对她百般刁难，还会警告她：“不用花心思记住我们的名字，反正你在这儿也待不了多久。”而养父养母呢，虽然他们习惯表现出一副博爱的样子，但实际上他们并没有给凯伦多少爱，仅仅是付出了一点金钱罢了。她不怪他们，但她也不会感激他们。

不管在临时父母眼中凯伦扮演的是什么角色，她都不感兴趣，也没心思扮演好。因为她知道自己留在这里只是在消磨时间罢了，一心盼着自己快快长大。虽然被领养是有风险的，但最起码好过露宿街头。不过随着凯伦越长越大，生活在寄养家庭里也越来越危险了。有一次，她在换衣服，养父走进来逗留了很久才出去。还有一次家庭烧烤聚会，养父养母的侄子偷偷摸摸地溜进她的屋子……所以从那时起，凯伦就开始计算离开寄养家庭的日子。等到有一天，她的身体能发挥更大的价值，不只是可以换来几根奶酪和几包零食，逃跑的日子就到了，还要顺便带上私藏的小东西。

这些私藏物品都是些不值钱的小东西，她可不想进少管所，只是寻求一些情感上的寄托罢了。虽然她并不怀念过去的日子，但一看到这些小东西，她还是会流眼泪。两年的被领养生活让她积攒了一些纪念品，其中有一个水滴娃娃雕塑，它长着一颗洋葱头，眼里噙着泪水，手中抓着一个小泰迪熊玩具，泰迪熊的一只耳朵掉了，被凯伦保存在书包里；还有一枚顶针，这是凯伦在尼亚加拉瀑布城时从养母桌子旁边的抽屉里发现的；还有一张年久泛黄的手指画，是由四岁的迪肯画的，幼儿园老师还在下面题了字。想起体弱多病的小迪肯，凯伦有些心软，她犹豫要不要把画偷走，但是一想到迪肯的哥哥对她的所作所为，迪肯的妈妈不仅不帮她出头，反而狠狠地打了她一巴掌，她就气上心头。想到这儿，她泄愤般地把画折了两下，再也不想看见上面乱七八糟的红蓝色图案了。

但麦金蒂夫妇不同，他们给了凯伦许多空间，因为他们也喜欢保留自己的空间。他们都退休了，闲不住的梅琳达每天早上都去图书馆做志愿者，好像在家整理床铺、擦桌子并不能充分施展她做事细致的才华。最初，凯伦还以为麦金蒂夫妇请她来是做个临时保姆，在梅琳达去图书馆时照顾鲍勃，所以每天早上等梅琳达走后，凯伦都等着鲍勃的安排或者指令，但鲍勃却只是静静地喝上一两个小时的咖啡，就去他的木材店了。于是，无事可做的凯伦只能上楼锁好房门躺在床上打发时间，她一动不动地盯着灯具，突然有一种莫名的窒息感，好像有一只手扼住她的喉咙。就这样过了很久，她终于感到了厌烦。

凯伦无聊到近乎绝望了，她甚至想做一些破坏性的举动，幸好马营拯救了她。梅琳达在她老朋友的农场给凯伦报名了为期八周的骑马课程，农场就在离家不太远的马路边上。凯伦猜这是梅琳达的朋友赠送给她的课程，因为两个月的训练课程价格不菲，但梅琳达看上去并不关心凯伦到底去还是不去。“如果你想去的话，可以让鲍勃带你去，或者你自己沿着FM299公路一直往下走，半个小时就走到了。周一到周五早上十点开始上课。”梅琳达并没有明确要求凯伦非去不可。等到周一早上，梅琳达又去图书馆了，鲍勃也合上报纸悠闲地走去木材店了，凯伦这才看出来，他们是真的不强迫她去，所以她决定还是去看看吧。无论如何，走路也比独自留在家里与报纸为伴要好一些。而且，她对马或多或少有些好奇。小时候，她就梦想有一匹只有自己能看见的白色骏马，马儿像云朵一样静静地驰骋在地平线，远远地守护着她。

但第一次进马厩时，马厩里的汗湿和恶臭让她儿时的童话梦想彻底幻灭。马匹抽搐的肌肉、骨碌碌转的大眼睛和震得她脚下一抖的马蹄声，把凯伦吓坏了。不过凯伦知道，如果露怯能帮人壮胆的话，那倒是可以适当示弱，但很明显，对于眼前这些强大的动物来说，畏缩并没有任何用处。更何况，马营里有六七个孩子都已经学会骑马了，他们年纪比凯伦还小，最小的才九岁。凯伦鼓起勇气摸了摸栗色母马硕大的头，她告诉自己，千万不能让指导员和其他学员，尤其是那个九岁的小孩看见自己手抖。

第二天，凯伦又去了马厩。接着，第三天，第四天……这一去就是八个星期。最后，她不仅学会了如何跟马儿相处，还学会了如何骑马、照顾马匹、清理马厩。虽然说不上有多好，但跟马儿在一起让凯伦觉得十分舒服。夏天快要结束时，梅琳达每天都提前离开图书馆来看凯伦骑马。骑在壮硕的骏马背上，对凯伦来说意义深远；而对梅琳达来说，她看到的也不仅仅是凯伦在骑马，她仿佛看到了更多，更多。

一看到小马吊坠礼物，凯伦就明白了梅琳达有多喜欢看她骑马。凯伦低头看着这小巧的吊坠，心想，肯定没人送过梅琳达这样的礼物，梅琳达也一定期望有人能送她一个，也许是某个特定的人。

“我们打算以后送给你一个真的，我是说，一匹真正的马。今年的财务状况不是特别好，但总有一天，我们会给你买一匹的。”梅琳达向凯伦保证。虽然麦金蒂夫妇偶尔会提起风光的过去，他们也曾拥有过属于自己的马，但这还是他们第一次提及要买一匹马。

“哇，谢谢。”凯伦表示感谢。

“你今年的成绩不错，我们为你骄傲。”梅琳达表扬她，鲍勃也点点头，“那么现在，我们来谈谈下一步吧，下一步我们想收养你，凯伦。”

听到她的话，凯伦大脑里的第一反应是“我的名字不叫凯伦”。但她却说：“我好喜欢这条项链，非常感谢你们。”感谢他们倒是真的。她又看着项链，细细的金链子上面的吊坠看起来并不值钱，一边是平的，一边是立体的，马儿呈奔跑状。

“你不需要现在就做决定。”梅琳达说，“我们只是想告诉你，我们考虑收养你做女儿。”

尽管梅琳达没说明，但凯伦听出了她的弦外之音，她是在介意凯伦已经超龄了。凯伦在儿童福利院时听说过超龄的问题。这时，她突然又想起了“皮特”们，不禁打了个寒战。

她一边回忆，一边在心里权衡。梅琳达长了一副坚强的面孔，她的脸很长，相貌并不好看，甚至有些丑陋。她的嘴角到下巴之间有两条深深的皱纹，但是她一微笑眼睛就变得柔和起来，淡灰色的眼睛像水一样。跟梅琳达和鲍勃生活在一起，凯伦以后也许就可以拥有一匹马了，但这也意味着她要读社区大学，大学毕业后在雷德布拉夫或雷丁或萨克拉门托找一份工作。这还意味着，她以后要嫁给当地某个打棒球的混混儿，跟他一起走进挂满彩带和用卫生纸折成的风铃的教堂。然后有一天，这座装着护墙板的尖屋顶房子会属于她，她可以睡在主卧套房里，每天睁开眼睛，就看到青葱的山林。她还会有自己的孩子，每年带孩子们去海岸一次。平时呢，就像叉子一样，老老实实地待在抽屉里。

“这是我过过的最好的生日了。”凯伦说。尽管今天并不是她的生日，只是她随便选的一天，但已经离她真正生日那天很近了。

她想象下一次去马营时的场景，她骑在马背上，身体再前倾一点儿，让马儿先慢跑，再飞奔，最后跑得就像项链吊坠上的马儿一样。越过低矮的木头围栏，穿过草地和树林，直奔山丘。当然了，这简直就是白日做梦，跟小时候的银白色骏马一样，都是她的幻想。她根本就不知道怎么让马儿起跳，用力过猛只会害死她自己，甚至连马儿也要一起陪葬。马儿在山上表现一向不佳，她也一样。而且，她一个姑娘家骑着马，又能跑多远呢？

所以，还是老老实实考虑乘车路线吧。是时候去波特兰了。听说波特兰有许多脱衣舞俱乐部，比美国其他城市都多。而且，不需要什么附加条件，金钱唾手可得。那一天终于来了，梅琳达又去图书馆了，鲍勃合上报纸溜达着去了木材店，凯伦又沿着往常的路线出发了。当她在FM299公路上掉转方向，走上逃跑路线时，她发现自己竟然是那样轻车熟路，凯伦松了一口气。项链已经被她缠在了脚踝上。每走一步，金色的吊坠就拍打一次她的脚踝骨，每走八九步，吊坠就滑进鞋子里，缠在她脚上，一秒钟后，又啪的一下弹出来，回到脚踝上，然后继续往下滑，如此循环。她喜欢这个节奏，就像马儿奔腾的脚步，恍惚间，她以为自己骑在马背上跑出了小镇，几乎忘了自己坐的是灰狗长途巴士。

第十章

“你认为他在骗你？”亚历克斯·梅尔卡多饶有兴致地问我。他的语气很随意，好像在围观一场比赛，顺便讨论下哪个队赢的概率比较大，不过谁输谁赢对他来说并不重要，因为他没下赌注。

“不，我也不知道。我只是——”透过办公室门上的一小块磨砂玻璃，我注意到有人影从门口走过。总有人潜伏在学校，哪怕是在周末。我把手机换到另一只耳朵上。

“你想让我查一查，他是不是在骗你。”他换了一种表达方式，“我很乐意为你效劳，查出他的去向。”我似乎听见了他的话外音“我的收费金额是……”

“不，我想让你帮我查的是另一个人，”我压低了声音，“这个人叫阿尔玛·约瑟菲娜·鲁伊斯。”

“只是做基本背景调查吗？还是跟踪她？”

“背景调查，”我的话音仓促，“她是我们那笔捐款基金的托管人，也就是基金管理员。”

“啊，”亚历克斯恍然大悟，“是她啊，我说这个名字为何这么熟悉呢。查她不难。”我仿佛听见他在心里说“查她有没有私下跟你丈夫见面也不难”。亚历克斯接着问：“哦，对了，我还要继续跟踪朱莉吗？我已经知道她上课时间去哪儿了。”我还没来得及问，他就自己开口了：“她去教堂了。”又是一副事不关己高高挂起的语气，简直令人发狂。

“什么？哪个教堂？”

“‘治愈之门’。”

我顿时哑口无言。治愈之门就是我每天上下班经过的那个广告牌上贴出来的大教会。他们在阿斯托洛圆顶运动场集会。

“她没进去，只是坐在她的车里……哦，是你丈夫的车里，”他纠正道，“没出过停车场。”

“她在那里干什么？”

“我不知道。那里什么人都有，那天人非常多，当时聚集了三个《圣经》学习小组、一支保龄球队，还有一个叫什么‘治疗之环’的小组。”说着说着，他把自己逗乐了，“你没去过那个教堂吗？”

“我们从来没去过教堂，不过在很多年前，朱莉去朋友家留宿后，跟她朋友去过一次，小孩子嘛，都是图个新鲜。”我想起广告牌上咧着嘴笑的布道者，然后说，“我只是没想到朱莉会去那种地方。”

他沉默了一会儿，问道：“你看过视频了吗，安娜？”

“是，我看了。格雷琴·法伯，来自波特兰的乐队，你让我看的是这个吧？”

“然后呢？”

“没错，格雷琴看起来是像朱莉，也许是她。但视频画面太模糊了，所以我不能完全确定。”我实话实说。因为我当晚只看了一次，时间是在午夜，我还将手机调成了静音，所以确实不敢肯定那人是不是朱莉。而且那几天发生的事情太多，我什么都不敢确定。

“手机视频，确实画质不好。”他表示认同，但我听出了嘲讽的语气。

“没错，而且地址是波特兰——”

“不是墨西哥。”他抢先替我把话说完。

双方沉默了一会儿，我继续进攻：“我能问问你为什么会查到波特兰吗？”

“我并非刻意调查。”他回答，“只是朱莉回来后的那几天，我在警察局查阅了所有跟她年纪相仿的女性案件的文件，希望能找出点儿线索，无意中发现一份失踪人口报告，失踪人叫格雷琴·法伯，其实失踪地点并非波特兰，准确来说是在西雅图。朱莉回来没两天，就有人报案称格雷琴失踪了——”

“但这件事情是发生在朱莉回家之后。”

“不可能人刚失踪你就报案呀，成年人失踪必须要等三天以后，家人和朋友才能填写失踪人口报告，尤其填写人是丈夫或男朋友，怕的就是情侣之间的小打小闹。格雷琴的失踪报告是她男朋友填写的，叫卡尔文还是什么来着。不过，幸运的是——”我心想，他竟然还觉得幸运，“幸运的是，有她的视频。别担心，我已经在调查这件事，跟酒吧人员打电话沟通，我会尽力确认她的身份的。”他顿了一下，我听到电话那头传来翻动纸张的沙沙声，“不过，我调查的这件事情还有一种可能。”

“揭穿冒充者这件事吗？”我故意讽刺他，但亚历克斯不为所动。

“夏洛特·威拉德，出生于路易斯安那州，跟朱莉同龄，朱莉失踪后没多久，她也离家出走了，然后突然失踪了。也许这本来没什么，但七年前夏洛特重新出现在旧金山，不过改了姓，她在儿童福利院待了一段时间后，就从地球上消失了。也许是又换了名字或者怎样。”

“所以呢？”

“所以，我也不太确定，”他承认道，“但我觉得夏洛特可能就是格雷琴，格雷琴可能就是……就是朱莉。”

“那么为什么这个不知从哪里冒出来的夏洛特或格雷琴，或者是谁无所谓了，为什么她要假扮我的女儿？”虽然我不想跟他争吵，但还是不自觉地提高了嗓音，“她图的是什么？”

我努力把朱莉基金抛之脑后，尽管亚历克斯肯定没忘了我今天就是为了这件事才给他打电话的。

“老实说，安娜，我现在也不知道。但一旦有所发现，我就会立刻通知你的。”

他圆滑老练的说话技巧只让我徒增厌烦。“告诉我你心里是怎么想的。其实你心里已经认定她是为了钱，为了那笔基金，不是吗？”

“我不知道，我现在也没有思路，除非你能帮我拿到DNA（脱氧核糖核酸）样本。”

我懒得跟他再费口舌，干脆直接挂断了电话。我打开电脑桌面上的浏览器，开始查找“治愈之门”。

首先映入眼帘的是精心制作的Flash动画，我挨个儿点开查看，在耐心尽失之前，终于找到了“治疗之环”。我点开链接，一颗水滴掉到屏幕中央，屏幕中央的文字像被惊扰的湖面，霎时间泛起涟漪，渐渐向外扩散，铺成一个同心圆，占满整个屏幕。当屏幕再次恢复平静时，一段文字呈现：

> 受伤的朋友，欢迎来到“治疗之环”。
> 在这里，无论何时祈求原谅，
> 神都会告诉我们，我们已经治愈了创伤。

在屏幕下方，一些面孔交替浮现出来，都是以往在“治疗之环”被治愈的人：一位因患白内障而双目失明的老太太，在“治疗之环”的帮助下得以重见光明；一名非裔美国青少年险些辍学，靠“治疗之环”的帮助得以继续在学校读书；一个曾经无家可归的男人，是“治疗之环”引导他发掘了赚钱之路，稳定了经济收入。神造福万民，神兼爱天下，耶和华使他的国伟大。

我在便利贴上潦草地记下他们集会的时间，然后又点开了另一个链接，看到近期一本杂志刊登的恰克·麦克斯韦牧师的简介。这位牧师不是别人，正是我每天上下班路过的那块广告牌上的那位，每天交通拥堵时都能看到他赫然耸立在城市上方的脸。文章的标题叫《“是恰克，不是Luck”：恰克·麦克斯韦牧师如何登上得克萨斯州最大的布道坛》。

> 也许你在休斯敦“治愈之门”大教堂的广告牌上见过恰克·麦克斯韦，但他本人比广告牌上更英俊。这位四十二岁的牧师身高近一米九，花白的胡须和锐利的眼神为他更添男性的优雅魅力。见到他，你就会明白，为何这个男人坐拥精神和财富的王国。

接下来还有一段。

> 麦克斯韦从来没有被任何教派委任神职，也没有获得过宗教学学位和哲学学位证书，实际上，他当年大学肄业。但如今，他每周都能站在休斯敦阿斯托洛圆顶运动场上，向现场三万教民布道，电视机前和电

脑前，更是有一千万的观众等候他的身影。

我直接跳过前面这几段。

从得克萨斯基督教大学退学后，他为一位热心的休斯敦电视传道者吉姆·威尔顿工作。就是在那里，麦克斯韦有了一种强烈的使命感，他有一条重要的消息要传达给基督教信徒。

“我无意冒犯浸礼会，”他说，“但那条消息听起来非常消极，‘你的生活糟透了，你最大的需要，就是要与神和好’。”他笑了一下，接着说，“但上帝不愿你沉浸在过去罪恶的阴影里！上帝说，日日新！”

出于英语教授的职业病，“日日新”这几个字在我看来十分碍眼，这是埃兹拉·庞德推崇的名言。我回忆了一会儿这位杰出人物，庞德要是听见他这么说，估计都能从坟墓里跳出来。我继续往下看，麦克斯韦没完没了地强调要重新开始，反反复复提及要珍惜当下。难道这就是朱莉追寻的吗？后面还有三页简介，提到了麦克斯韦为失踪儿童非营利性组织捐了大笔资金，这倒是吸引了我的注意力，但这篇文章着实让我反胃，我实在读不下去。“擦掉过去，活在当下！”一想到朱莉需要的就是这样的信息，我心里就无法释怀。简、汤姆，还有我，我们都是朱莉的过去，不是吗?

我突然想起来，简留给我的电话号码我还没有拨打呢。

我把裤兜里团成一团的小纸条拿出来，盯着上面的电话号码良久。这一串区号看上去非常熟悉，但我不是特别确定，于是我查了一下，没错，是西雅图。

简一定在跟我玩恶作剧，这个电话号码一定是她的朋友或室友，或她熟悉的人的，她们一定是串通好了来骗我。我心中升起一团怒火，紧接着又一阵刺痛，我对不起简，过去的八年我一直在故意忽视她。每当我看见她，都会想起朱莉被带走的那个晚上。简就躲在衣柜里那么眼睁睁地看着，一声不出，三个小时过去了，她都不知道站起来喊我跟汤姆，只知道缩成一团，眼泪鼻涕一起流。我知道这不是简的错，但心里还是忍不住怪她。而现在，家里的朱莉有可能是假的，这真是最残酷的报复。我拿着纸条的双手在颤抖。

我拨打了那一串电话号码，静静地等待对方接听。电话响了六声，对方都没有接起，好像对方在盯着来电显示，犹豫要不要接。就在我胡思乱想之际，电话通了。

“别再给我打电话了。”是朱莉的声音。

我震惊得说不出话来。

“说吧，卡尔，有什么话就赶紧说吧。”她的语气充满不耐烦，“你换了那么多电话号码不停地给我打，今天我总算接了一次，所以你有话就赶紧说吧。我知道是你，我知道你正在沿着我过去的足迹到处找我，走到哪儿就在哪儿换个电话卡给我打电话，不是吗？”她等待了一会儿，见我这边没有作声，继续说，“好吧，既然你发现我了，既然你已经找到这儿来了，你到底想跟我说什么？”

我屏住呼吸。

“你是想说你已经知道我肮脏的小秘密了吗？我敢说，不管你知道了什么，还有的是肮脏的事情你不知道。”

我什么都不知道，完全一无所知。

电话那头，朱莉终于等烦了，破口大骂：“去你的，卡尔。我走了，别再来找我。一切都结束了，回你的家去吧！”说完，她挂断了电话。

夏洛特

她坐在一个昏暗的房间里，一位社会工作人员和一个大胡子男人围着她，盘问她皮条客的名字。警察皮特也曾提到过皮条客这个词，但夏洛特并不知道是什么意思，只觉得听起来像是骂人的话，似乎藏着许多秘密。一听到这个词，夏洛特就想起青春痘，浑身一颤，但她才不会告诉大胡子男人。

“我不知道他们叫什么。”皮条客这个词，她可说不出口。

“得了吧，他怎么跟你说的？”大胡子男人显然一脸不相信的样子，问道，“他是不是说你对他来说是特别的，他是不是对你很好？”

他说的是谁呢？听他的描述，夏洛特唯一能想到的是约翰·大卫。他是皮条客？她的皮条客？她也搞不清楚。不过眼前的大胡子男人怎么可能知道约翰·大卫呢？不可能的。他一定是挖好了一口深井，等着她跳进去呢，她可不要上当。想到这儿，夏洛特摇了摇头。

“他说服你去做那个帮他赚钱，是吗？不过最后赚到的钱被他自己收入囊中。”

现在她明白皮条客是什么意思了，一股热浪从下巴处涌起，她小声嘟囔了一句：“我只做过几次而已。”

“好吧，你只做过一两次。”他的语气变得十分友善，开始诱哄她，“你只是为了帮他的忙。你想保护他，因为他也在保护你，是吗？你以为他是你的朋友，或者男朋友？”

“我没有男朋友。”她深吸一口气。那股热浪从下巴烧到眼球，她的整张脸都觉得烧得慌。她怒气冲冲地瞪着男人浓密的棕色胡子。虽然警察皮特也盘问过她，但至少他相信她。想到这儿，她才发现自己还不知道警察皮特的真实名字。

“最初他会给你买东西吧？”大胡子继续刺激她，“还会帮你剪指甲吧？”

她条件反射般嗖的一下把手从桌子上拿下去。她参差不齐的手指甲里面脏兮兮的，其中有一个还开裂了，周围肿了起来。她打量起对面的社会工作人员，那个女人的皮肤是棕色的，戴着一副眼镜，眼镜腿上拴着一条链子挂在脖子上。夏洛特摇了摇头，迅速转了一圈眼珠，看向别处。

大胡子男人还是不死心地继续问了几分钟，最后终于放弃了。他站起身来，将一张名片推到她眼前，用一根手指按住名片一角，说：“如果你想起来什么，就给我打电话。不过我要提醒你，他是捕食者，你是受害者。”说完，他抬起手指，他汗湿的手指将名片的一角带了起来，名片在仿木纹桌子上转动了一下，倾斜了一些。夏洛特盯着桌子上歪斜的名片，在心里记下它的角度，好让自己不去看名片上的名字。等再抬头，男人已经出去了。社会工作人员把旁边的空椅子移走，一副如释重负的表情。

“你好，夏洛特，我叫旺达。”

她险些跳起来。之前做笔录时，她脑子里第一个蹦出来的名字就是夏洛特，所以她直接报给了警察，但从来没有人这么喊过她。警察将她从一间屋子带到另一间屋子，其间都喊她“你”“女孩”“少女”，好像完全将她当作空气一样。她当初使用夏洛特这个名字只是因为对它熟悉，敢理直气壮地说谎。但今天第一次听到有人这么称呼她，还是在警察局，她突然发现自己太笨太傻了。这下倒好，这个名字怎么听都像是对她过去罪行的指控。

“夏洛特，”旺达又叫了一遍，好像故意在谴责她一样，“听说你希望去寄养所，我们现在叫它儿童福利院。那么你能告诉我，你有家吗？一个安全的家？”

她努力回想家这个字眼，但她只看到眼前一双木然的眼睛，在观察她，揣摩她，眼睛里一点儿潮湿的液体都没有。

“没有。”

“是没有家，还是你觉得家不安全？”旺达继续追问。

这个问题似乎跑题了。旺达跟警察皮特不一样，警察皮特会爆粗口；旺达跟讨人嫌的大胡子也不一样，大胡子会使劲儿刨根问底，总想从她这儿套到点有用的信息。是没有家，还是家不安全？她盯着旺达的嘴，等着它动一下，告诉她旺达希望听到哪个答案。但旺达不理睬她，一脸放松和木然的样子，耐心等待她的答案。

“其实我，我觉得……”从哪里说起好呢？“我觉得家不安全。”

这并非完全是一个谎言。

旺达只是点了点头，表情复杂，看样子并非十分赞同她的话。啊哈，看来问题没回答好，惹到这个呆板的家伙了。她问夏洛特：“你是希望在儿童福利院临时待一阵子，还是想待久一点儿？”

又是选择题，还好警察皮特教过她，她已经擅长回答这类问题，她回答：“我现在急需找到寄养家庭。”

“我也是这样为你考虑的，夏洛特，”旺达说，“但很不幸，现在领养家庭并不多，我们没的选。儿童保护服务机构会解决这些问题，我也正在跟他们提。所以我必须告诉你，如果你现在进入儿童福利院的话，非常有可能得暂时住在集体宿舍里，这期间福利院会帮你寻找安身之处。”

她点点头，集体宿舍。

“只是临时待一段时间，但我希望你提前做好准备。你再好好想想，真的没有朋友或家人可以投奔了吗？我是说，安全的栖身之处。”

她努力想了想，绞尽脑汁也想不出。所有能去的地方，都只为小孩子敞开大门，但她已经不再是孩子了。小孩子才不会在肮脏的公寓里将婴儿从肚子里挖出去，小孩子才不会跟皮特们做那些见不得人的事情，小孩子才不会在地下掩体里对那个女孩做出那等事情。

她也不知道自己还是不是孩子。

“我去住集体宿舍。”她说。

走出警察局的时候，她问旺达：“那我的东西呢？”但旺达还没开口回答她，夏洛特自己就清楚了，那把偷来的刀再也不能带在身边了。

不过没关系，因为到了集体宿舍后她才知道，只有最大的孩子才能拥有刀。他们把刀藏在床垫下面或者粘在抽屉底下。其他孩子，没人敢偷，也没人敢告状。曾经有个骨瘦如柴的小男孩把切黄油的塑料刀掰成了两段，假装自己有刀了，还拿着到处显摆。不过没多久，一个大孩子就在晚上找上了他，不但把刀没收了，还对他做了什么不为人知的事情。

几天的工夫，夏洛特就把这里的规则摸透了，好在这里比她想象的要容易生存一些。在心里，她给这些大孩子起名叫暴徒。她也努力让自己做个隐形人，越低调，越安全。

她的室友贝思是一个积极分子。辅导员提问什么，她都踊跃回答，她在小组讨论里也表现积极。因为表现良好，贝思赢得了很多小星星，还有漂亮的牙刷和一堆贴纸。小星星和贴纸不但一点儿用都没有，而且太黏了，黏在衣服上很难洗掉，黏在皮肤上得用百洁布使劲儿擦才能擦掉。椅子下面，床后面的墙上，到处都被贴纸弄得脏兮兮的。

不过牙刷就不一样了。她以前没有牙刷，来到这里以后，工作人员分给她一把劣质的塑料牙刷，仿佛一碰就要断了似的，牙刷上一排薄薄的毛坚硬无比，刺痛她的牙龈，但好在聊胜于无。一天，她拿起贝思的牙刷，翻过来转过去地盯着看，看这晶莹剔透的粉红色牙刷，每一分每一毫都那么漂亮，光线照在埋在牙刷头里面的小气泡和牙刷线上，整个牙刷都跟着闪闪发光。

“嗨，放下，那是我的。”贝思出现在门口。

“它很漂亮。”夏洛特说。但她并没有把牙刷放下，她想看看贝思会有什么反应。年仅十一岁的贝思不安地扭动了一下身子。夏洛特继续刺激她：“牙刷很可爱。”

“谢谢。”贝思说。很明显，她的内心在挣扎，她的大眼睛里蓄起了泪水。经过一番痛苦的挣扎后，她极其不情愿地挤出三个字：“给你吧。”

夏洛特啪的一声放下牙刷。“真恶心，我才不会要你用过的牙刷。”

但没过几天，夏洛特还是把牙刷拿走了。

第十一章

周一下午，我开车直奔“治愈之门”。

很讽刺，不是吗？我告诉汤姆这两周要去学校办公，朱莉告诉我们她要去心理治疗中心，我们俩都在撒谎，也都要去同一个地方。我驱车直接开进停车场，阿斯托洛圆顶运动场前面围着施工围栏，建筑工人们正在修建通往瑞兰特体育馆的空中走廊。没有比赛的时候，看来这里的人还真是不少。恰好在这时，大屏幕亮了，上面显示出一排字：有上帝庇佑，一切皆有可能。我轻蔑地笑了一声。

停车场入口处有上百辆车，虽然我知道今天不是朱莉上心理治疗课的日子，她不会出现在这里，但我依然紧张不安。我怕见到她，也许她现在正看着我呢。停车场非常大，还有五层车库随便我停。我把车停好，走向这座现代化的运动场。运动场像一个巨大的倒扣的碗，但在我看来，流线型的石造尖叶片状外观给它减分不少。我推开一扇玻璃大门，走进大厅。大厅像贵宾休息室一样，干净宽敞。天花板上每隔一段距离就挂着一块屏幕，静止的屏幕上呈现出一扇发光的大门，那是教堂的标志。海绿色的地毯铺满整个大厅，上面点缀性地放置了一些白色的小地毯，小地毯上摆放着成排的椅子，干净整洁，高雅宜人。大厅里飘扬着舒缓的音乐，吸尘器在不起眼的角落里嗡嗡地工作。还真是个清闲的周一啊。

大厅里有通往教堂入口的指示路线图，我看了几眼后，得知挂着亚光钢板，上面写着“信仰”（Faith）字样的走廊就通往教堂。我要找的房间恰好是19F。哈，我不禁在心里怀疑，是不是如果把“信仰”换成“爱”（Love)，所有的房间号后面就都得加个L呀？吸尘器的声音停止了，我回头看了一眼，海绿色的地毯上印上了我的脚印。我心想：一定是上帝带我来的。虽然我一直都不太信仰宗教，但这个地方在我看来就像个天大的笑话一样。

19F房间厚厚的实木大门紧闭，也没有窗子能让我看见里面的情况。我犹豫了一会儿，鼓起勇气推开房间的后门。眼前的屋子像高中体育馆一般大小，大约有一百个人手拉着手，围成椭圆形，绕整个屋子一周。每个人都闭着眼睛，低着头，有的人有节奏地前后摆动，剩下的人静止不动。我走进去，轻轻地关上门，屋子里嗡嗡的低语声将我包围。我之前还以为屋子里会有椅子或者坐的地方，可以坐下来观察，但在这个密不透风的房间里，连窗子都没有，更别提椅子了。除了加入嗡嗡嗡的队伍，我无处可待。他们连眼睛都没有睁开，也没人看我一眼，两个离门最近的祈求者松开彼此的手，向外迈了半步，留出一个缺口，朝我伸出手。我突然觉得胃里翻腾了一下。这比我想象中的要真实多了，但同时又虚假得令我反胃。我向前迈了一步，伸手抓住身边两人的手，一只手干燥粗糙，指关节粗大，是老男人的手；另一只手却潮湿得要命，非常柔软，是青少年的手。站在中间的我，就是个名副其实的骗子。

我不知道嗡嗡声到底从何而来，只觉得四面八方都被这种声音包围，听起来似乎并没有源头。我睁开眼睛，匆匆扫了一圈人群，如果真的是有人带头祈祷的话，那他一定在椭圆形的另一边，被长长的队伍挡住了。瞧瞧这些人，要么是身穿运动衫的老年人，要么是还长着青春痘的青少年，要么是穿着瑜伽裤扎着马尾的女人，一个接着一个重复同样的祈祷。我闭上眼睛。过了一会儿，我终于听到了不同的声音，这个声音仿佛在嗡嗡的噪声海洋中游泳，突然破水而出。这是一个普通男人的声音，他操着一口模糊的休斯敦口音，听他发元音像挤出来的一样。但无所谓，我完全能听得见他说的每一个字，似乎他就趴在我耳边。

“找回。”这两个字就像一块石头叮咚掉进嗡嗡的水池里，“失去的已经找回。而且，我们从未失去。”

“而且，我们从未失去。”所有人都跟着重复。

“天父，他给了我们享之不尽的祝福，你是否还祈求他再帮你一个忙？如果婚礼上，有人端给你一盘食物，你是否还要祈求他让你品尝一小口他盘中的食物？在你面前，你已经拥有了想要的一切。野地里的百合花会低着头祈祷吗？天空中的麻雀会绝望地悲叹吗？不。百合花抬起头看着主，充满敬畏和喜悦。麻雀提高嗓音欢快地唱赞美之歌。它们把主赐予的一切变得更加美好。一位充满感激的女儿会衣衫褴褛吗？不会。她会让全世界知道爸爸爱她，她感激爸爸的爱。失去的已经找回，我们从未失去。失去的已经找回，我们从未失去。失去的已经找回，我们从未失去。”

“失去的已经找回，我们从未失去。”有些人不停地重复这一句。有些人从头到尾跟着他，他说一句，他们重复一句，好像沙滩上笨重的湿沙，被海浪翻卷。

“你想要的，你已经拥有。”男人继续歌颂，“耶稣为人类赎罪，换我们完整无恙。”

一些吟诵者跟着他唱起了新的颂歌。有一个人竟然大声哭出来。

“主耶稣洞开的肋旁，佑我们完整无恙。”

我对这种毫无意义的文字游戏嗤之以鼻，男人的话语像水波一样在人群中扩散，一圈人齐声赞颂。我想打嗝儿，但被我尽力压回胃里，不知怎的，眼睛又开始如针刺一般疼痛。

“我们在生活的方方面面都已经拥有了一切。你想要份新工作吗？你已经在做了。你想求得一个配偶吗？其实你已经结婚了，只是你还不知道而已。你想解除债务吗？其实债务已经还清了，永远地还清了。你想摆脱疼痛吗？其实疼痛并不存在，只是你脑海中的假象。”

又有一个人开始哭了，整个人哭到抽噎。每一声哭泣都迅速被嗡嗡声淹没，每一声哭泣都仿佛来自另一个星球。

“让我们庆祝！失去的已经找回，我们从未失去。迷失的是你自己。死去的儿子重新活过来，失去的孩子又回到你身边。那些死去的，并没有真的死去；那些失去的，也并非真的失去。”

再也听不下去了，我睁开眼睛。大家都闭着眼睛，没有人注意到我。我看到对面坐在轮椅上的老太太，穿着一件米老鼠运动衫。

我猛地抽回双手，转身去摸门，汗湿的手指在门把手上滑了一下，终于把门打开。我沿着海绿色的地毯头也不回地往外跑，地毯上留下的那串脚印早已被吸尘器清理干净。

回到办公室，我立刻给亚历克斯·梅尔卡多打电话，电话响了一声又一声，一直都没有人接听，看来只能自己来了。我在搜索引擎里输入最不愿搜索的几个字，搜出来一篇新闻：专家称，地下掩体遗骸为十三岁女孩。

从照片上来看，这是橡树河旁边的一栋砖砌平房，这一带以前是街区中心，树木成荫，现在大量的分售公寓拔地而起。开发商原本是想将这座房子推倒，在这片地基上也建一栋公寓，但在施工过程中，工作人员却意外发现数根管道，沿着管道，他们发现了后院里三米深的混凝土地下掩体。另一张照片显示螺旋管道直通地下掩体外破裂的混凝土外壳，但没有照片显示里面的状况。我继续搜索，查到这座房子二〇〇八年被查封，当时的房主是私立疗养院的医生，叫作纳丁·雷诺兹，因为拖欠财产税被查封了房子。法院将房子拍卖给了城外的投资者，但此人连房门都没踏进去过，直接将房子出租多年。此后，这座房子又相继被转手多次，直到二〇一五年，才被开发商接手，开发商计划在这里修建分售公寓，以赚得更多利润。

但房子不是重点，重点是照片里的内容。我打开得克萨斯州失踪人口信息网站，整颗心都悬了起来。网站上有三百多份名单，登记了整个州的失踪人口。这么多失踪人口，这么多无名尸体，这么多失踪的丈夫、妻子、儿子、女儿，就像地球上四处散落的拼图。

我查了一下最近哈里斯县的失踪人员名单，一张张紧闭双眼的男性面孔缩略图从眼前扫过，我心情沉重，无比悲伤。这时，一位无名氏吸引了我的注意，此人大脑轮廓之处被打了一个问号，死亡时间在二〇〇八年或二〇〇九年，日期不确定，正好接近朱莉被带走的时间。我屏住呼吸，点进去，这几天一直在我脑海里抹不掉的照片再次呈现在眼前，还有更可怕的细节图：将腐烂的衣服碎片放大，碎片虽已褪色，但依然能辨认出它本来的颜色是黑色，像两个圆圈被一个黑色圆球连接在一起。

难怪第一次看到照片时我没能认出来。毕竟，它在地下掩体里被空气腐蚀了八年。即使八年来我一直记得女儿被带走那晚穿的是什么样的睡衣，也不可能单靠这照片上仅存的一对米老鼠耳朵，就能一眼辨认出来。

“就算找不到人，找到尸体也好啊，我只想要我女儿的尸体，我只想将我女儿安葬。”这是我离开失子父母支援团之前对他们说的话。一时间，好像所有人都在我耳边叽叽咕咕，警察、心理医生、媒体等。“失踪后前三个小时，前三天——”他们都在告诉我，我的女儿不可能存活了。其实现在，我已经麻木了。想到她已经死了，我竟平静得出奇。没有第一时间将她认出来，是因为我不想，我不想梅尔卡多是对的，不想承认朱莉已经死了。我多希望他对我女儿的一切推论都是错的，我多希望自己才是最清楚我女儿一切的人。

电话声响起，一定是亚历克斯·梅尔卡多给我回电话了。我按了一下绿色接听键，打算跟他承认一切。

还没等我开口，亚历克斯就说：“有个坏消息要告诉你。”

皮特

“皮特”是她给他们起的名字。即使有些男人没强迫她做什么，没玷污她的身体，而是直接从她手里买走她从桥下的购物车里偷来的药物和大麻，在她眼里，这些人也一样被归为皮特。她已经学会了朝手里吐一口唾沫，用手让他们忘记侵犯她。如果他们直接占有她的身体，那也省得她费力气了。

等她到达旧金山后，路上遇到的男人们都不见了，但至少她记得这些人的名字，他们都叫皮特。两个皮特是在公交车站遇到的；一个皮特是在加油站厕所里遇到的；还有一个皮特跟着她坐了一路的车，她曾试着用刀子击退车上的皮特，但过了一会儿就放弃了，转手偷走了他的钱包。去萨克拉门托的路上，他就坐在她旁边，脏兮兮的手跟她十指相扣，好像一对情侣。跟皮特们在一起的日子里，不知不觉她就长到十四岁了，但具体是哪一天变成十四岁的，她也不知道。她对皮特们说自己十六岁，对警察说自己十八岁。她在心里谨记自己是十八年前出生的，所以当别人问她“你多大了，女士？现在这个时间你不是应该在家吗？你的出生日期是哪天啊？”之类的问题时，她就在那一年随便编一个日子。有一次不经意编的日期正好跟当天的日子重叠，警察冲她做了个鬼脸，祝贺她：“生日快乐。”

最后出现的一个皮特是个警察。警察皮特将她带进警车里，问她多大了，她想也不想，随口说了一个。警察看着她摇了摇头，问她：“你确定自己十八岁了吗？你可要知道，成年人是要负法律责任的。”

不知他拍了一下什么东西，警报声响起。她在车里打量了一圈，车门没有从里面上锁，她身旁的门连把手都没有。

“一九八九年一月十一日。”她迅速改口。虽然这不是她的真实出生日期，但最起码离她的真实出生日期近了两年。

“这看起来还差不多。我们会给你安排一个社会工作者，并且打算给你立案，针对你的案件展开调查，免得你误入歧途，再想回头就难了。”

我已经误入歧途了，但我逃出来了，她在心里想。

“我知道你自认为很坚强，一个人就能搞定一切。”警察瞥了她一眼说，“但你可知道，你刚刚差点儿被人抓走？华雷斯是这一片儿的老大，在我赶来之前，车里的男孩就是他的属下，是来抓你的人，一旦落入他们的手里，那你可就惨了。”

生了锈的本田放慢了速度，警察摇下窗子，她刚想趁机跳到马路牙子上去，警察就将车窗摇上去，一溜烟地开走了。

“他们看见我后就迅速撤退了，因为他们知道我是个便衣警察。幸亏我来得及时，你的一生差点儿就毁了。按照计划，他们会把你扔在华雷斯的管辖区附近。顺便说一下，华雷斯不是他的真名，他就是想让人们都把他当作来自墨西哥的大人物。华雷斯会假装说要跟你做一笔交易，比如你现在闯入了他的地盘，只要你肯为他工作，他就能保证这条街上不会有人来找你麻烦，再也不会有人追踪你。但一周以后，你就会发现曾经强奸你并打晕你的人，正坐在你家客厅沙发上吃果塔饼干呢，这时候你才反应过来这一切都是圈套，但为时已晚。”

她安静地听警察皮特给她上了一课。他的声音听起来有些疲惫。他时不时摸一下鼻子，越到最后，摸得越频繁，只用单手操控方向盘。

他清了清嗓子，低声说：“总之呢，不用谢。现在我要带你去见一位非常友好的社会工作人员，她会帮你立案，给你安排一个寄养家庭。”

她表示抗议：“我不需要寄养家庭，我已经十八岁了。”

“你之前说过了，那你能再告诉我一遍你的出生日期吗？”他笑了一下，“我敢打赌，你自己编的日子自己都不记得了。”

“我不需要寄养家庭。”

“我可不想让你流落街头，被皮条客拿刀子威胁。你离家出来的日子还不长吧？”

她思考了一下这个问题，跟约翰·大卫在一起的时候算吗？她不知道，于是摇了摇头。

“我想也是。你来城里还不到一周吧？”

两天，她在心里想。

“你并不喜欢这个行当，对吗？这不是你的兴趣爱好吧？”

她又摇摇头表示他说得对。

“好，也就是说你需要一个可以免费住的地方。至少，集体宿舍可以供你住上一阵子。”

集体宿舍？她以前倒是听说过，但是没有详细了解过。因为街上去过集体宿舍的孩子都说“我刚从集体宿舍逃出来”，听他们的口气，可不像是来分享故事的，他们口中的集体宿舍说出来吓死人。

警察注意到她脸上的表情，安慰她：“放松，我现在不是直接带你去那里，我要先带你去见见旺达，旺达会根据你的情况，帮你解决问题的。如果你特别害怕集体宿舍，告诉她你需要紧急安置的住处，让她尽快找个对你好的人家收养你。”说话的工夫，他又摸了摸鼻子，并且暗中偷偷瞥了她一眼，“不管过去发生了什么，我都为此深表遗憾，我想你一定经历过非常大的痛苦。但生存不易，未来的路依然艰险，你真的那么不想回家吗？”

家？她想了一会儿这个字眼。她想起那个锋利的袖珍刀片，想起自己满身鲜血往洞外面爬，想起等在洞口外面的人，想起地下掩体里风干的鲜血。跟这些鲜活的记忆比起来，家这个字太虚无缥缈了。

“并不是——”她想说，却说不出来。她试着再次开口：

“我只是想去——”

“去旧金山。我知道。”警察打断她，深深地叹了一口气。她现在发自内心地讨厌这个警察，这个愚蠢的皮特。警察说：“这回你倒是没撒谎。”

她知道她没有撒谎。撒谎的是皮特，是贾妮思，是约翰·大卫。

第十二章

我到家的时候，汤姆刚在餐桌前吃完剩饭，朱莉还没回来。

“钱呢？”我质问他。声音虽然微微颤抖，却格外坚定，仿佛早就穿破窗子，看透了一切。

他放下餐具。“安娜。”他的声音透着绝望，看来，我猜对了。

“朱莉基金里的钱呢？”我直截了当地问他，“你跟阿尔玛睡了，是吗？”

“没有。”

“骗子。”我不敢相信自己竟然会为他的谎言感到愤怒。我一直在撒谎，朱莉一直在撒谎，就连简，关于学校的事情也在撒谎。虽然老实说，我都不知道自己心里还有一丝期盼，就算所有人都在撒谎，我希望他对我是真诚的，就算所有人都是坏人，我希望他是那个好人，我确实也是这么想的。所有消极的情绪，都一起来吧，反正朱莉已经死了，还有什么可在乎的？我心生自我毁灭的绝望感，而汤姆，他令我这种感觉更加强烈。我生命中，最后一个值得信赖的人都背叛了我，还有什么可留恋的呢？我愤怒，并不是因为他撒了谎，而是因为他竟然让我以为一直以来我才是骗人的那一个。

“安娜，你听我说，”他解释道，“你当时天天在喝酒，你不跟我讲话，也不听我说话，连父母支援团都不跟我一起去，我真的太孤独了。”

我想朝他大吼，我不去支援团是因为那会要了我的命。明知道没有希望却还是忍不住奢望，看到别的家长悲痛欲绝的样子，想到别人家的女儿，我就心如刀绞。我的痛苦跟大家一样多，但大家却单单针对我。

“别把责任推到我身上。”

“你走了，但我却需要有人来跟我一起面对。我对朱莉的爱不比你少，我对朱莉的思念也不比你少。”

“你是负责基金的那一个，你跟外界保持联系，回复留言，你分发传单，你安排那该死的广告牌，你跟托管人沟通，你让阿尔玛负责那笔钱。”

“没错。”

“钱呢，汤姆？”

“你现在这种状态，我没办法告诉你。”

“我怎么了？你偷了朱莉的钱，把钱给了那个荡妇！”

“安娜！”

“你敢否认吗？你敢告诉我你没把钱给阿尔玛·鲁伊斯？”我唾弃她的名字。

汤姆双手抓头。“我确实把钱给阿尔玛了。他前夫雇了一群来历不明的人，跟阿尔玛索要赎金。他前夫不想养女儿了，也许是因为他现在的女朋友把他甩了，他发现自己一个人养孩子不是件容易的事，具体原因我也不知道。为了帮她，我让她成为基金管理员，这样，经过她的签字，我就可以使用这笔钱，于是我把钱提出来给她用作赎金，她将女儿赎了回来。”

“现在，你敢告诉我你没跟她睡过吗？”

汤姆许久都没有说话。

“否认啊，快啊，告诉我。”

“只有一次，”他痛苦地说，“从那以后，我们分道扬镳。”

“我猜你们双方的目的都达到了。”

他猛地站起来，突然露出愤怒的表情：“我不许你这么说。”

“我现在想说什么就说什么。”

“你以为你说的意思我不知道吗？是，也许她当时是因为钱，也许是因为我太孤独了，整个人一团糟。但不管怎样，我们有钱，她没钱。就算是为了钱，我也不怪她，因为如果是我，为了救朱莉，我也会毫不犹豫地做出同样的选择。如果赎回朱莉需要五万美元，只要能拿到那笔钱，别说是跟别人睡一觉了，让我做什么我都愿意。”他激动得浑身颤抖，“换作是你，你也会那么做的。”

我不敢去想，我不会。“那朱莉呢？你把钱给了她，如果我们需要赎金赎回朱莉呢？”

“但我们没有用上钱。”他咽了一口口水，低下头，然后又抬头看我，“你想听实话吗？安娜，我当时以为朱莉死了。我相信，因为相信比希望要容易得多。”他低下头，整个人都在颤抖，眼睛干涸，痛苦无泪。这一幕令我害怕。他问我：“你能原谅我吗？”

这时候，其实我应该走上前，伸出胳膊环住他的脖子，让他抱住我的腰哭出来。我应该向他承认，其实我也以为朱莉死了。然后告诉他真相：我以为的是对的，他也是对的。他跟阿尔玛睡觉是对的，宁愿去救阿尔玛的孩子也不愿为我们的孩子保留希望也是对的。在他为别人的孩子交出赎金的那一刻，朱莉就死去了。死了，死了，死了。

但我没办法强迫自己拥抱他，因为我恨他。我恨他居然不相信我们的孩子能回来。这些年来，我怀疑朱莉不会回来了是因为我以为至少有他在坚信着。一想到这八年我们两个人居然都在自己给朱莉构建的陵墓里为她哀悼，我既失望又愤怒。我一直都嫉妒汤姆，嫉妒他坚定的信念。如果我知道他不相信的话，那我就会做坚守希望的那一个。我会去开会，会坚持搜索，坚持到钱花完的最后一刻。如果我早知道他不相信，做这一切的就会是我了。

“安娜，求你了。”他抬头恳求我。

我一言不发地走出厨房。亚历克斯在电话里告诉了我朱莉基金的事情，我必须要跟他见个面。我们约在家附近的国际薄烤饼店，我想要尽快把这件事情做个了结，在我改变主意之前。

桌子上的马尼拉信封比上次我看到它时更鼓了，好像它每天都进一点食，所以长胖了，连衣服都撑破了，裂开了一个口，信封口盖卷起来，隐约露出里面的部分内容。亚历克斯·梅尔卡多到底掌握了多少关于我，关于汤姆，关于阿尔玛·鲁伊斯和格雷琴·法伯的信息？我的生活，就建立在这层层谎言之上，压在最下面的，是照片光滑的一角，那里藏着真相。我伸出一只手掀开信封口盖，抽出照片。

我双手捧着照片，强迫自己面对现实。原始照片比网上的缩略图更大更清晰，也更可怕。照片上的骨头被闪光灯晃得泛黄，头盖骨滑到一边，空荡荡的眼眶处反射出两道月牙形的光。黑色的衣服碎片黏在胸腔上，我现在终于看清楚了，那确实是米老鼠的图案。

我只想要我女儿的尸体。

我看着空荡荡的头盖骨，努力在脑海中勾勒出我女儿的脸，先填充柔软的面颊，然后是眼眶，我想象那里生出了蓝色的眼睛，头上长出了及地的金色长发。但我却在这个时候想起了朱莉，不是我的女儿朱莉，而是住在我家里谎称是我女儿的那个朱莉，也许她这么做是为了钱，为了寻找刺激，或者是出于更可怕的目的，我想都不敢想。她的脸在这个时候闯到我的脑海里。图片变得模糊，我一刻都不想移开视线，硕大的泪珠从我的脸上滚落下来。

“对不起，安娜。”亚历克斯的声音温柔，他把手放在我的胳膊上安慰我，我胳膊上的肌肉在跳动。过了一会儿，他才把手拿开。

我把照片轻轻地放到桌子上，仿佛将婴儿放到婴儿床上。

“你现在确定了，为什么？”虽然亚历克斯压低了声音，但他的声音依然刺耳，搅得人心烦意乱。

我从包里拿出一张照片放到桌子上，将两张照片一同推向亚历克斯。

他马上倒吸一口冷气。“这件睡衣，我之前怎么没——”

“我必须得两张照片都看过了才敢确定。”从包里拿出来的照片，是事发前九个月圣诞节的时候照的，那也是朱莉失踪之前我们最后一次庆祝圣诞节。朱莉跪坐在圣诞树前，一只手拿着崭新的日记本，另一只手拿着一个超大的盒子，我们当时故意把盒子包起来了，让她猜不到里面装的是什么，她笑得东倒西歪，那是属于孩童最纯真的幸福和对圣诞节最欢喜的期冀。

“为什么你没把这张照片交给警察？”亚历克斯一边看着照片，一边嘀咕。

“他们要的是近照，我没想到。我是说，你看看照片里的朱莉，她那时还是个小女孩。”虽然这张照片的拍摄时间距离朱莉失踪只有九个月，但短短九个月里，她怎么改变了那么多呢？一定是因为笑容。这是朱莉最后一张拥有孩童一般笑容的照片，照片里的她咧着嘴，露出一排牙齿。从那以后，她就变成了沉默寡言的少女。再以后，她就消失了。

“不，不，我是说，在整个案件卷宗里面，没有一张她穿着这件睡衣的照片，只有一些文字描述。我以为你也一张都没有。这是警察局绝对不会发生的失误，如果他们真的将这起案子认作——”他突然停下来，摇了摇头，再次看着两张照片，叹了口气说，“好吧，看来这个事实基本被坐实了。”

“什么事实？”

“朱莉是自己逃跑的。”

我盯着他。

“哦，安娜，别这样。你必须知道这也是一种可能，这起案件看起来根本不像是绑架。”他又摇了摇头，“不然你以为他们为什么调查你和汤姆？”

“但简看见——”

“十岁目击者的证词？在漆黑的屋子里，漆黑的衣柜里，从衣柜缝里看到的？不见得有多可靠吧？老实说，安娜，有很多理由足以让人相信，简的证词是编造的，或者是别人让她那么说的。或者，就算她看到了，她那么小，也不明白看到的到底是什么。”

“但是——”警察给了简一根棒棒糖，让她安静地坐在那里配合素描专家完成犯罪嫌疑人的素描画像。我想据理力争，但连我都觉得这话听起来太傻了。“调查——”

“没错，这是一起轰动整个州的大案件，警方也曾不遗余力地展开调查。这起案件被列为最重要的案件之一，警方也做好准备要认真破案，至少他们在公众面前是这样的。但背地里——相信我，我当时在场。我知道案件进展的方向，我了解他们的一举一动。”

“不，不是这样的。”我拒绝相信，因为他的言外之意比我脑中所能想到的最可怕的噩梦还要可怕。我从来没有抑制过自己往这方面想，但我真的从来没想到过这一点。即便是现在，“逃跑”两个字在我耳边不停地回荡，我也还是想象不出朱莉会逃跑。我问自己，为什么不敢相信呢？

仿佛会读心术似的，亚历克斯用右手大拇指掰开左手大拇指开始一条一条列举证据。“几乎没有任何迹象表明绑匪是强行入室的，一切就像安排好了似的。绑匪摇了几下门锁，然后用钥匙打开了门，连警报都没有响。”

“我们有时候——”

“我知道你想说什么，你们不是每晚都给门上警报，但是没关系。也许是你们没上警报，也许是朱莉自己把警报解除了。”他已经数到中指了，“绑匪没有带武器。”

“那把刀——”

“那是你们家的刀，他闯入后，从厨房拿的刀。他在午夜赤手空拳地进入你们家，进来后直奔二楼，说明他完全清楚朱莉住在哪间屋子——”

“我们跟警察研究过这个问题，警察说他一定在我家附近监视已久了。”

“我不否认这一点，”亚历克斯再次提醒我，“我跟警方的看法一样，我当时在现场，你忘了吗？我看过这宗案件的文档。”

我有些泄气地坐回座位上。

“安娜，警察认为当晚根本就没有绑匪，即使有，也极有可能是朱莉认识的人。”

我强忍着没有喊出来，好像被人掐住了脖子：“你听好，我不管她之前认不认识那个男人，她当时才十三岁，就算认识，那也是诱拐儿童。”

“当然了，这还是一起犯罪，但性质不一样，调查手法也就完全不同了。逃跑的人更难抓捕，因为他们根本就不想被我们找到。”他停顿了一会儿，在心里权衡要不要说出来，最后还是说了，“我不知道该怎么说，但如果她是我的邻居，那我就敢肯定，她是逃走的。”

“但朱莉当时只有十三岁——”

“我的邻居斯蒂芬妮·瓦格斯也是啊，二〇〇五年她爬上了朋友的车，就再也不见了。我的小妹妹每天都跟瓦格斯的哥哥一起上学，我们却没帮上他们家一丁点儿忙。瓦格斯的妈妈去墨西哥探亲了，留下她和她哥哥与叔叔住在一起。”他叹了一口气，接着说，“斯蒂芬妮·瓦格斯在学校是A等生，还会吹单簧管，她每天都会练习。”他看着我的眼睛，说，“最后，目击者在距离她家不到两千米远的排水沟里发现了她的尸体。”

他的脸看起来苍老了许多，脸上被拳头殴打的痕迹依稀可见。他的话令我愤怒不已，我隐忍半天才质问他：“所以说你是知道的，你知道他们不会真正寻找朱莉，因为他们当年也没有找过瓦格斯，然而知道真相的你，不但没有挺身而出，没有为这些女孩争取过……”——为了朱莉，朱莉，朱莉——“你反而就这么退出了？”

“我没有退出，我是被踢出来的。”

“你之前不是这么跟我说的。”

“我撒谎了。”

你，你们每个人都在撒谎。“那你为什么没来找我们？”我毫不留情地揭穿他，“你不是自诩白衣骑士吗？那这八年来你跑哪儿去了？在最紧要的关头，你呢？你去哪儿了？”

“我也不太确定，但如果非要我说的话，我猜当时我应该是在哪个地方喝得酩酊大醉呢，也许是在公共厕所，也许是在停车场，也许是在垃圾箱后面。我饱受内心的煎熬，最后终于下定决心离开警察局，谁想到走出去后，竟然成了一个酒鬼，日日夜夜醉得昏天暗地。”他叹了口气，“其实，老实说，在我清醒后，我已经没什么自信了。”他身体前倾，“但我一直在努力寻找她。请相信我，安娜，我一直在努力。”

“为什么你这么在乎这个案件？”

他有些不自在地耸耸肩。“有些案件是你永远不会忘记的，它们会一直缠着你。你明知道案子的鉴定结果是错的，但就是没有证据。”

我们都盯着桌子上的照片。

“终于……终于，我们不需要 DNA 样本了，没有样本也一样。我会把照片交给警方。你不要将此事声张，甚至都不需要参与进来，只需要保持低调。警方会将遗骸的法医报告和朱莉的牙齿记录做比对。到时候，我们的推测就会被证实。”他看着我的眼睛，说，“我需要你一句话。”

但此刻我什么话都说不出来。

“我可以得到你的允许吗？”

我转头看向别处，最终还是点了点头。

“安娜，我知道现在才做这些，已经太晚了。我知道那段醉酒的日子，无可挽回，我做过的，没做过的，都已无法弥补。但眼下这些，是我能做的一切，我将尽力弥补。”

“我不需要你的弥补。”

我只想要我的孩子。

宝贝

没有睁开眼，但她已经醒来。她的腹部绞痛，好像有一只拳头在里面越攥越紧，那种感觉又像是你用橡皮筋扎住湿头发睡了一晚，第二天早上把橡皮筋硬生生撸下去一样。好像有些东西早已不存在，却又有一双手紧紧抓住不放。她蜷缩起来，想把身体收缩得更紧，以填补体内的黑洞，但身体却不听使唤，想要动一下都难。就在她试图用胳膊抱住膝盖时，手腕像是被强大的磁力吸在了地上，怎么也使不上力气。她现在只能蜷着身子，用膝盖抵住下巴，胳膊摊在地上。

虽然身体不听使唤，但她的大脑在高速运转。有什么东西从她体内流失了，那东西在她耳边歌唱，声音似警钟，越来越响，她的脊椎酥麻，浑身颤抖不止。她赢了，埃丝特已经化成一摊血水，从她的身体里流到了垫在她两腿之间的厚毛巾上。埃丝特终于离她而去了，随之一起而去的，还有约翰·大卫。

她努力回忆他的影像，曾经，他在她的脑海中周身散发着光芒。现在，她眼底的光芒却来自厨房天花板上发光的球形灯泡。她看到自己双腿张开躺着，灯光下的黑影不是约翰·大卫，而是一个穿着手术服，戴着医用口罩和手套的男人。男人给她服下一颗甜甜的药丸，她浑身瘫软，沉沉地睡去。这时候，她的灵魂飘起来了，飘向光亮的灯泡，她看见灯泡上附着一层厚厚的灰尘，上面落着被烧焦的小飞虫。她拼尽最后一丝力气，飞进了灯泡里，将身体的每个细胞通通烧掉。终于，她只剩下一个外壳，没有人再能进入她的身体，除了她自己。

再醒来时，身体痛到极致，床也要将骨头硌断。她这是在哪儿？

因为外面漆黑一片，所以她花了好长时间才意识到自己并不是躺在床上，而是躺在一块儿倾斜的厚板子上，板子上的瓦楞硌得身子疼。空气里混杂着汽油味和酸臭味。贾妮思坐在离她几步远的地方，身上裹着一条大毯子，头和肩膀露在外面。女孩微微移动了一下，贾妮思马上转过来看她。

“嗨，宝贝，你觉得好点儿了吗？”贾妮思坐在原地，探身拉了拉身上的毯子，“你睡着的时候一直在哼哼。”

女孩想张开嘴说“好疼”，但刚一张嘴，就抽了一口气，只觉得体内的拳头不仅抓住了肚子，连肺也被它抓住了。

贾妮思表示理解地点点头。“是啊，你疼得都抽筋了。那种感觉太让人难受了，我当时流产之后也经历过那种痉挛。”

原来贾妮思也曾经怀过宝宝啊，女孩惊讶地瞪大了眼睛。

“我可没什么办法了，宝贝。”贾妮思继续说道，“别这么看着我。不交钱的话，史密斯诊所是不会轻易放你走的。他们会往你的屁股上注射双倍剂量的药物，打完针之后，你可就只有两条路可选了，要么帮他们卖毒品，要么自己吸毒。他们是不会轻易放过你的，他们才不会信任你。”贾妮思说这些话时更像是在自言自语，但她的声音很大，好像桥下有观众似的，但其实只有一排鸽子立在混凝土上，仿佛刚刚吃饱了食。

女孩再次想张嘴说话，但呼吸依然困难。

“你想说什么，宝贝？”

“别再叫我宝贝。”

贾妮思只是看了看她，并没把她的话放在心上。“好吧，你现在已经不再是假发女孩了，那你叫什么名字？”

她思考了几分钟，一言不发。

“这就对了，宝贝。所以目前就叫你宝贝吧，又不会把你怎么样。”贾妮思身子向前倾，伸出手摸了摸宝贝的头发，宝贝不由自主地全身都放松下来。贾妮思的手指放到宝贝的头皮上，温暖又沉甸甸的。她手上粗糙干燥的皮肤刮了一下头发，宝贝的头皮微微刺痛。

宝贝整晚都侧躺着，但她没有睡着。她的腹部疼得厉害，已经快要麻木了。“你需要吃点东西了，”贾妮思说，“再坚持一下，等皮特来了，我们就有吃的了。”

宝贝没有问皮特是谁，只是点了点头。

她们等啊等啊，时不时有汽车从身前嗖的一声经过，有时候同时过来好几辆，有时候半分钟也不见一辆，有时候十秒钟过来一辆。宝贝在心里默数汽车的数量，但她看不清汽车的颜色和款式。贾妮思盯着来往的车辆，一动不动，像鸽子一样。

最后，皮特终于来了。皮特的到来震得混凝土斜坡都跟着动，宝贝慢慢恢复了知觉，这才感觉到自己也像只鸽子似的一直蹲在那里。肚子里的绞痛还是一波又一波地席卷而来，像皮特推着的购物车轮一样滚来滚去。皮特走到她们面前，将缠在手腕上的破布扯下来，绑在购物车轮子上，防止它从斜坡上滑下去。

“我们等到花儿都谢了。”贾妮思抱怨，“我以为我们得烂在这儿了呢。皮特，我得找人帮我照顾她，好让我腾出时间去吃点儿东西。守了她一天一夜，我快饿死了。”

“你想要什么，贾？”皮特看都不看宝贝一眼。

“你那里有什么能给她止痛的东西？”贾妮思问道。

“我倒是想有，你要是跟我好上了，以后我给你弄点儿？”

“泰诺？”

“没有，抱歉。”

“那你到底能拿到什么，皮特？我们等了你一个晚上，就是要听你该死的道歉吗？”

“你们想要泰诺的话，往下走，去那边的生活营。”

“带着她不行，”贾妮思看了一眼宝贝说，“她根本没法走路。”

“那就去诊所吧。”

“我们暂时不能再去诊所了。”贾妮思低声说。

“好吧，”皮特表示理解，“我手里有一些大麻，目前我只能弄到这个了。”

“我就知道你不是一点儿用处都没有的。”贾妮思露出笑容，“来吧，宝贝，我给你弄到了好东西，很快就能止疼了，相信我。”宝贝撑着四肢想动一动，但凹凸不平的混凝土比她想象的还硬，“你想不想要啊？它能缓解你的疼痛。一会儿我去给咱俩弄点儿东西吃。”

宝贝使劲起身，起到一半，目光跟皮特对视。这是皮特第一次正眼看她。空气中飘来一股难闻的热气，像臭脚味，又像热咖啡杯里飘出来的蒸汽，并不完全令人讨厌。

“这里，宝贝。”贾妮思将大麻烟递到她面前。

宝贝曾经见过一次大麻，上学的时候有个男生曾把大麻拿到了学校里，不过有些男生说那是牛至（又名止痢草，多年生草本植物）。她从来没想过，被薄纸扭成一团的大麻竟是这种味道。

“你不是在逗我吧？”看出她的困惑，贾妮思仿佛看到了外星人，“这么抽，宝贝，看着点。”贾妮思干裂的嘴唇叼住烟嘴，深吸一口，憋在嘴里感受了一会儿，然后呛得咳嗽了一下，再将烟吐出来。“你可真是个小宝贝。”她将大麻烟递给宝贝，宝贝接过来，试着将潮湿的烟嘴放在嘴边，模仿贾妮思的样子吸了一口烟。原来这就是吸大麻烟的感觉，好像有一个四方形的东西卡在胸口，四方形的四个角硬邦邦的，她想把它留住，但她的肺剧烈抽动，猛地一下将烟从体内推了出去。她止不住地咳嗽起来。

“没事。”贾妮思说，“再抽一口，宝贝，这一整根全都是给你的。别担心我，我刚刚只是给你演示一遍。”

“对，”皮特说，“我也不抽。不过说真的，贾，从没看你拒绝过大麻呢。”

“我只是教她怎么抽而已。”贾妮思说。他们说话的工夫，宝贝又开始咳嗽起来，但这一次，她几乎感觉不到自己在咳嗽。只觉得整个人轻飘飘的。这里仿佛变成了一座隐蔽的地下室，她藏在这儿，没有人能找到她。

“你感觉好点儿了吗，宝贝？”贾妮思问她。她点点头，像一个被操纵的玩偶，嘴巴自动张开：“好了，谢谢你。”

“真有礼貌！太好了，真的太好了。你继续抽吧。一会儿你就得饿了，我去生活营弄点儿吃的。这位是皮特，我不在的时候他留下来照顾你。”

看到贾妮思站起来，宝贝左右摇头。虽然整个世界都是倾斜的，但贾妮思的双脚站得稳稳的，平衡感非常强，看起来做得尤其熟练。宝贝扭了扭脖子，想让世界直立过来，但它很快又倾斜了，宝贝这才想起来它本来就是倾斜的。想到这儿，她忍不住哈哈大笑，笑得肚子都疼，但这一次是笑疼的，不是刚才的绞痛。她已经忘记腹部痉挛是怎样一种感觉了。她的身体空空如也，她什么也不是。

贾妮思走后，宝贝才突然反应过来自己身上正在发生着什么。但太晚了，她已经动不了了，她躺在水泥地上束手无策，就像是架子上目光呆滞却不肯合上眼睛的娃娃。皮特的手伸进睡袋里，在她的衣服里面摸索，他身上的味道扑面而来。没关系，她在心里告诉自己。虽然内心充满恐慌，但她知道，就算高声尖叫，把贾妮思或其他人喊来，也无济于事，因为这又是一条她自己选的路，就算跪着也要走完，不是吗？从现在起，她选择了出卖自己的身体，此刻是皮特，但其实他什么都不是，只是用来换取大麻的交换物而已。

在大麻给予的这个缓慢的世界里，她有充足的时间思考下一步该怎么做。她、这个叫皮特的男人、睡袋、鸽子还有汽车，仿佛在一个巨大的泡泡里。汽车呼啸而过，但他们躲在柱子后面，汽车大灯照射过来的时间连四分之一秒都不到。但就在那一闪的瞬间，她看到皮特握着拳，他的口袋里藏着一把刀。是呀，像他这种人，怎么会不随身带着刀呢？那把刀仿佛等着被她偷一样，反正她也不是第一次偷东西了。

宝贝躺在那儿一动不动，什么都看不见，静静地等待一切结束。

第十三章

我一整个星期都在观察她，总有一种山雨欲来的感觉。

现在我反而感谢她把头发弄成了红色短发，这样那张脸就更明显地显露出来，看起来更陌生了。我重新研究她脸部的轮廓，并非出于妈妈对女儿的爱，而是带着对陌生人的好奇心。我尽量不在这个时候想起我真正的女儿，不去拿我女儿的脸跟这个冒牌朱莉的脸比对。我细细打量她脸部的线条和凹痕。她的下巴尖尖的，轮廓精美。她的下颌比第一眼看到她时更宽也更棱角分明，她的额头显得更加饱满，第一条抬头纹已经显露，抬头纹一旦长出来，即使面无表情，也还是不能完全消除。我试着估量她的鼻梁和鼻尖之间的角度，描绘她鼻孔的弧度。

在能避开她眼睛的情况下，我尽量不去看她的眼睛。太危险了，她会察觉到的。我也会产生一种似是而非的感觉。

即便这样，我还是让她紧张了。周三早晨她将一个杯子打碎在水槽里，汤姆扶着她的肩膀，将她带到一旁，然后清理了水槽里的碎玻璃。她跑回屋子锁上房门，居然一点儿声音都没发出，像是在表演一场无声的电影。她上下楼梯几乎悄无声息，我怀疑她在屋里踱来踱去，即便是那样，我们在楼下也听不到。

我和汤姆谁也没有说话，自从周一吵完之后，我们就再也没有讲过话。他搬到了简的房间睡，把电脑桌也一并搬了过去。我猜他白天应该也是在那儿工作了。也许是在朱莉房间工作时，朱莉进进出出，让汤姆分神影响工作了。

而我呢，我也回学校工作了。我一进办公室，就把门反锁上，任凭同事和学生们在走廊里来来往往，已经没有什么能伤害到我。我把手机放在桌子上，低头看着它，等待亚历克斯的电话，等待DNA鉴定结果。有时候我等得实在心烦了，恨不得自己给警察局打电话，告诉他们我怀疑家里的女人并不是我的女儿。这样事情进展得就能更快些了。但是警探奥华比的电话号码已经被我扔了，我可没有那么大的毅力去把它找回来。

而且，就像亚历克斯说的，我不需要参与进来，她也永远不会知道我是这件事的主使。鉴定一具尸体的身份可比鉴别一个活人要容易多了，这就是这件事的玄妙之处。

鉴定结果如果出来了，会发生什么？我脑中不禁构想出那时的场景：她盖着毛毯坐在沙发上看电影，突然一群警察拎着手铐冲进来，准备将她缉拿归案。听到响声的她回过头去看。她会是怎样的表情呢？震惊还是愤怒？我倒是从来没在她脸上见过这两种表情。我脑子里浮现的是她看到超声波显示屏时激动的表情：无尽的悲痛，生无可恋的绝望。

但如果我错了呢？

人总是不敢相信残酷的事实，当我发现自己还心存一丝侥幸时，我强迫自己去回想那张照片。

这时，我突然想起了汤姆的枪。他什么时候去上的训练课程，什么时候拿到持枪执照的？又是一桩他独自完成的事情，虽然我知道那并不会花费太长时间。我知道，是因为我曾经也计划买一把手枪。这就是我为什么要去靶场，我要练习打枪以便早点拿到执照，我要练习朝纸人发射子弹以便在现实生活中派上用场。如果再出现朱莉这类情况，我希望自己能早一点做好应对的准备。

其实我在撒谎，我根本不是为了拿执照。我只是在假想，一次又一次假想自己在朝绑匪开枪。每次开枪，我的全身都会跟着震颤，一想到我没有射中心脏，只是打在了肩膀、膝盖、腹股沟上，我就觉得兴奋，这样我就有机会再开一枪了，一枪接着一枪，我想杀死他，令他永世不得超生。

直到有一天，我在开车去靶场的路上终于意识到，我真正想杀死的并不是绑走朱莉的人，而是另一个人，一个该为朱莉的死负全责的人。虽然这件事不怪她，但我没有别的人选。靶场不正是最容易自杀的地方吗？那里不就有枪吗？哪里还需要你买枪啊？那天下着倾盆大雨，凝重的空气都翻滚起来，像刮了一场季风，我差点儿发生车祸。只可惜我喝得太多了，赶到靶场时，我连签到表上的名字都签不了，工作人员将我拒之门外。

从那以后，我再也没有去过靶场，再也没有酗过酒，我清醒后，就决定不买枪了。

但生活中总是有些无法逃避的事情。当酒醉的我在与死神擦肩而过，坐在车里放声痛哭的那一刻，城市另一端的汤姆做出了完全相反的决定。现在，这把枪还是到了我们家里，像命中注定似的。

既然我再次失去我的女儿了，这把枪总会用到的。

周五晚上吃完饭，汤姆回到简的房间关上门，我坐在沙发上无所事事地看电视。我有一种预感，有事情要发生了，有事情要浮出水面，今晚肯定有大事要发生。

电视中又在上演《罗斯安家庭生活》，正演到一半。这时候朱莉突然大步从我身边经过，往屋外走去。我听见车库的门打开了，我从厨房窗子往外看，看到汤姆的车正在倒出车库。我更加确定今天晚上有事要发生，没心情看电视，等了几分钟后，我开车紧随其后。

夜晚的高速公路比白天顺畅多了，往日里从眼前缓缓滑过的路边景物今天一闪而过。商铺前褪色的遮阳篷、新建筑物、公寓楼，在夜晚看起来平淡无奇，几乎让人分不清哪个是哪个。前方那辆路虎熟练地变道超车，朱莉可完全不像是个新手啊，真是讽刺。前面的车很多，但路虎是最显眼的一辆，即便坐在低底盘的普锐斯里，我也能时刻看见朱莉。她还没打转向灯，我就知道她要去哪里了。

此刻看去，“治愈之门”像一座光秃秃的山，环绕了一圈锃亮的玻璃，在光线照射下闪闪发光。地面停车场车位已经满了，里面一定在举行什么活动，一场出席人数最多的夜间活动。我把车开进停车场，工作人员正在指引缓慢移动的车流往上开。一路上，不断有人流从上层停车场停好车走下来。跟着指引，我继续往上开，经过了数千辆车，终于开到停车场顶层。

每开上去一层，我都会看看走过来的人流里有没有朱莉。就在我拐弯驶向顶层最里面的一个空车位时，终于看见了朱莉，她正跟着向下的人群下楼。她今天穿着一件长裙子，外面披了一件羊毛开衫，这些衣服都是几周前我带她去采购的，而短短时间里，物是人非。

我把车停好，也跟着一群人下了楼，走在我旁边的人形形色色：一对瘦弱的老夫妻，穿着情侣牛仔衬衫，扎着皮带，皮带扣在灯光下闪闪发光；一个手持皮包的女人，一大串银色的饰物从皮包上垂下来；一个跟我年龄相仿的黑人女性，穿着牛仔裤和花边宽松衬衣，带着两个孩子走在前面；一个拄着拐棍的老太太；一个高大威武的拉丁美洲男人，挺着一个大肚腩，长着子弹形状的脑袋，不耐烦地挤来挤去。最后，我们都回到了一层，像潮水一般拥进大厅，大厅里早已挤满了人。挂在天花板上的显示屏和一圈灯泡在夜晚给人不一样的感觉。尽管铺着豪华的地毯和毛茸茸的小地毯，但运动场里还是飘着淡淡的回音。空气有些沸腾，好像冒着泡泡，当然了，这座建筑的设计本来就是要激发人们的兴奋感。

中间的手扶电梯上挤满了人，我四处寻找，也没看见朱莉。为了躲避过分热情的接待人员，我匆忙越过服务台，跑到电梯上。没想到躲得过下面的，躲不过上面的。到达电梯顶层时，一位瘦瘦的女工作人员问我："您是哪个小组的？"

她戴着一副大框眼镜，眼镜后面长着一双明亮警觉的大眼睛。我随手接过光滑的宣传单，眼睛继续在人群中搜索朱莉。她看出了我的犹豫。

"这是你第一次来吗？"她的休斯敦腔很浓，元音发得很弱，直接将辅音吞掉了。

"呃，是的。"我点点头。她伸出手拉住我的胳膊。

"这样啊，听我说，亲爱的，因为你是第一次来，所以你应该坐电梯下去，看见右边的桌子了吗？就是那儿，那儿站着我的同事希娜。通常希娜是跟我一起在上面服务的，但今天她在下面——"

我开始有些担心，站在这儿不动，万一被朱莉看见了怎么办？"我能自己找地方坐吗？"

"当然可以，亲爱的。"我刚要走，她又喊住我，"因为你是新来的，我们只是想给你找个好座位。"

在我看来，好座位就是你可以看清一切，别人却不容易看到你的地方。我跟着人群，绕着二层看台走，走着走着，发现一个标着“交流处”招牌的信息咨询室，这里有更多的电视屏幕，屋子里空无一人，非常隐蔽。以前有比赛时，这里是家小卖部或酒吧。这倒是个临时避难所，我走了进去。

从这里望下去，整个大厅就像一个巨大的洞穴。虽然离地面有三十多米，但在璀璨的灯光下，能清楚地看到空气中流动的尘埃，青黑色的拱形屋顶上镶嵌了密密麻麻的矩形天窗，只有光芒四射的天窗才会让人想起这里以前是个运动场。如今，地面上的阿斯特罗特夫尼龙草皮早已被米黄色地毯取而代之，依墙排列的折叠椅子也被重新装上了深蓝色椅面，看起来高贵雅致。架在升降架上的摄像机突然将镜头对准铺着红地毯的舞台，舞台两侧的超大屏幕上显示出图像，似乎是在做预热。我选中一个好位置，就在中间层，挨着过道。我走过去坐下来。

过了一会儿，灯暗了，仍然不断有人入场，人群时不时爆发出一阵掌声。观众们像波浪一样站起来，朝着乐队高喊：“耶稣永存！”“赞美他！”激动人心的时刻到了，七名歌手哼着曲子，从舞台深处走出来。他们穿着亲民的演出服，拿着无线话筒。忽然，音乐爆发，整个运动场被强劲的节拍点燃，像一场声势浩大的摇滚音乐会、篮球比赛、大脚卡车拉力赛。舞台上灯光晃动，明亮的绿光和蓝光交替在半空中扫过。扫到我脸上的那一刻，我体内的肾上腺素激增，像是被强光洗礼，既突然又强势。我的心脏怦怦直跳，像威廉·华兹华斯诗歌里提到的那样，我之前一直不知道那是怎样一种感觉，今天才切身体会到。

只听砰的一声，高音穿破空气和人群，无拘无束，荡气回肠，就像校园爱情电影的片尾曲一样。歌手的面孔轮流出现在大屏幕上，弹吉他的弹吉他，击鼓的击鼓，一个个汗流浃背。最后，屏幕上显示出一组蒙太奇影像：快镜头里的日升日落；十秒钟里一朵花儿的盛开；年轻人开着吉普穿越山丘；美丽的金发女孩躺在篝火旁；白人妈妈双膝跪地，伸手扶着双腿胖乎乎的黑人宝宝蹒跚学步；帆船在巨大的湖面上高速驰骋，与白云并驾齐驱。几分钟后，歌手们分散后退，将一个人环绕，一个身材高大的身影出现在舞台中央。人们挥舞起手中的拳头高喊：“赞美他！赞美他！”喊声响彻天地。

“我为你们而来，”他的反应倒是很平淡，“主也一样。”

这就是我在“治疗之环”听到的那个声音，这也是我第一次见到恰克·麦克斯韦本人。他看起来像休斯敦牛仔节上的乡村流行乐歌手，也像肥皂剧里失踪已久的父亲。大屏幕给了他一个近距离的面部特写，我还是第一次看到如此友善的一双蓝眼睛。

“今天我来此，就是要告诉你们，主为他的孩子，也就是你们每个人都准备了一份大礼。”尖叫声和掌声响起，“而你们今天来这里的目的只有一个：去聆听，去知晓，去赞美他的圣名。主创造了万物，在这个伟大的宇宙里，一切都是因果注定。他比你的困难更强大，他喊一声你的名字，困难就会烟消云散！”

“阿门！”我身后有个人大喊。

麦克斯韦露出慈祥的微笑，等待尖叫声平息。“听。”麦克斯韦又停下来，他还真是一位好演员。音乐声渐渐变大，人群左右摇晃，来回摆头。突然，响亮的声音响起：“告诉我们吧，恰克！”

“我会告诉你们的！我会的！你们今天为什么来？让我来问一问，你们为何而来？”他将麦克风对准人群，一只手放在耳朵后面倾听，观众席爆发出雷鸣般的声音：“是恰克，不是幸运。”

他收回麦克风，继续慷慨陈词：“你们说得对，不是幸运。世界上没有幸运，主没有为我们创造幸运。他爱地球上的每一个生命，他爱我们每个人，我们都是他疼爱有加的孩子。很快，他就要送给我们意想不到的礼物。不管他准备的礼物是什么，你们都——”，他又故弄玄虚地停下来，等了一会儿才开口道，“值得！”

尖叫声和掌声更加热烈了，歌手缓缓上前，歌声再次响起。麦克斯韦在镜头里若隐若现。坐在我左边的男人轻轻地拍了拍我的肩膀，递给我一个蓝色塑料桶，桶里装满了信封和现金，一卷百元钞票堆放在最上面。我将桶递给过道旁边的引座员，她对着我露出和蔼的笑容，虽然我没往桶里放任何东西。

音乐声渐渐平息，麦克斯韦一副信心十足的样子，再度开口：“主的祝福，就像倾盆大雨，即将从天而至。我知道你们要上一整天的班，还要照顾生病的孩子，还要被人追着讨债。我知道你们的女婿还没来信奉耶稣。你们看新闻，以为世界越来越黑暗，你们转过脸去，忘了看看主。今天，我要把最好的消息传达给你们：不要担心！让主照看你们的邻居，你们的孩子，你们的房东，你们的老板。你们所等待的，如果迟迟未来，原因只有一个——你们的信念还不够坚定！”

音乐声再次响起，这次轻缓了许多，更像赞美诗了。“接下来的一首歌里，我和我的团队里的领祷者们将走下舞台，任何人都可以过来跟我们一起祈祷。你们只需要走到第一排座位前面，领祷者就会聆听你的心声，为你祈祷，祈祷你得到智慧，早日发现主赐予你的一切。剩下的人可以坐在座位上，静静地听受上帝启示的歌手向你传达上帝对你们的爱。”

众人一跃而起，拥向舞台。我这时才明白之前工作人员说的“好座位”指的是什么了。人群排成排，铺满整个运动场，站不开的人，就等在过道上。麦克斯韦和几个年长者开始跟第一拨上台的人进行一对一交谈。我擦亮眼睛，视线一排一排地扫过，努力寻找红头发女孩，但还没等我找到朱莉，运动场上就又换了一拨人上来祈祷，要想在茫茫人海中找到朱莉还真是如大海捞针。

就在我决定放弃之时，朱莉竟然神奇地出现了，她也站在前面祈祷。密密麻麻的人群突然被放大出现在大屏幕上，眼前的一幕惊得我目瞪口呆。麦克斯韦走到朱莉面前，他的脸朝朱莉贴过去，一只手放在朱莉的肩膀上，眉头皱起来，一脸严肃怜悯的样子。朱莉仰头看着他，踮起脚拉近自己跟他的距离，好像下一秒就要亲吻他。她将嘴贴在他耳边，轻声说了些什么。麦克斯韦脸色大变，眼睛瞪成铜铃一般，眉毛立起来，嘴里发出咝的一声，好像被人一脚踢中似的。

摄像机将镜头切换到其他人。

该死，怎么在这个时候切掉镜头了？我只得放弃大屏幕，焦急地搜寻朱莉，我想看下一秒会发生什么。找到了！她在那儿！她一只手抓住麦克斯韦的夹克垫肩稳住身体，一只手戳向麦克斯韦的胸口。麦克斯韦迅速向后躲开，朱莉踮着的脚落下来，她转身离开了。这时候，守在附近的两个穿西服的男人走出来，朝朱莉走过去。但麦克斯韦抢先一步抓住了朱莉，他倾身过去环住她，整个身体几乎都贴上去，看起来异常亲密。他摇了一下她的胳膊，她挣开他的双手，从人群中挤出去。保安没有跟上去，我的视线也就此中断。

当我再看向麦克斯韦时，他已经在跟下一位女人讲话了，他们的额头离得特别近，几乎要贴在一起，但我敢肯定，他的思绪并没有放在眼前的女人身上，而是早就跟着朱莉飘走了。

我站起来打算跟着朱莉，但想了想又重新坐回来。她现在在底层停车场，我在楼上的观众席，等我走出“治愈之门”，估计她都开车开到半路了，而且我停车停得比她还远。更何况，到现在我还处于晕头转向的状态，完全搞不清到底发生了什么，就算追上她，我也不知道要怎么跟她开口。不过，从麦克斯韦惊恐的表情和异常亲密的身体语言至少可以肯定，他们彼此认识。她在他耳边说了什么？威胁吗？朱莉握有麦克斯韦什么把柄呢？

她不是朱莉，我提醒自己。

仪式接近尾声，音乐再度响起，震耳欲聋，大屏幕上又开始闪现蒙太奇影像，最后归于漆黑一片。一缕红色的光线照亮了“治愈之门”的牌子，在壮丽的音乐声中，“治愈之门”打开了。乐队的歌声缓缓回落，我周围的人在今晚一连串的刺激中，兴奋到筋疲力尽。我跌跌撞撞地走出去，内心空虚无比。我站在月光下，检查了一下手机，看到二十分钟前收到的一条语音留言。运动场里的信号一定不好，我都没感觉到手机的振动。我突然注意到对方的号码，赶紧把手机放到耳边听留言。

“嗨，卡尔，我是格雷琴。”

我耳边响起一个声音“妈妈，爸爸”，那是她在急诊室拥抱我们时的哭声；“看来你们是真的想找到我。”那是她泫然欲泣的声音。是同一个声音，是她。现在，这个声音真真切切地告诉我，住在我家里的女人不是我的女儿。我之前已经知道一切了，不应该再感到惊讶了，不是吗？但这一刻，比看到模糊的 YouTube 视频，比看到犯罪现场的照片，都要可怕得多。直到现在，我才知道，原来自己还未死心，原来自己心中尚存一丝最卑微的希望。“我是格雷琴”几个字，将我内心的希望击得粉碎，我听到了什么东西破裂的声音。

留言还未结束。“我需要你的帮助，卡尔，我现在非常害怕。”她开始哭出声来，“如果你还在用这个号码，如果你还在休斯敦，如果你能找到我，也许你已经知道一切了，也许你已经知道了最可怕的事实。”她哭得更厉害了，“如果你知道了我最坏的一面，还能来找我，那我相信你是爱我的。午夜十二点，我会去水墙喷泉见那个男人，我的一切都是拜他所赐。请你一定要来，我不想独自一人。”

吱的一声，像喇叭声一样刺耳，紧接着咔嗒一声，似乎是手机掉在了地上。过了一小会儿，她将手机捡起来接着说：“卡尔，我不知道这对你的决定有没有影响，但是几周前，我有过，我们有过，我想是个女儿。”

语音留言结束，嘟嘟声响起：“重听请按 7，删除请按 8，保存请按 9——”

我按下 9。我想把这条留言保存下来，等我跟她正面交锋时可以作为证据。我回到车里后，已经 23:35 了。今天晚上，在我还有最后一丝勇气之前，我必须找到她，问问她来这里做什么，为什么要折磨我和我的家人。

既然我已经知道朱莉就是格雷琴，就是 YouTube 上那张模糊的脸，是个二流歌手，是个骗子，是个冒牌货，我就必须要跟她当面对质，别无他选。原来，从头到尾她都是格雷琴。很快，午夜就要到来。

她

感觉不到殴打，只觉得眼前漆黑一片。那种感觉，不知道是她沉入了黑色的水里，还是水灌入了她的身体。水的最上方漂着一抹红色，离红色越近，疼痛感越强。那黑色柔软光亮，像成群飞翔的深黑色鸟；那黑色柔软光亮，像墨绿色的海底世界；那黑色柔软像天鹅绒枕头，像吞掉钻戒一样熠熠发光；那黑色黑漆漆一片，像沉睡中的自己。

她朝着水上的红色游去，竭力守住那抹红，黑色要将她吞没，像吞掉钻石一样将她吞没，她的脚踝被卷须缠住，她的身体被拽着慢慢下沉，喑哑的乌鸦叫声将她包围，将她带到深黑的天空。每当她沉入柔软之中，总能听到夏洛特的尖叫。最后砰的一声，尖叫声停止了。

这时候，响起了低声的哭泣，听起来不像是夏洛特的声音，也不像是任何人的声音。是她自己的吗？她的舌头已经动不了了，像长着深黑色翅膀的死鸟。声音还在继续，像是潺潺的流水声。接着又一声砰，她感觉到眼皮一阵震颤。

如果她努力把所有力量都聚集到指尖的话，她还能勉强有一些感觉，感觉到地面。地面光滑、灼热，一片血红。红色刺痛她的指尖。也许这不是感觉，是嗅觉，这气味闻起来既干净又肮脏，像掉落了一颗牙齿；也许这不是感觉，是味觉，像通了电的金属，还带着热乎气。

她想把手缩回来，但空中的鸟群一个接一个被棒杀，她自己也从头到脚变成了鸟儿。她那死去的鸟爪放在鲜红色的泳池中，闻起来像被打掉的牙齿的味道。

有人在说话，在祈祷。是约翰·大卫的声音，她再熟悉不过了。他的语气充满愤怒，也许他在传达上帝的话，也许上帝生气了。

约翰·大卫反复咒骂："你们两个小畜生，该死的畜生。"

她原本已经没有知觉的舌头抽痛了一下，她这才知道，死去的小鸟活过来了。她想尖叫，但她努力控制住自己。

"我该怎么办？我该怎么办？我该怎么办？"

重击、撤退、登高、消失。他登上了天堂。他将石头挪开，沿着地下掩体的楼梯，爬上了天空。

她睁开眼睛。

夏洛特头朝下瘫倒在她面前，在离她四步之遥的地方，望着她，眼睛里充满了鲜血。

她看着夏洛特的眼睛，里面似乎充满了智慧。

夏洛特在试图告诉她什么事情。夏洛特勇敢，夏洛特聪明，夏洛特甚至敢从约翰·大卫的垃圾桶里偷出来锋利的剃须刀割断胶带。

不，那不是夏洛特，偷剃须刀的人是朱莉。

现在夏洛特不再盯着朱莉的眼睛了，她在看朱莉蜷缩的右手。朱莉的右手离夏洛特的脸只有两三厘米远。朱莉能感觉到她在看什么，她在看朱莉的手下面。朱莉的一个指关节下面露出来一个尖角，锋利的尖角。

朱莉动了动手指，刀片在地面上划过，就在离她的脸几厘米远的地方，被紧紧攥住的刀片沾满了血渍。她的左手慢慢挪向刀片，指尖在地面上鲜红色的液体上留下一串痕迹。地上的液体已经不那么热了，甚至几乎跟刀片一样凉。她鲜血淋漓的手指离刀片近了。

这时，楼梯上传来脚步声，离她们越来越近，一把斧子出现在眼前。

朱莉迅速闭上眼睛。夏洛特死了，她就是下一个。一时间回忆涌上心头，她不禁回忆起过去的日子。

没想到，角落里却传来呕吐的声音。朱莉睁开眼睛，看到约翰·大卫正双膝跪在地上，背对着她和夏洛特。他并没有在做祈祷。一摊呕吐物从约翰·大卫的膝盖下流过来，混进地上的血渍，朝着她流过来。

没等呕吐物流到她身上，她已经站起来了。她也不知道自己究竟是怎么站起来的。在她脚下，夏洛特像个破布娃娃一样躺在那里一动不动。角落里，大块头约翰·大卫跪在地上哼哼。

他朝地上吐了一口，又哼哼了几声，接着大口喘气。她突然感到头晕眼花，眼前一片红色，四周飘着黑色的圆点，危险像烟雾一样慢慢升起，她双脚叉开稳住身体。几乎把胃都吐出来的约翰·大卫听到了身后的动静，他用膝盖顶住地面转动身体，一只手仍然攥住斧子，一只脚撑在地上试图站起来。但就在他另一只脚也要站起来时，脚后跟在呕吐物上滑了一下，整个人像个舞者一样，一下子将脚上的靴子甩了出去。恰好他握着斧子的手先着地，整个身体重重地压在手上，手指一下子被夹在斧柄和地面之间，疼得他大叫一声。

地面非常滑，到处都是鲜血和呕吐物，约翰·大卫挣扎着寻找支撑点。朱莉把剃须刀握在胸前，大叫了一声，迅速抓住狭窄的楼梯往上爬。因为左手还抓着剃须刀，所以虽不完全是手脚并用，但也差不多了，就像梦里四肢着地爬行一样。一时间仿佛时光倒转，又回到了只会爬行的小时候，那时候双手比现在灵活，而现在的手，只能抓住一个没用的小刀片，虽然锋利，但在巨大冷酷的斧子面前，简直就是小巫见大巫。她的膝盖，她的整个身体，也因为沾满了鲜血而湿滑。

“埃丝特！埃丝特！”一个声音从后下方传来，但距离她多远？“埃丝特，回来！我不会伤害你的！”

现在她已经站在楼梯顶部了，但他还在最下面。她向下俯视，他看起来非常渺小，头顶已经开始有秃顶的迹象。她从来没站得比他高过，从来没俯视过他。

“埃丝特！”他又大喊了一声，但他的手还是紧紧抓住斧子不放，从手柄抓到斧头。他开始用甜言蜜语诱哄：“我从来都没想过要伤害你，埃丝特。夏洛特是个坏人，我把你打晕是不想让你看到不好的场面。”

“我不叫埃丝特。”她用力喊，但声音微弱得像小绵羊。

“不叫。”他顺着埃丝特说。

她惊呆了。

“你叫露丝，在你看见这么多事情之后。”

她像个木头一样一动不动。

“露丝，你已经通过试验了。你已经完成了血祭。”

他已经不复刚才的疯狂，语气变得平缓，像吃了蜜糖一样。“你做了正确的选择，露丝。她试图逃跑，你阻止了她。现在我们又是幸福的一家人了，只有我和你。”

“我——”

“你寻求帮助。她的力量比你大，她制伏了你，你大声呼救，然后我来帮你。”

尽管她的头还在眩晕，但她知道事情不是这样的。

她使劲摇了摇头，让自己清醒，不能掉进他的圈套。“我叫朱莉。”这才是唯一的事实，但话音刚落，约翰·大卫抓着斧子的手握得更紧了。朱莉迅速转身往上跑，约翰·大卫一跃而起，紧随其后。

他的腿比她的长。她飞速向前冲，冲到拐角时，约翰·大卫伸手去抓她的脚踝，笨重的斧柄撞击在楼梯上，发出哐啷一声响。约翰·大卫爬上楼梯口的一刻，她冲到餐桌对面，但这时才想起来身后是墙，她无路可退。约翰·大卫将斧子从左手换到右手，又从右手换到左手，两只手交替玩着斧子，好像十分享受这种感觉。他露出狰狞的面孔。“别逼我杀了你，埃丝特。”

“我现在想起来了，我叫露丝。”她近乎绝望地大吼。

“我管你是谁！”他咆哮着，“别逼我杀了你，如果需要，我会杀了你，但上帝还不想让你死。”

“上帝就是狗屁。”朱莉说。

“上帝是爱，你才是狗屁。永远别忘了这一点。”砰的一下，他将斧头砍在桌子上，胶木桌子噼啪一声，从中间裂开。她抓住身前的桌子，拼尽全力推向约翰·大卫，他被她突如其来的猛劲推得一屁股坐在地上。斧头还插在桌子上。她看见眼前的场面几乎笑出声来。倒在地上的约翰·大卫迅速伸手去抓她的脚踝。她将椅子扔向他，被他一把挡开。最后，她终于跑到门口。

她刚将一只脚迈到外面的台阶上，一只手就从后面抓住了她身上裹着的床单。她想用力关上身后的纱门，但被他的胳膊挡住了。她把整个身体使劲儿向后撞去，试图把门关上。约翰·大卫被夹住的手松了一下，但马上就抓住了她的上臂，紧紧地抓住她。

“我抓住你了。”他气喘吁吁，呼出的热气穿过纱门喷在她的脸颊上，“我抓住你了。”他重重地靠在门上，隔着纱门，她感觉到他压在她身上的重量，异常柔软又熟悉。在这个时候，她竟然记起他的身躯压在她身上的日子；这个时候，她竟然记起那些噩梦般的亲密接触；这个时候，她竟然想起关于他的一切，在这个离自由只差一步之遥却最终要擦肩而过的时刻。

“这一切都是你的错。”他隔着纱门低声说，“你不是露丝，你不是埃丝特，你什么都不是。”

朱莉鲜血淋漓的手中突然闪出一道锋利的光。

她不假思索地对着他的手指胡乱划过去，就在约翰·大卫松开手指时，朱莉从他手中逃了出去。

没事没事没事。

没事没事没事没事。

没事。

她跟着这个节奏跑。

但确实有些事，令她的一颗心惴惴不安。赤裸的脚每落地一次，都会令她的双腿震颤，唤醒她心中的不安。

再见，她对它说。

我不在乎，她安慰自己。

我不怕你，她知道自己在自欺欺人。

她想起了桃汁，想起了玉米罐头，想起了曾经有个女人承诺帮忙，于是，她绝望地朝着那个承诺跑去。她努力不让自己在凹凸不平的人行道上绊倒，努力不被低垂的树枝划到脸颊，努力不被裹在身上的床单缠住脚。她顾不得向后看，也不知道约翰·大卫离她有多远，十步？二十步？还是压根儿就没追上来？她知道，一旦倒下，他那双被她用锋利的剃须刀划破的血手就会紧紧掐住她的喉咙。就是那把刀，她曾用它犯下过永远都无法消除的罪孽。哦，夏洛特，可怜的夏洛特。

她在休斯敦的老街区穿梭，在这些耸立的砖房后面，天知道弯弯曲曲的后院角落里藏了多少头盖骨，藏了多少被毁掉的女孩，掩埋了多少不为人知的秘密。这些像童话故事里一样稀奇古怪的房子，造型弯弯曲曲，外面爬满了厚厚的藤蔓，令人作呕。她快速逃离这里，寻找更宽的街道，寻找现代化文明的街区，寻找能给她提供帮助的地方。但每条街道都空荡荡的，安静得诡异，难道是因为现在太早了，连清晨散步的时间都没到吗？

她从令人窒息的街区跑到一个有红灯的街角，停下来喘口气。她的右边有一个小公园，挨着一座长长的矩形建筑物，旁边有一条搭了顶棚的人行道，可以沿着它走完全程。草坪上立着一座雕塑，铁锈陷入草里，留下弯弯曲曲不规则的痕迹，像一条掉在地上的丝带。她突然模模糊糊地记起，很久以前在一次野外旅行中，自己来过这座博物馆。

环顾四周，她终于慢慢看清现在并不是早晨。尽管已经有了一丝光亮，尽管她感觉像是熬过了一个漫漫长夜，但天边的颜色不像是黎明。天空像一张不透明的白纸，浑浊昏暗。一时间，她感觉自己又像是被关进了地下掩体，只不过换了个更大的房间而已。一片树木赫然耸立在眼前，绿色浓郁饱满，像是要流出水来一样。在静止的空气中，这些树纹丝不动，仿佛舞台上的道具，又仿佛梦中的景象。她跑到一个空荡荡的街道上，伸着脖子朝右看，眼前出现一条高速公路。

这时，她看见了它，凌驾在她上空，比树和路灯还要高的广告牌。寻人启事：金发粉颊的美丽女孩。

她抬头看看广告牌上的女孩，又低头看看光着脚丫的自己，那不是她，跟她有云泥之别。在黑暗的小屋子里被禁锢了数月，在他对她做了那些事情之后，她只觉得自己无比肮脏。腹中翻江倒海，在提醒她不要忘记过去的罪孽，提醒她不要忘记对夏洛特的所作所为。广告牌上的女孩对这些一无所知，她单纯又完美。

下一秒，天空像是撕掉了伤口上的创可贴，突然下起了倾盆大雨。很快，她的脚底就汇聚了一条小河，广告牌也在大雨中模糊起来。

她重新奔跑起来。

等她跑到食物发放站时，倾盆大雨已经变成了毛毛细雨，天空就像刚洗过的衣服，一点一点被拧干，太阳从棉花一样的云朵后面探出头来，半空中的雨滴在太阳的照耀下闪闪发光。地面上的水已经开始蒸发了，但站在单薄的胶合板简易小棚子前面，她还是打了个寒战。食物发放站此刻大门紧锁。

“如果你需要任何帮助——”女人的话在她耳边响起。她现在需要许许多多的东西。她开始不停地反胃，尤其是饿肚子的时候。但她不敢吐，因为她怕一旦停下来跪在小棚子门口呕吐，就会被约翰·大卫抓住。于是，她绕到了小棚子后面。

眼前，一个人影正靠在棚子后面，站在混凝土预制板上抽烟。是一个女人。女人听到她的声音后，慢慢地转过头来也瞟了她一眼，一副不希望被打扰的样子。女人从头到脚细细地打量了她一番，吐出来一口烟，然后两根手指夹着烟搭在膝盖上继续等待。好像她过去经常在这里等待。

突然，女人反应过来，迅速吸了一口手中的烟，然后指着女孩喊："假发女孩！我知道你，你就是那个假发女孩。你的假发呢？"

女孩张开嘴刚要回答，一阵微风吹来，女人手中的烟顺着风将浓烈的烟味送到她面前。她再也抑制不住，跪在泥泞的草地上吐起来。但她的胃空空如也，只能不停地反酸水，喉咙火辣辣的。一时间她什么都看不见，眼前到处都是绿色和黄色的小斑点，接着一片漆黑，一双温暖的手抚上她的脖子。

"假发女孩，你看起来不太舒服。"女人扶着她坐在混凝土预制板上。眼前的小斑点消失不见了，女人的脸清晰地映入眼帘。她今天没有穿针织衫，黑色的短发扎到后面。她说："我叫贾妮思，要我说，你的名字应该叫玛玛。"

现在终于没有烟味了，女孩开始大口大口地呼吸。"我跑了出来。"说完，她停顿了一会儿。她不知道该怎么来讲述发生在她身上的一切。她撒谎了，她杀人了，她努力想做一个好人，但是她失败了。

“嗯，我看出来了。你有可投奔的地方吗？”

女孩摇了摇头。

“你需要衣服吗？需要住处吗？”

女孩点点头。

“你想把它打掉？”贾妮思伸手指了指女孩的肚子。

女孩被问得满脸困惑。

“宝贝，你怀的是谁的孩子？”女人的声音变得更加温柔小心。

这一次，她的胃里翻腾得更厉害了，她感觉整个人都要被撕裂了。不过她是不会被撕裂的，因为要想被撕成碎片，首先你得是存在的，而她，她什么也不是，她一无所有。

她用手背擦擦嘴巴，贾妮思看着她，对她说：“好吧，别担心，别的先不说，你必须吃点东西。”

她默默地看了一眼身后的食物发放站。

“哦，不。”贾妮思说，“朗达是个非常好的女人，但如果她看见你挺着四个月大的肚子，她一定不会让你就这么走了的，他们会给你安排一个房间。”

“一个房间？”

“你看看，看看那边！是，他们会给你安排一个特殊的房间，给你放映特殊的影片。她们会不厌其烦地对你说教，明白吗？以你现在的身体状态，你肯定不愿意跟她们搅和在一起吧，该死。”

“她说过，如果我需要——”

“如果你需要让他们给你上一堂课，教育你不应该发生性行为，那你就去吧。当然了，我没有说你行为不检点的意思。”

“我需要——”她艰难地开口，每个字都像是用水桶从深不见底的井里拉出来似的，这过程异常艰难，有时候水桶掉进水里，有时候水桶不断下坠，悬在半空中。

“我知道你需要什么，我现在就可以告诉你，没有家属在一堆文件上签字，是做不成的。更该死的是，首先要签字的就是对你做了那件事的人。”

家。

你什么也不是。

“走吧，跟我走。”贾妮思扶她站起来，叹了口气，“不管是谁对你做了这一切，我都诅咒他下地狱。因为打掉孩子不仅是一件非常麻烦的事情，还需要钱。”贾妮思悄悄地斜眼看了她一下，又说，“但这个我们以后再说吧。”

她想到了地狱，想到了天堂，想到了自己肚子里的小生命和心跳声。她又想起了约翰·大卫，想起了他一次又一次骑在她的身上。她终究还是没有爬出那个洞，真正的洞在她心里，它的名字叫埃丝特。

第十四章

二〇〇二年，一位名叫赖安·哈特利的攀岩运动员凭借一把小锤子攀爬威廉斯大厦，当他爬到第三十层，也就是将近一半时，突然跳了下去。

警察在他支离破碎的尸体中，发现了一张抗议伊拉克战争的字条。据推测，他选择在威廉斯大厦结束生命，也许是因为这里是休斯敦石油行业繁荣的象征。六十四层银黑色玻璃的摩天大楼高耸入云，作为休斯敦最高的大厦，它并没有建在商业中心区，而是建在一个零售中心和一片居民楼之间，显得鹤立鸡群。纯净的能量从地心喷射而出，像原油喷泉被挖掘，被提炼，被转换成一束光线。似乎所有的一切都如此纯净。

在被正方形玻璃包围的大厦对面，坐落着水墙喷泉，马蹄形状的人工瀑布恰好六十四英尺[①]高，每一英尺象征着威廉斯大厦的一层，两者相得益彰。有一年圣诞节，在风雨商业街廊

① 1英尺约为30.48厘米。——编者注

购完物，我们带着女儿们来到这里。那时候简才三岁，她从小就胆大，看到喷泉就从我的手里挣脱出去，兀自跑到喷泉边，汤姆迅速跑过去追她。简正好停在台阶下面，好奇地盯着弯曲的墙面看。喷涌而下的泉水，把这个小家伙看晕了，她上前一步弯下膝盖坐在地上，放声大哭。

六岁的朱莉躺在广场的水泥地面上，她把头向后倾斜，保持一个安全的距离观赏瀑布。我也躺在她身边陪她一起看。她温暖的小脑袋瓜依偎在我的太阳穴上，柔软的头发吹在我的脸颊上，那种感觉我记忆犹新。汤姆把简抱了回来，不停地哄她，我们几乎都听不到瀑布的声音了。瀑布飞流直下，几乎观察不到它在运动。

朱莉问我："妈妈，是天塌了吗？"

我在心里把她的话记下来，晚上等两个姑娘睡觉后，我用比瀑布声音还大的嗓音重复给汤姆听。汤姆安慰我："别担心，亲爱的，童言无忌。"

虽然没看到，但是我能感觉到朱莉稚嫩的脸上勇敢的笑容。

从远处看去，夜灯下的水墙喷泉前映出两个身影，像一对拍摄订婚照的情侣。格雷琴和麦克斯韦站在拱形门前，十指相扣，格雷琴优雅地向后倾身，麦克斯韦像跳舞一样猛地将她拉回来，伸出胳膊圈住她，两个人的身影合二为一，在昏黄色灯光下的水墙前面一前一后地跳起了华尔兹。我迅速靠近他们，为了不惊动他们，我从潮湿泥泞的草坪上奔过去。离喷泉越来越近时，我才看清楚，她的胳膊肘在抵抗他，似乎是想把他推开，而他在往回拉她。他们在奋力争夺她的包，争抢中，包的链子缠绕在她脖子上。见此情形，我忙拔腿跑过去。

近距离时，水流的声音比我印象中的还要大，喷泉像咆哮的野兽一样，跟着我的脚步变换角度和强度，又在着地的那一刻像雨声一样减弱，然后迅速恢复活力，开始新一轮的奔腾。喷泉前面的圆形广场上薄雾轻笼，地面湿滑，喷泉下面的灯发出黄色的光，整个夜晚都变成了淡黄色。我刚穿过拱形门，奔向广场，就看见两个融为一体的身影突然朝一边倾斜，马上就要失去平衡。格雷琴往后退的时候，不小心踩到了地面上的什么东西，一下子摔倒在地，她的头重重地撞在地上。麦克斯韦紧接着倒在了她身上，他继续张牙舞爪地挣扎了一会儿，仿佛被冲上岸的深海生物，然后停下来，从格雷琴身上站起来。一道光照在他的脸上，我清楚地看到他的胡须，他像暴怒的动物一样露齿号叫，扑进黑暗之中，伸手去抓包。此刻，包正有一半儿被压在格雷琴虚软的身子下面。

“我的一切都是拜他所赐。”她的语音留言在我耳边回荡。我不知道他做了什么，也不知道她到底是谁，但看见他的手朝她一动不动的身体伸过去时，我只知道我必须要阻止他。

我用尽全身力气往前冲，但鞋底在潮湿的水泥地上打了个滑，身体往一边倒下去，就像格雷琴刚刚那样。我伸出手撑在地面上，侧身摔倒在地，撞到地面上时，牙齿差点儿就咬到舌头，我顿时感觉嘴里火辣辣的。麦克斯韦看见我后，一跃而起，但还叉开双腿站在格雷琴虚软的身体上方。他张嘴说话的一刹那，低沉的声音仿佛卷起身后湍急的流水，他总是有这样的能耐，就像在“治疗之环”一样。

“不是你看到的那样，”他气喘吁吁地解释，“你不知道这个女孩做了多少坏事。她是个精神病，是个骗子，是个杀人犯。”

“我才不相信你说的话。”虽然我知道格雷琴确实是个骗子，但我还是帮她说话，不过我听不到自己的声音。

“她一直在跟踪我，威胁我，还三番五次勒索我，她想要我的钱。”他一边说，一边指着不远处的大帆布包，“她逼我跟她在这儿见面，威胁我，后来袭击了我。”看到我的目光落在倒在地上一动不动的格雷琴身上，麦克斯韦继续为自己辩白，“我发誓，我刚才只是自卫，她的包里有枪！”

他不说还好，他这么一说，我是绝不会让他拿到格雷琴的包了。“如果她只是想要你的钱，又为什么会袭击你呢？”

他舔了舔嘴唇说：“我刚才说了，她是精神病，我是成功人士，我帮助万民。”他提高了嗓音，一脸暴躁，胡须都气得翘起来，“像她这种女孩，总是禁不住——”

“哪种女孩？”

他被我问得有些发蒙。“妓女。”

他的话激怒了我，我咬牙切齿地冲他喊：“不许你这么说我的女儿！”虽然她不是我女儿，但这一刻，她是。

他冲上来抢包，但我快他一步。也不知从哪里爆发出来的巨大力量，我一下子将他扑进水池里。下一秒，我已经跪坐在他胸口上，膝盖浸入水里十多厘米。他被我压在下面使劲挣扎，用脚胡乱踢我的后背和脑袋。不过我的身体几乎都在水面上，他的身体几乎都在水面下，所以我暂时还是有一定优势的。我的膝盖压在他的肩膀上，他用力去抓我的头发。我心里想，幸好，朱莉出生后我就把头发剪短了，也没有再戴过耳环，我的内心不再波澜不惊，我开始学会了惦记和牵挂一个人，我将自己的梦想和一颗炽热的心都交付给了我的女儿，我想这就是母性吧。我的手指缠在他的头发上，我抓住机会拼尽全力把他的头往水里按，就像当时我以为朱莉在卫生间里受伤了而拼命砸门一样，但水的浮力太大了，水花扑腾起来，溅了我一身，我这才稍微冷静下来。

突然，我身后有一个声音响起，像一把刀穿过雷鸣般的水声，直达耳际。“约翰·大卫。”就在我走神的工夫里，按着他的手稍微松了一下，只听咔嗒一声，他迅速向后一退，一脚将我踢开，从水池中站了起来。这时候，我看到麦克斯韦脸上浮现出无比后悔的表情，好像在懊恼不该这么快把我踢开，等我转过身去，我才明白为什么。

格雷琴正站在那里，手里拿着枪。

激流倾泻的瀑布像一张白纸，格雷琴手中的枪像悬在白纸上一毫米处的铅笔尖，落笔之前，笔尖在空气中无形地勾勒出我们三人的轮廓。

我们三人形成一个三角形：麦克斯韦举起双手表示投降，后背抵在斜坡上，水冲在他肩膀上，拍打着他的脖子，他的头被冲得来回晃；我依然一条腿跪在水里，本来是打算站起来的，现在却定格在了这个姿势；格雷琴持枪站在水池对面。

“埃丝特，”麦克斯韦率先开口，“求你了。”

她没理他，反过来跟我说话：“他刚才说的都是真的，你应该都知道了。我过去为了钱财出卖肉体，次数多到数不过来。所以，我是个妓女。我还做过很多更肮脏的事情，向爱我的人撒谎，从他们手里偷东西。我利用他们，再甩掉他们。”

“朱莉。”我一时心急，忘了不该再叫她朱莉。

她突然将枪口掉转指向我，就在我退缩之时，她又把枪重新瞄准麦克斯韦。“别叫我朱莉，我再也不是朱莉了。”

我感觉身体里有什么东西碎了，整个肺好像都裂开了一样，又像是喷泉里的水突然沸腾，灼痛我的皮肤，我身上的皮从脚踝处开始脱落，身体像是被劈开了一样……我感觉身边的一切都已将我遗弃。也许你曾被生命中最重要的人抛弃，所以就再也没办法回到他身边。也许你注定遭人遗弃，甚至连你自己都嫌弃自己，你的脚，你的大腿骨，你身体的每个部位都离你而去，为什么不会呢？奇怪的事情每天都在发生。

比如此刻，格雷琴，或者该叫她埃丝特，不管她到底是谁，她正在用枪指着麦克斯韦，说着一些莫名其妙的话。

“我回过我们的老地方，约翰·大卫。穷尽一生，我都找不到它了。我记不起房子的外貌，但是不重要了，因为房子已经不见了。那里只有一片空地，除了警察的封条、十字架、一束花和泰迪熊，什么都没剩下。”她停顿了一会儿，继续讲下去，“我猜，在你让我确信是我杀死了夏洛特之后，你用砖堵住了地下掩体，然后装作什么都没有发生一样重新开始生活。天知道我也多想重新开始。”她的脸已经完全被喷在空气中的水打湿了，我看不到她脸上的泪水，但我能听见她大声的喘息。“但是看看那里摆放的蜡烛，有人在乎那个死去的女孩。虽然没人知道她是谁，但他们并不想将真相就此掩埋，就这样轻易略过。”她向前迈了一步，“我也不想。我没有杀人。我现在不是十三岁的小孩子了，你休想将此事栽赃到我头上。”她又朝前走了一步，举枪瞄准麦克斯韦，“我不会放过你的。”

“救我，安娜，求你救救我。”在我左侧，距离我近两米远的麦克斯韦带着哭腔哀求我。

我悄悄地挪动了一下水中的脚，试图稳住身体。

“退回去！”她大吼一声。

“好，好。”感觉得到，我们之间还横亘着一堵厚厚的水墙，想穿过去并非易事。“格雷琴。”我叫她。

我成功地吸引了她的注意力，她猛地转过头来看我。

“我知道你是谁，我也知道卡尔。”我一边继续说话，一边尝试着缓缓地站起来，“我知道孩子是他的。也许你爱他。”

她打断我：“别说了。”

“我只是想让你冷静地想一想你现在在做什么，在你开枪之前，好好想一想。”

“我早就已经想好了。”

“我也是。”我已经站起来了，但腿还在水里面。我开始慢慢地朝前挪动。“我不认为你是个杀人凶手。”

“我什么也不是。”

但她并非什么都不是，她对我来说，意义非凡。过去的一个月里，她占据了我的生活。我做饭给她吃，我带着她买新衣服，我将在浴室地板上啜泣的她抱在怀里，从来都不祈祷的我坐在候诊室里祈祷她平平安安。所以现在，我必须盯着她，绝对不能让她开枪。现在，我的一只脚已经接近水池的边缘了。每向前一步，她的脸看起来就更年轻一些。我穿破两人之间的那堵墙，虽然她给我的阻力重重，让我仿佛走在湍急的河水中，但我仍然拖着疲惫的双脚，奋力向前。“你是我的女儿。”

听到我的话，他们像石头一样，一动不动。我现在跟她的距离，已经近到可以抓住她的手腕。

“朱莉。”

她摇了摇头，眼睛里充满了惊恐，小声唤我：“安娜。”

“我是妈妈。”我轻轻地用手指包住枪口，已经做好了被射伤的准备，但预计中的灼热刺痛感并没有袭来。

“我不是你以为的那个人。”她的声音特别小，还好我离得近。

“不管你是谁，我爱你。”这时候，我终于把枪拿在了手里，我一动不动地注视着她又大又蓝的眼睛，小心翼翼地摸索到枪的保险，“不管他做了什么，都不值得你搭上性命。”

“他诱拐了朱莉。妈妈，那个人就是他。”

周围的一切仿佛都静止了，我望着她平静的眼睛，耳边瀑布的咆哮声越发声嘶力竭。脚下，帆布大包突然打开了，光亮的纸飘出来，在薄雾中被吹散，遇潮。微风吹来，一张纸飘到了水泥地面上，我看到了教堂的公告。

透过眼前那双平静的眼睛，我看到麦克斯韦在尖叫：“她是个骗子，安娜！”

但朱莉的话在我耳边回荡：地下掩体、警察的封条、我们的老地方。

“我说你怎么知道我的名字？”说完，我扣下扳机。

埃丝特

是一个处女，也是一个孤儿。她跟叔叔莫迪凯生活在一起，但埃丝特生来就是要做大事的。

一天，光明之王传令埃丝特去他的宫殿里，因为他需要一位新妻子，而埃丝特又是世界上最美丽的处女。埃丝特非常害怕，她还只是个小女孩，她更无颜穿着脏兮兮的衣服走进光明之王的宫殿。但她从国王的命令中听到了上帝的声音，她知道，上帝的命令必须遵从。于是，她只得去面见国王。国王看见她的第一眼就爱上了她，但国王不愿碰她，他说："你的衣服太脏了，不许你碰脏我的床。"

接下来你猜怎么着？

埃丝特流下了羞耻的眼泪。

埃丝特流下了羞耻的眼泪，但是光明之王安慰她："别担心，我的孩子，你要相信主，总有一天，你会变得意想不到的干净美丽。”埃丝特怎么想?

她想他一定是弄错了。

为什么?

因为她不配。

但是,

她没继续向光明之王求证。

为什么?

因为她从他的话里听到了主的声音。

“我要怎么做?”埃丝特问国王。

“你必须留在宫殿里待上一年,跟我的嫔妃们住在一起。”国王回答。

埃丝特又听到了主的声音,她只能服从。因此她点点头,留下来跟国王的嫔妃们住在了一起。

嫔妃们帮她洗澡,给她喷香水,为她编辫子。一整年的时间里,她们都不给她穿衣服,目的是要让她学会谦卑。她们教她如何取悦光明之王。每当她开口说话,她们就会打她,但从来不会留下疤痕。她从未想过逃跑,因为爱是恒久忍耐,她爱那个主所挑选的光明之王,她愿意为他忍耐一切。

她是什么感觉?

她感觉孤独无助,她觉得自己好像已经死了。

但——

但她知道肉体的修炼是为了灵魂。

所以——

所以她选择忍耐下去。

还有其他少女也被陆陆续续送到国王的后宫里，她们哭泣，她们抱怨，有些女孩甚至逃跑。但在这一整年里，埃丝特从未流过一滴眼泪。尽管其他女孩被送到光明之王的床上，埃丝特知道，她们并没有令国王高兴，因为事后她们又被送回来，成为国王的奴隶。

一年后的一天，国王叫埃丝特来到他的床上，这是她第二次见到国王。她的表现大大地取悦了国王，于是国王选她为王后，光明王后。从那天起，她成了上帝选中的人。

成为王后之后，她做了什么？

她遵从主的命令。

怎么遵从？

听国王的话。

谁是她的国王？

光明之王。

她是谁？

光明王后。

她开心吗？

一开始她以为她开心，但后来发现自己错了。有太多次，她的身上留下瘀痕，起初是红色的圆形痕迹，接着变成紫色，最后慢慢褪去，从上臂内侧到大腿内侧。

但如今她明白了。

她开心吗？

不。

她为什么不开心？

主不想让她开心。

主想让她怎么样？

主想让她优秀。

还有吗？

主想让她干净。

还有吗？

主想让她美丽。

她做到了，埃丝特，她做到了。

她闭上眼睛。不管接下来会发生什么，如今再也不会有什么能伤害到她。

白天，他布道，作为第一位门徒的她提着篮子，站在一边。起初，她身上裹着床单，从脚下一直裹到头顶，像头巾一样将整个脑袋包住。后来，他在高楼后面胡同的垃圾桶里翻出了一顶假发。从那时起，她就开始戴假发了。假发是黑色卷发，头顶还粘着一团塑料花环，一边长一边短，就像万圣节时商店挂在塑料袋里免费赠送的一样。假发里面非常硬，乱糟糟一团，肯定是被扔在垃圾桶里的时间太久压变形了。戴在头上，扎得她头皮生疼，闻起来更是像垃圾的味道。

约翰·大卫说，让她戴假发是为了掩盖真正的头发，她现在已经长发及腰，铂金色的发色长成了金色。他说，她的头发是上帝赐予她的莫大的福气，上帝用光芒将她包围。她出门时应该把头发盖上，不让别人看到，别人看一眼，都是对她的玷污。

有了假发后，她再也不用将床单裹在头上了，也终于能恢复正常的视野了，同时也意味着她得重新学习不在意他人的眼光。不过大部分时间她都是低着头的。虽然约翰·大卫冲着路人大声演讲，但他说的话她一句都听不进去，只看见路人脚步急匆匆地从眼前走过。他的手里拿着一张硬纸板，她的脚下放着一个篮子。如果她使劲儿低下头盯着脚面，发动意念，有时候就会有夫妻停在她面前，往篮子里扔点儿钱。这时候，约翰·大卫的声音就会有些颤抖，她能听出来，他高兴得很。

赚得最多的日子里，他们曾唱歌庆祝。

她连钱的边儿都沾不到，每次赚到钱，他都会带着钱出门，很晚才回来，带着一身黏糊糊的酸臭味，顾不得去她的屋子，他就直接倒在自己的床上。这对她来说真是再好不过了。她希望每天他都能对她白天的表现很满意，晚上睡觉的时候不碰她。

有时候她只想自己一个人待着，静思自己的罪过，她犯过太多的错。

有一次他们去施食处吃饭，那里聚集了一群男人，这些人里面穿着脏兮兮的汗衫，外面披着潮乎乎的大衣，像野兽一般。大部分男人都离她远远的，但少数男人看到她就靠过来。她坐在长长的自助餐桌前，旁边的男人冲她咧着嘴笑，把手伸到她两腿之间。她整个人都吓呆了。很快，约翰·大卫就回来了，一看见那张又短又圆的丑脸上色眯眯的微笑，他就知道发生了什么。那个男人也反应过来了，他像被烧着了一样迅速把手拿开，收拾一下餐盘，赶快逃离了。

埃丝特羞愧难当。后来，她就受到了严惩。

食物发放站就不一样了，这里聚集的都是女性，有的推着购物车，有的带着哭哭啼啼的孩子，她们排队等着开门。食物发放站只是教堂停车场里的一个小棚子，里面没有暖气，人们像柜台上的豌豆罐头和玉米罐头一样，浑身上下都冷透了。有一阵子，他们连着好多天领到的都是浸泡在汤里的青豆子罐头，回到家里打开罐头，约翰·大卫让她把漂着豆子皮的橄榄绿色罐头汤都喝光，因为她露在长袍外面的手腕瘦得吓人。有时候他们能领到她最爱的炸豌豆，还有小罐的桃汁和梨汁。她总是把贴着标签的弯曲的铝合金盖子留下来，藏在床铺下面，那里是她的小地盘，但也不是什么秘密，对于约翰·大卫而言，她早就不存在秘密了，她的一切都被他尽收眼底。他知道她把盖子藏在那里，但难得慷慨地由着她去了。每当床在他们身下咯吱咯吱响时，她的思绪都会飘走，想象自己在银色的铝合金盖子上滑冰，从一个斜坡滑到另一个。甚至想象自己是小船，在盖子里航行，划着划着，小船变成了花瓣，在池塘里漂流。突然，花瓣又变成了金属，金属与金属碰撞发出尖锐刺耳的响声。然后，一切都静止了，约翰·大卫从她身上下来，离开了。

一天早上，约翰·大卫没下楼来。

埃丝特焦躁不安地等在床上。每天早上若是没有他的允许，她是不得下床走动的。如果现在下床，她害怕万一被他发现，等着她的又是一顿痛打。或者更可怕的是，他再也不会下来了。也许他在考验她。

再或者，他不让她下床是有原因的吧，也许地板会弄疼她吧。

她想到床底下的盖子，它们会保护她不被地板伤害的。

她静静地听，焦虑地等。

无数次睡去又醒来，她的胃咕噜咕噜叫得厉害，肚子里空空如也。顾不得那么多了，她一股脑儿从床上翻下来，还好，脚落地的时候没有触电，多亏了那些盖子。她往楼上走去。厨房案子上只有一罐奶油玉米罐头了。她二话不说，直接打开盖子，迅速吃下肚。甜甜的玉米糊直接进入血液里，一时间，她的脑袋里充满了氧气，她又重新恢复了活力。

“你在哪儿？”她大声问。她敢这么大声，是因为她知道他不在这儿，不会有人回答。她试着去感知他万能的神力，但是被挡了回来，她感觉到他走了，再也不会回来看她一眼了。这令她不寒而栗。

第三天，埃丝特自己来到了食物发放站。这是她做过的最勇敢的一件事了，还好她认得路。她深深地低着头，假发外面还围了一条头巾。“老婆婆头巾”，她脑海里突然飘过这样一个词，也不知道从哪个星球来的，最近她脑子里经常出现一些稀奇古怪的东西。她站在食物发放站门口排队。

一起排队的一位老太太盯着她看，老太太也围着相似的头巾，正探身去抓刚才不小心没抓牢的购物车。一个穿着包臀短裙，戴着金色假发的高个子女人也在悄悄打量她。还有一个看不出年龄的焦躁不安的女性瘾君子光明正大地盯着她看，瘾君子披着油腻腻的棕色长发，看了一会儿后就兴味索然地转过头去了。

一位穿针织衫的女人从柜台领完了食物转身往回走，她一边哼着曲子，一边摇晃手里的塑料袋子，袋子里的罐头瓶叮叮当当作响。一盒动物饼干堆在最上面。她的脚步声越来越近了，低着头的埃丝特能感觉到女人的靠近，每个人都能感觉到女人的靠近。埃丝特需要食物。

“甜心，今天你的朋友没来吗？”女人问她。

埃丝特依然把头垂得低低的。

“我在问你呢，你的朋友呢？他是你的朋友，不是吗？”女人再次问她。

其他人假装在忙自己的事情，但其实都在偷听。只有埃丝特前面那个焦躁不安的女人完全不关心她们的对话，她正在盯着身上宽大衬衫的袖口看，因袖口处染上了红色的污渍而非常生气。埃丝特觉得越来越紧张。又有一个领完食物的女人走回来了，她把罐头包在风衣里面，用袖子打了结。现在排在埃丝特前面的只有一个女人了。埃丝特屏住呼吸。

“甜心，我在跟你讲话呢。以前跟你一起来的男人是谁啊？”

看来埃丝特不回答不行了，她还是不敢抬头，只得小声回答：“他是我爸爸。”

“哦，他去哪儿了？”女人继续盘问，看来她早就想问了。

又有一个词不知道从哪里突然跑到了埃丝特的脑海里，于是她小声脱口而出：“自助洗衣店。”说完，她还像模像样地用手指了指右边的街角，好像隔着几个街区处真有一个洗衣店似的。

“哦。”女人上下打量了她一番，注意到她脏兮兮的白袍和开裂的运动鞋。最后，女人的目光停在埃丝特的假发上面，问她：“你妈妈知道你来这儿了吗？”

埃丝特盯着地面，毫不犹豫地回答："她死了。"

"哦。"女人对她的话有些怀疑。

"离她远一点，贾妮思。"个子高高，穿着高跟鞋的金发女人用嘶哑低沉的声音提醒她，"这可是关于抚养权的破事。"

叫贾妮思的女人反驳说："孩子应该跟妈妈在一起，尤其是遇上个不称职的爸爸。"她着重强调了"不称职"三个字，还意有所指地看着金发女人的高跟鞋和粗壮裸露的大腿。

"放屁。"金发女人叹了口气说，"而且，你又不知道她妈妈，也许她妈妈还不如爸爸。我妈不就是嘛。"

争论还在继续，这时候金发女人已经取完食物，从埃丝特前面走开了，她宽松的牛仔衣和法兰绒衬衫的口袋里装满了罐头，鼓鼓囊囊的。埃丝特迅速上前领取食物。所有的法兰克福香肠罐头都已经分发完了，只剩下一听鹰嘴豆罐头和炸豌豆。因为没的可选，所以埃丝特无声地指了指这两样。工作人员还是往常那位年长的老妇人，她面无表情地额外推给埃丝特一听桃罐头，说："给，这是我特意为你留的，如果你需要任何帮助，随时跟我说。"

埃丝特不敢点头，因为她怕约翰·大卫此刻正躲在什么地方监视她，考验她。她跟女人对视了一下，用眼神和微笑来表示感谢。当她回过身来时，叫贾妮思的女人已经走了，高个子金发女人继续抱着双臂自言自语，晃来晃去地下楼去了。走着走着她突然举起双手，对着天空欢呼。

一领完食物，埃丝特就急急忙忙往回赶，网球鞋踩到拖在地上的床单，害得她还绊了一跤。也不知道约翰·大卫知不知道她出门了，如果知道的话，等待她的惩罚会是什么呢？如果这是一次考验，那她完全没通过。埃丝特想起了《圣经》里的亚伯拉罕，他将独生子以撒捆绑了准备献祭，挥起的刀在清晨的阳光下闪过一道光。她又想起了神，神也献出了自己的儿子耶稣。都是儿子，却没有一个女儿。是因为女儿太重要了吗？还是女儿不重要？

回去后，她走进厨房，首先填饱肚子，然后从厨房后面的小门匆匆下楼去，躺回床上等待。

没过多久，后门就被人打开了，两个人的脚步声从楼上的厨房走过。最初，她都没听出约翰·大卫的声音，那声调比他平时的更高一些，让她想起很久以前她所认识的那个抱着吉他的男人。他正在跟另外一个人讲话，尽管听不太真切他在说什么，但她知道那个声音很温和。

另外那个人是一个女孩，她走路的声音很重。咯吱一声，有人拖动了椅子，接着是一声痛苦的尖叫，然后爆发出一阵大笑。不管她是谁，看来都是个笨手笨脚的人。

“埃丝特！”他朝楼下大喊，“埃丝特，上来！”

她看了一眼假发和搭在床脚的床单。似乎长了透视眼一样，他接着喊：“没事，我们不出门，不用管什么衣服和鞋，直接上来吧，我就是让你见一个人。”

见人？她穿着睡衣小心翼翼地走上楼去。一个年轻的小姑娘，也许比埃丝特还要年轻，正站在厨房里，站在约翰·大卫的身边。她的个子不高，扎着乱糟糟的马尾辫，穿着一件黑色T恤衫和一条下摆未过膝的黑色短裙，搭配了一双褪色的彩虹袜子，露出了脏兮兮的大白腿。

“埃丝特，这是夏洛特。”约翰·大卫给她介绍。

这时她才注意到，约翰·大卫竟然剃掉了胡子。她浑身一震，记忆中的吉他、花纹皮带、贴满画的屋子在眼前一晃而过。过去被胡子挡住的皮肤现在露出来，像粉红色的鸡皮一样，坑坑洼洼。他的嘴很小，嘴唇很薄，喉结上还有一道细微的伤口。

夏洛特，这个名字的发音跟妓女倒是很像。埃丝特没抬头，但她能感觉到夏洛特正在盯着她看。埃丝特这才想起来，自己此刻正穿着约翰·大卫从垃圾箱里捡来的破烂长睡衣，盖住里面的牛仔裤，磨损的裤脚下面露出一双脏兮兮的脚丫。也不知道睡衣有没有散发出臭味，毕竟她从来没洗过。

“夏洛特，埃丝特是我侄女，她最近一段时间都暂住在这里。”约翰·大卫向夏洛特介绍埃丝特。又是这种纯良无害的声音，约翰·大卫从前那副面孔又回来了，这让她想起了很久以前的时光和那个叫朱莉的女孩。她想捂住耳朵，大声尖叫，不想听他虚假的声音，但理智告诉她不可以。“埃丝特，能让夏洛特用一下你的电脑吗？她离开家很久了，需要查收一下电子邮件，如果你能让她用一下，她会很感激你的。”

埃丝特哪里有什么电脑？所以她立刻明白约翰·大卫是什么意思，也知道接下来会发生什么。她头也不抬地点点头。

“太好了。我现在就带她下楼去你的房间，帮她打开电脑。你在这上面待一会儿好吗？”

埃丝特再次默许般地点点头，把门口通道让开。他们从她身边走过时，夏洛特对她说：“谢谢。”埃丝特迅速抬起头瞥了一眼，她看到一双棕色的眼睛，眼底闪着一道光。埃丝特没看清那道光是绿色还是金色，她伸出一只手想去抓夏洛特的胳膊。

但夏洛特已经看到了厨房后面的小门。“哇，这是秘密通道还是什么？”夏洛特问道。

“地下掩体。”约翰·大卫站在她身后。

“不可能！”

“这是我祖父母的房子，我祖父曾经是太平洋战争中的战斗机飞行员，一九六一年被美国国家航空航天局挖掘聘用。他们本可以搬到克利尔湖旁的大房子的，但我祖母认为‘冷战’会以核毁灭收场，届时耶稣会惩罚地球上的子民。”他的声音好像从遥远的地方飘来，“所以她说服我祖父挖了一个地下掩体。”

“还真是稀奇。”夏洛特带着欣赏的口吻说道。

确实够稀奇的，埃丝特真是闻所未闻。想到约翰·大卫也有祖父母，埃丝特突然觉得他只是一个普通人。

“虽然挖不了海底那么深的地下室，但用上十吨混凝土，足够你搭建一个避难所了。”

她这才恍然大悟，好像不经意间上了一堂历史课。说话的男人似乎亲身经历过这段历史，他看上去也不再那么神圣了，就只是住在这房子里的普通男人而已。

“你侄女真幸运，这真是世界上最冷的卧室了。”夏洛特一边说一边往楼下走，声音越来越小。当两个人消失在黑暗中时，埃丝特明白接下来要发生什么了。

在她自己身上，也曾经发生过。

她蜷缩在沙发上，用双手捂住耳朵，但还是能听见下面的声音。两个人没有说话，只听见夏洛特的叫声越来越高，越来越尖锐，接着是一下一下的撞击声，有什么东西哗啦一声掉在水泥地面上。夏洛特像是被捂住了嘴巴，高声尖叫变成了闷声吼叫。一连串脚步声在地上嗖地滑过，像是有人重心不稳，在寻找平衡点。短暂的沉寂过后，又发出拖拽重物的声音。又一阵断断续续的尖叫过后，传来牛皮胶带被人从卷筒上撕下来的声音。

一切风平浪静之后，约翰·大卫回到楼上，看起来很是疲惫。他把一捆衣服扔到厨房地板上，提起塑料水桶在水池里接了一桶水，递给埃丝特，命令道：“给她洗个澡。”

嫔妃们帮她洗澡，给她喷香水，为她编辫子。

他递给埃丝特一块崭新的蓝色洗碗海绵，一面柔软，一面生硬。水桶比想象中的还要沉，她接过来时晃了一下，洒出来一些水，溅到他的鞋上。

他走到沙发前躺下来。刚刚的体力运动已经使他筋疲力尽，就连他平日里“易燃易爆”的脾气也都消磨殆尽了。他闭眼躺着的样子看起来比平日里年轻了很多。埃丝特悄悄凑到他跟前，但他把手肘放在眼睛上，转过身去了。没过多久便鼾声大作。

她不禁纳闷儿，平日里当她在楼下战战兢兢时，他在楼上干什么呢？躺在沙发上打盹儿？吃三明治？她越想越觉得可怕，赶紧朝厨房的小门走去。地上堆着的衣服最上面放着内里翻过来的黑色T恤衫，被拧成了麻花，衣服前面只能看出一个轮廓，衣服后面的字迹难以辨别。她从衣服上迈过去，那衣服就像被抛弃的布娃娃。

还没看见夏洛特，埃丝特就先闻到了她的味道。看来她已经自己撒过尿了。埃丝特让眼睛适应了一会儿这里的黑暗，然后慢慢看到一个白色的东西，最后她才看清这是夏洛特赤裸的身体。夏洛特躺在地上，她的双手被胶带绑在身后，小腿也被绑在了一起。在昏暗的灯光下看去，好像膝盖以下的腿都被切断了一样。她白色的脚丫旁边好像是一双运动鞋。她圆圆的半张小脸儿也被胶带封住了，戴着唇环的地方鼓出来。此时，她双眼紧闭。

嫔妃们帮她洗澡，给她喷香水，为她编辫子。

埃丝特跪下来，她温暖的膝盖跪在冰冷的水泥地面上。她将水桶和洗碗海绵放在地上，等着夏洛特醒来。

这太折磨人了。她应该跑上楼告诉约翰·大卫，她做不了这份差事。

埃丝特一点一点跪着挪向夏洛特，努力控制自己不要去看，滚烫的泪水从眼睛里流出来。夏洛特雪白柔软的腹部印着四个暗紫色圆圈，像一串手指印，看着就疼。埃丝特伸出一只手，慢慢靠近夏洛特的身体，刚碰到她的肋骨，就迅速反弹回来。她拿起洗碗海绵，在水里蘸湿，水本来是温的，但现在几乎凉了。埃丝特小心翼翼地用洗碗海绵柔软的那一面贴近皮肤轻轻擦拭，好像擦一擦就能将夏洛特腹部的瘀痕擦掉一样。

夏洛特突然睁开眼。

埃丝特吓得叫了一声，向后退去。

被胶带封住口的夏洛特叫不出来，只能发出呜呜的声音，她抬起头使劲儿摇脑袋，想把胶带摇掉，一缕黑色的头发从辫子上散下来遮住了她棕色的眼睛。她用一个肩膀撑在地上向前蠕动，被绑在一起的腿前后蹬来蹬去。她终于爬过来用膝盖狠狠顶了埃丝特一下。

埃丝特倒抽一口冷气，伸出手按住夏洛特的大腿。但刚刚的冲力使夏洛特失去了平衡，她向后跌了过去，脑袋磕在地面上，之后就一动不动了。

刚才扭打的时候海绵掉下去滚到了脚下，埃丝特重新拿起海绵，让夏洛特消除戒心。"我只是想给你洗个澡，不会伤害到你的。"

嫔妃们帮她洗澡，给她喷香水，为她编辫子。

"我必须给你洗一洗，你需要清理干净。"

夏洛特这才稍微有了点儿动静，她缓缓移动了下大腿，刚才的一击看起来把她累垮了。她用脚撑住地面，顺时针转了转身子，轻轻把头挪了挪，还是平躺在地上，像池塘里又肥又白的鱼。每隔一两分钟，她就挪动一下，然后停下来休息一会儿，再挪一挪，直到她的脸完全背对着埃丝特，她才完全停下来一动不动了。

埃丝特站起来，绕到夏洛特正面，她心里想，夏洛特会不会又转过去不想看到她呢？但夏洛特这次没理她，眼睛正在看着别处。

埃丝特跪下来，把头贴到夏洛特的头旁边，看看她在看什么。原来是盖子，夏洛特在看躲在床底下蜷缩着身子的盖子。

不，它们更像垃圾。

它们闻起来像垃圾，整个屋子都散发着垃圾场的味道。这里有一股又臭又黏腻的味道，令人作呕，埃丝特之前居然从未注意到。她居然一直都睡在垃圾堆上。想到这儿，她的胃里翻腾了一下。她重新环顾这间连窗子都没有的密闭小屋子。这里不是地下室，你挖不了海底那么深的地下室，这里是监狱，是酷刑室。她看着床上破破烂烂的毯子，意识到，自己的整个世界，居然这么小。

她回头看了看夏洛特，她知道夏洛特不属于这里，因为夏洛特永远都不会忍受这种环境，永远不会妥协，她会毁掉这里的一切，她已经毁掉了一切。她会把整个屋子翻个底朝天、里朝外，就像那件 T 恤衫一样。若不是衣服上的字母反过来了看不出写的是什么，埃丝特几乎能在那件薄薄的衣服上读到现实生活提示给她的信息。她需要将一切都清理干净。

必须把夏洛特弄走，她知道该怎么做，不过又是一条罪状，但无所谓了，约翰·大卫多次告诉她，她早就是个罪人了。

埃丝特蹑手蹑脚地爬上楼。约翰·大卫还保持着刚才的姿势在沙发上呼呼大睡，此刻他看起来竟是那么平和。躺着的他比起站着时少了盛气凌人的压迫感，再加上新剃过胡子，让他看起来更像是个大男孩。她还记得他的喉结上有一个红色的小伤口，肯定是他剃胡子的时候刮伤的。

刮伤，他刮伤了自己。

这么说，房间里一定有一把剃须刀。

剃须刀最有可能放在跟约翰·大卫卧室连着的浴室里，但埃丝特从来都没去过那个屋子。这座房子里的所有卧室都严禁进入，所以不等进到卧室，刚经过黑暗弯曲的走廊时她就不安地颤抖了一下。在这之前，她的活动区域仅限于厨房和地下掩体，哦，对了，她还用过浴室里的马桶和水槽。约翰·大卫允许她上楼来使用马桶，因为她的小屋子里面的铁皮厕所用起来太麻烦了，每次都需要用好几桶的水冲洗。她走到走廊尽头，悄悄地往卧室里面偷窥，每间卧室的床上都铺着床单被褥，屋子里有灯，有水鸭图案的地毯，还有壁纸，有的贴着金色的壁纸，有的贴满了花朵图案。一间闲置卧室里的床头柜上放着一只青铜鹿和一盒纸巾，纸巾盒上面是针织罩，底部缝着布艺褶边。露在最外边的纸巾挂满了灰尘和破损的蜘蛛网。她第一次感觉到这就是一座普通的房子，甚至还很舒适。

约翰·大卫的卧室跟刚才那几间看起来差不多。她本以为他会睡在简陋的硬板床上呢，谁知道他竟然有一张特大号床。他的床头挂着一张风景画，画上到处都是山，山里的景色跟休斯敦的完全不同。

浴室的柜子里装满了他祖父母留下的杂七杂八的东西：一堆几乎空得见底的瓶子，瓶子底部残存着些许黏糊糊的东西；鸟嘴状小瓶的耳药水和眼药水；早已变质的银色铝塑包装的板装药片；一周七天分装的塑料药盒。没有一样有用的东西。

就在她打算转身离开时，她突然注意到门后面立着一个垃圾桶。在一沓纸巾和一卷牙线下面，闪出一道刺眼的光，险些被她遗漏。

埃丝特低头打量夏洛特：夏洛特的眼里闪着泪花，眼睛在微微颤抖，眉毛都皱在一起，胶带后面的下巴也凹进去了。埃丝特把一只手指放在唇边，发出警告：“嘘。”

然后，她撕掉了夏洛特嘴上的胶带。

她们相互注视对方。夏洛特的眼睛非常大，几乎占据了小半张脸。有一瞬间，她的脸在埃丝特眼前只剩下那双大眼睛。埃丝特感觉自己像是在照镜子一样，她盯着镜子里自己的眼睛，周围的一切仿佛都消失了。埃丝特从口袋里拿出一团用过的舒洁纸巾，小心地一层一层拆开，拆到最后一层，终于露出了那个剃须刀刀片，虽然小，但十分锋利。罪过。

她拿着刀片示意夏洛特：“别动。”夏洛特手腕处的胶带皱在一起，在之前的挣扎中拧成了厚厚的麻花状。割胶带的过程中，埃丝特感觉到了这个女孩的所有抵抗，对约翰·大卫、对这个地下掩体，甚至是对埃丝特。抵抗使得手腕处的胶带都在发热。她曾跟约翰·大卫斗争，也会跟任何人斗争，一直斗争到底。

而朱莉，这个不值钱的妓女，当初就乖乖地躺着，没做出一丝一毫的抵抗。

每割一下胶带，埃丝特都觉得自己被释放了一些，释放了谁呢？夏洛特？埃丝特？还是哪个女孩？这让她困惑。她继续来来回回地割，胶带发出咯吱咯吱的声音，好像也在做抵抗。厚厚的胶带总是将小小的剃须刀黏住，所以她不得不割几下就停下来，刺啦一声，将刀片从胶带上扯下来。像过了一万年那么久，总算只剩下最后一点儿胶带了。等不及的夏洛特躲开埃丝特，自己用力扭动胳膊挣脱，她扯得皮肤都红了，终于将胶带挣开了。没想到她这么瘦弱矮小，胳膊的力气却这么大。埃丝特知道，她的胳膊被绑在身后的时候一定很疼。

夏洛特是埃丝特见过的最勇敢最强壮的女孩了。埃丝特的眼里流出泪水，她将身上的睡衣扯下来。

“给。”埃丝特将衣服的正面翻过来，递给夏洛特。

夏洛特迅速接过温暖的衣服，穿在身上，却看都没看埃丝特一眼。穿完衣服，她伸手拿过刀片，开始割绑在小腿上的胶带。埃丝特从床上抓过床单，将夏洛特的身体裹了一圈，最后掖在她的胳膊下面。埃丝特以前就经常这么穿。

“帮我一下，好吗？把这个弄下去。”夏洛特说道。于是，夏洛特割胶带，埃丝特帮她把割断后黏在小腿上的胶带撕下去。夏洛特说：“好了，我现在要离开这个该死的地方了，你必须帮我，不然我就拿它划你。”夏洛特举起手中的刀片，“明白了吗？”

埃丝特微笑着点点头，她知道夏洛特不会真正伤害她的。

“你叫什么名字？”夏洛特问她。

“埃丝特。”

“那是你的真名吗？”

埃丝特想了想这个问题，但夏洛特已经继续忙着割腿上的胶带了。她一边忙，一边咒骂："这个该死的变态。好啦，快点告诉我你的真名吧。"

"我的名字叫埃丝特。"

"鬼才信。"随着刺啦一声，夏洛特终于将最后一条胶带割开。就在她把腿上的胶带扯掉，起身站起来时，刀片掉落下来。夏洛特伸出脚将刀片踢飞，它像一片落叶旋转，最后落在地上。"听我说，你帮了我，你是个勇敢的姑娘。现在让我们一起逃离这里吧。你叫什么名字？"

朱莉刚想开口告诉她，夏洛特却移开了视线，她盯着朱莉身后，张大了嘴。

第十五章

哈里斯县监狱的探访室里刺耳的回声吵得人心烦意乱。在这里，囚犯和家属隔着树脂玻璃说话，连个电话听筒都没有，镶嵌在玻璃里的扬声器几乎起不到一点儿作用，几十位探访者，还有很多人带着孩子，不得不隔着玻璃大喊大叫。汤姆来过一次后，我就嘱咐他不要再来了，还请他看在上帝的分儿上，千万不要叫朱莉来。

但我给简打了电话。一天早上，我用贵得离谱的第三方账户拨打了简的手机，听她跟我讲最近的生活。她滔滔不绝地讲了十五分钟，直到通话时长达到上限，电话自动中断。听她的语气，看来她最近过得还不错，也并不知道这里发生的一切。她跟我讲暑假的化妆课，抱怨期末论文，还说打算加入一个踢球社团。似乎我的犯罪反而打开了横亘在我跟简之间的水门。简今天格外兴奋，早就想跟妈妈倾诉的悄悄话一时间全部冒了出来。如果我过去愿意多关心简一些，多去关注一下她生活的细节，我就会发现，她只是表面上叛逆，只是染染头发而已，她跟普通女孩子一样，生活中充满了活力和美好。一直以来，她都拿自己和一个不存在的人对比，她期望自己像那个人一样完美，但她不知道该怎么做，所以才用叛逆来掩盖她的困惑和迷惘。但现在，那个人回来了，她再也不需要摔门，再也不需要叛逆了。我能看出，她像欣欣向荣的花朵一样，正在茁壮成长。

简叽叽喳喳说个不停，我听得有点疲惫，我多希望她能问一句“你最近好吗”，但她没有问任何关于我的问题，好像故意惩罚我多年来对她的忽视似的。她也没有提到朱莉，但汤姆告诉我，她们姐妹俩一直有书信上的往来。

最后，我终于鼓起勇气问她关于朱莉的问题，简斩钉截铁地回答：“她当然是朱莉了。”听她的语气，似乎是在责备我是个不称职又愚蠢的妈妈。我提醒她，是她告诉我朱莉在电话的事情上撒谎了。简说：“我不觉得这有什么，我还天天撒谎呢，不还是我嘛。”

简自始至终对回家的事情只字未提，我有一点儿生气。数日来的观察让我心里清楚，她是在等着我开口，可我却因为怕听到“不”字而迟迟不敢开口，所以两人陷入了僵局。

但与此同时，正是通过简，我才或多或少地感受到了生活的美好。简让我明白，虽然一直以来，你要肩负着这个世界对你的期望，按部就班地完成它期望你做的事情，但你要相信，你有能力做你自己，你可以无视别人和世界长久以来强加给你的期望，而且这会是一件非常快乐的事情。我这一生都在左顾右盼，这除了给我带来迂腐的思想，限制我的言行举止之外，没给我带来任何好处。也许是研究浪漫主义诗人的缘故，也许是受到这些富有创造力的物神崇拜者的影响，终日浸泡在两个世纪的陈词滥调中，我整个人都不知不觉地变得单调乏味。我已经不会正常地向爱我的人和我爱的人表达爱。但在简的身上，我在努力改变。我一边听她滔滔不绝，一边想象她在院子里啪的一声将球踢起来的场面。每次挂断电话，我都感觉荧光灯下这个昏暗的监狱压在我肩上的重量又增加了一分。

案发当晚，现场有两位目击者，是一对年轻的情侣，他们当时正想到草坪上亲热，所以目睹了一切。不过，情侣中的男方有犯罪前科，所以不能做证，但女方可以。虽然从她当时的角度没看到我和朱莉，但灯光下，她能清楚地看见受害者。她看到受害者举起双手投降，恳求对方饶他一命。接着，就听到一声枪响，受害人倒在了水里。但她没拨打 911。

电话是我打的。

真是屋漏偏逢连夜雨，接手我们这桩引人注目的案子的克罗福德法官之前是地方检察官。她以维护检方、上诉到底而出名，甚至在法院已经对被告做出裁决之后，她依然不依不饶，提供证词力求法院将被告判处死刑。她曾经公开声明自己是虔诚的教徒，如果我没猜错的话，之前在她参加竞选时，恰克·麦克斯韦应该给她捐过钱。我本以为监狱是个无神论的地方，现在看来我错了。这里面充斥着虐待和凌辱，如果你肯认罪求情，狱友也许就会少欺负你一点。不过对于克罗福德法官来说，这里显然别有一番吸引力。她故意一次又一次延缓我的保释听证会，其间找了各种理由，包括朱莉趴在麦克斯韦耳边说悄悄话的现场视频，还有教会领导者遭遇骇人听闻的袭击所引起的民愤。

监狱确实是个肮脏又过度拥挤的地方，不仅使人蒙羞，而且无聊透顶。在这里，不能接听电话，来往的信件也有严格的字数限制，还要经过警方的仔细审查。哪怕是申请从出版社订购一本书，在经过官方的重重审批流程之后，也要等上数月才能拿到手。我花很多钱买了一些读物打发时间，好让自己忘记周遭凄凉的环境。如果克罗福德指望同一监狱的女犯人会来骚扰我，那恐怕要让她失望了，那个女人从来不会打扰我。我想监狱里肯定早就传开了，我枪击的是诱拐并强奸我女儿的男人。

我也不知道他们是从哪里听来的传言，但也间接证明了麦克斯韦犯下了常人所不能忍的滔天罪行，当然，这也给了我为自己辩护的依据。我曾恳求警察检查麦克斯韦的DNA，与橡树河犯罪现场留下的指纹做对比鉴定。我也曾用我的手机给亚历克斯·梅尔卡多留过言。我不得不承认，尽管同样拥有低眉毛和凹陷的蓝眼睛，但广告牌上那个长胡子宽下巴的牧师，跟十岁的简描述给警方的绑匪并没有太多相似之处。毕竟简所描述的那个男人，非常瘦，扎着马尾辫，穿着连帽夹克。

麦克斯韦提供给警方的供词是：我和朱莉一起勒索他。

没错，麦克斯韦还活着。不是我枪法不准，而是我故意打在了他肩膀偏下的位置，我当时还没看清他死没死，他就后背朝下倒在了浅水区。幸好他倒下得快，要是我看到他没死的话，肯定还会继续开枪，直到把子弹射光为止。但我现在很庆幸自己并没有打死他，当然并不是因为我觉得他的死会给世界带来巨大的损失，而是我更想看到他暴露出真实的面目，然后身败名裂，在羞辱中度过余生，我要让他生不如死。另外，如果我将他打死，那么检察官也许就会立刻将这起案件判定为谋杀案。因为对方告我勒索，所以我现在身犯重罪，在得克萨斯州，这种情况下即便对方是意外死亡，根据重罪谋杀原则，我也将被判处死刑。在我扣下扳机的那一刻，在我心里，生死已经不重要了。

但现在一切都不同了，因为我的女儿回来了。

一切只发生在一瞬间。站在水墙喷泉前拿枪指着恰克·麦克斯韦的那一刻，我突然看到十三岁朱莉的脸出现在二十一岁朱莉的脸上，就像你盯着魔眼的海报看了好几个月，它突然蹦出来了一样。但这么说也不对，因为朱莉一直都在那儿，从最开始，从她出现在家门口的那一刻。我知道，我过去只是不相信而已。她的谎言和逃避给了我更多怀疑她的理由，所以我盯着她身上的疑点不放。现在再看朱莉，我好像产生了光学错觉，十三岁朱莉的脸和二十一岁朱莉的脸形成了烛台形状的负空间。我眼前出现了两张侧脸，彼此看着对方，中间隔着无法逾越的悲伤。一直以来，我只知道盯着她们之间丑陋的烛台形状看，我只看到了抹不掉的创伤。

自从被关进监狱里，我还没有跟朱莉说过话，虽然我不知道在她内心深处到底隐藏着什么秘密，但不管是什么，我都愿意接受。在我心里，她从前是朱莉，以后也依然是朱莉。

在预审听证会上，公诉人要求将审判日期延后。一开始我还以为这又是恐吓，好让我在监狱里多受一阵子煎熬，但后来我听到“橡树河谋杀案”，我才知道亚历克斯·梅尔卡多一定是收到我的信息了。警方决定调查麦克斯韦、朱莉和夏洛特·威拉德之间的关系。这个叫夏洛特·威拉德的女孩，她的家住在路易斯安那州边界对面的波尔格教区，当年朱莉被绑走六个月后，夏洛特·威拉德也从家里消失了。经鉴定，地下掩体里死者的DNA与夏洛特·威拉德相匹配，而死者所在房子的原主人正是麦克斯韦的祖母。我猜，亚历克斯应该在给我的手机留言中提到了这件事情，等我可以接听手机的时候再听吧。我记得朱莉提起过那个房子，她叫它“我们的老地方”。亚历克斯以为死者是朱莉，虽然他在这件事情上猜错了，但在其他事情上没有错。他只是把两个女孩混淆了，谁逃跑了和谁死了被他弄反了。确实，两种情况都有可能。我想起那张可怕的照片，虽然死的不是我女儿，但依然让我难过得透不过气来。我为夏洛特的妈妈哭泣，再一次恨不得当时直接杀了那个混蛋。

我的首席律师又一次为我申请保释，也又一次被法官驳回，但我的律师看起来信心满满。在走廊里，她告诉我，有一个匿名者在博客上披露，曾经在“治愈之门”遭到过麦克斯韦的性侵犯，受害者的妈妈进行投诉，却被他们的人驱逐了。还有一位温泉郡卫理公会的前女性成员实名举报，九年前，麦克斯韦在青年组织里担任领导职位，但没过多久，他就因为猥亵她的女儿而被公会开除。消息刚一公开，“治愈之门”的律师就迅速要求法院向两位女士发出终止令，要求两位女士马上停止造谣。

但事情已经一发不可收拾，因为更多人的女儿也一同站出来了。

虽然身处哈里斯县监狱，我不能接听电话，信件要受到严格审查，买书也要经过一系列的审批，但有一点我可以不受限制，我可以阅读任何与审讯相关的法律文件。为了应对下一场审判，我的律师递给我一个厚厚的文件夹，她说：“安娜，这是证词的副本，我想你应该看看。”

我告诉她，任何能帮我在监狱里排忧解难的东西都是好的。

她叹了一口气说："我需要提醒你，里面的东西，可不是那么好读的。"

这份文件通篇都是问答的形式，有数百页之多，我迅速翻了一遍，注意到里面一个又一个用黄色记号笔标记出来的名字，顿时觉得脊背发凉。我问她："这些都是遭到麦克斯韦侵犯的受害者吗？"

"不，"她回答，"只有一个，这些都是一个人。"

朱莉（二）

朱莉就是我，我就是朱莉。我不是故意要隐瞒这一点的。

也许我只是觉得难堪。现在我再回过头去看朱莉，她就像个傻子一样。在她很小的时候，她有一个虚构的朋友，是书里的一匹马，我也记不清是哪本书了。那匹马长着银色的鬃毛，非常漂亮。每天乘校车去小学的路上，她都会望着车窗外，想象马儿在跟着车飞奔。她悄悄在书包下面做了些小动作，假装在给马儿喂糖。这不像是白日做梦，因为她几乎能看到马儿。

我那时几乎能看见马儿，我就是那个傻乎乎的女孩。虽然我不想再提，但现在我不得不把朱莉的故事讲出来，就像讲述我自己的故事一样。为了朱莉，我试试吧。

那一年，我五岁。我问妈妈，上帝是谁？这是朱莉儿时最早的记忆，我最早的记忆。

妈妈笑起来，她回答我："只是一个男人。"我又问妈妈他住在哪儿，妈妈说："也许在圣迭戈吧。"然后她让我去问爸爸。

我去了，但我不记得爸爸是怎么回答的了。我喜欢圣迭戈这个地方，它比休斯敦好多了，我的祖父母退休后就住在那里，但我猜那是句玩笑话。那时，虽然我知道妈妈的话里带着玩笑，但我不知道哪句是逗我的。我知道她在笑，但我以为她在嘲笑我。

不过，那个夏天，我们真的去了圣迭戈，去探望我的祖父母。也许我们以前也去过，不过我不太记得了。我祖父母家的水桶很特别，是塔形状的。所以如果你往桶里塞满湿沙子，再把沙子倒扣出来，就能得到一座塔。塔顶的城墙是齿形的，塔身有许多凹进去的小孔作为窗子。我趴在窗子外面使劲儿往里看，却一不小心被沙子眯了眼睛，疼得哭了起来。爸爸帮我把眼睛里的沙子冲了出去。等我哭完了，爸爸告诉我："想象里面有什么，比亲眼看见，要有趣多了。"于是，我照爸爸的话去做了。后来，简一拳打在一座塔上，整个城堡都坍塌在了海滩上。我一点儿都没生气，因为我已经在心里重新搭建了一座城堡，比刚才的更漂亮，而且没人能把它摧毁。

讲了这么多，并非平白无故。我说这些，是想说明朱莉从小心里就是有信仰的。她相信城堡里面有一个世界，即使城堡是她自己用沙子实实在在地堆砌起来的；她相信上帝是一个美好的男人，跟她美好的祖父母一起生活在美好的海边，也许有一天，他们可以一起住进幻想中的美丽城堡。

这次圣迭戈之旅，爸爸还告诉我，玻璃是用沙子烧制而成的。沙子能烧制成玻璃？爸爸连这个都能相信，为什么不能相信上帝呢?

我努力寻找从前，但发生了那些事情以后，对我而言，再也没有从前。我的从前被带走了，所以，接下来也无所谓从何说起，也无所谓在哪里浓墨重彩。

就先从令我感觉羞耻的事情讲起吧，不过也无所谓了，反正到最后，一切都令我感觉羞耻。所以，你们别着急，让我慢慢来讲。

七年级暑假那年，我跟坎迪丝去主日学校，在那里，我认识了查理。

我不知道爸爸妈妈是否还记得坎迪丝，她头上总是戴着大蝴蝶结，那是为了搭配她的衣服，她妈妈专门用热熔胶枪亲手帮她粘成的。每次看到她头上的蝴蝶结，朱莉心里就会有一丝嫉妒。我是说，我那时心里会有一丝嫉妒。虽然现在的我难以想象自己为何会这么在乎这件事情，但当时的朱莉在乎。坎迪丝的妈妈给她买漂亮的衣服，给她搭配漂亮的蝴蝶结，而我的妈妈呢？每当我穿上好看的衣服，妈妈总会抿着嘴，用那种眼神看着我。她总是那么严肃，也许是因为她是一个教授吧。

但不管怎样，我还是跟坎迪丝去主日学校了，那是我第一次去。在那里，我看到了他，当时的他还不叫恰克·麦克斯韦，也不叫约翰·大卫，他叫查理。他长得高高瘦瘦，手里抱着一把吉他。那天，他带着全班学生唱了半小时的歌。我很喜欢学校，但这里跟学校又有些不同。我们学校里有个男孩，我不知道通常你们怎么称呼这种人，但我的同学们都叫他“智障”，看见他去餐厅，还会朝他身上扔薯条。其实他的本名叫杰森。在这里，我看到杰森跟一些酷小孩一起坐在前排，没人打扰他，也没男孩子欺负他。他看上去非常开心，跟大家一起唱歌，还会跟着音乐摆动胳膊。在这里，他似乎交到了很多好朋友。查理让每个人都感受到了这份温暖。

不过有一点却让我感到困惑。教堂的走廊里挂了许多挂毯画，上面画着《圣经》里的场景：女人将婴儿放进篮子里，让篮子顺流而下；女人头顶水壶；女人用头发去擦拭耶稣的脚。但奇怪的是，平日里牧师布道时讲的东西似乎跟挂毯上的画、圣歌和《圣经》一点儿关系都没有，他总是讲一些交通、黄金时段的电视节目、新闻周刊上的文章之类的东西。所以，我和坎迪丝总是听着听着就听不进去了，我们俩用铅笔在教堂刊物上写小纸条，画卡通人物，还会加上对话气泡。反正我们坐在后排，只要乖乖的、不吵不闹，她的父母就不会管我们。

唱完歌，我和坎迪丝便手挽着手，走进聚会室，那里有沙发和大屏幕电视，墙上还贴着涂鸦一样的画，上面写着经文。大家进来后围坐在地板上。主日学校里没有布道，所以无聊的歌曲过后，就只剩下这个被坎迪丝称为“真心话”的环节了。

有时候，我们会先读经文，但很快就有孩子谈论起他们的问题。大部分都是关于女孩子的问题，比如，她们该穿什么？她们该选择谁做舞伴？她们对神是否虔诚，有多虔诚，这是否重要？有一周，她们整个“真心话”环节只围绕一个问题展开讨论：如果一个女孩不喜欢朋友的衣服，她是否要撒谎说自己喜欢？还有些孩子提出，她们很喜欢当下流行的詹姆斯·艾弗里品牌的银色十字架，但如果只是为了好看的话，女孩子还应不应该佩戴？

我不出声，只坐在旁边观望。在我家里，妈妈无所不知，爸爸也总能用通俗易懂的语言解答我的一切问题。但来到这里我才知道，原来还有这么多我不知道的问题可以问，原来在我的世界之外，还有一个陌生的世界，连爸爸妈妈都对此一无所知。他们争论得相当激烈，每个字每个动作，都有更深的一层含义，即使是随身佩戴的珠宝首饰，也能与灵魂拯救搭上关系。

我身边的人争论得热火朝天，查理没有参与，只是坐在地板上静静地听，时不时地点一点头。等到快结束时，他才开始讲话，他一开口，其他人就都闭嘴了。查理说，上帝正在看着我们，他对我们的爱超过我们自己。我们要做的，就是努力让自己配得上他的爱。耶稣体察人间疾苦，他理解作为人类，一辈子不犯罪有多难，所以他替我们赎罪，免我们受苦。他说完，就下课了。

也就是说，查理其实并没有给出任何答案。

坎迪丝总是乐于去解答查理没有解答的问题。一天，仪式结束后，我们往大厅走，坎迪丝对我说：“我无意冒犯，但《圣经》上说，你父母死后要下地狱。”

所以，那天我大哭了一场。查理走过来问我等下能不能留下来跟他谈谈，我当时窘迫得说不出话来，但我点点头答应了。

自此，我的记忆里就再也没有从前了，一切都被染了色，就像色调怪异的老照片。坎迪丝不耐烦地翻了下眼睛，说她父母还在走廊里等着，问我能不能快一点儿。查理说，他可以送我回家。他微笑着说，我和坎迪丝不能把这件事告诉父母和其他人，因为按理说，送我回家之前，他得先填写一堆保险单子。不过，坎迪丝走后，查理说他愿意为我冒险，因为我是特别的那一个。

我的意思是，他虽然没说出来，但他给了我暗示，我是特别的那一个。我，朱莉，非教徒父母养大的非教徒孩子，竟然是比其他人更特别的一个。要知道，不仅仅是复活节和圣诞节，我父母可是从来不过任何宗教节日的。

我跟查理回到他的办公室，办公室的门留出一个小缝。我问查理，上帝怎么能让我的父母和简下地狱呢？查理告诉我，一个人是否要下地狱，只有上帝才能审判，其他人无权越俎代庖，无论是谁这么做都是不对的。

“但不管怎样，不信上帝是不对的，《圣经》上说我们要信耶稣。”

“《圣经》上还说富人进入天堂，比骆驼穿过针眼还要艰难呢。”他不以为然地笑了一下。我不知道我们算不算富人，但我敢肯定坎迪丝是，我在她家住过好多次了，太了解她家多有钱了。

查理还说，别人下不下地狱不重要，重要的是你自己能不能被救赎。他说我很勇敢，敢自己来教堂，说我有一个探求者的灵魂。

自从我记事起，我的一生都在痛恨，为什么没人能感受到别人的感受，体察到别人的想法？一想到我的感觉我的想法只有自己一个人知道，我就会觉得无比孤独，这大概是世界上最孤独的事了吧。我多希望有什么东西能打破人与人之间的界限，就像空气一样，飘浮在宇宙之中，将人和万物连接在一起。

查理跟我说话时，我看到我们之间的界限消失了。

我看到我们之间的距离在慢慢缩短。

查理开车送我回家一共送了三次，每一次他都把我放在柯克伍德的一家便利店前面的停车场，我下车后得继续走四个街区才能回到家。每一次我都会在便利店买点糖果或者杂志之类便宜的东西，这样若是妈妈问起坎迪丝的父母为什么把我放在那里，我就有办法解释了。我早就在心里编好了答案，但是妈妈从来也不问。那时候正值春天，当我提着便利店的塑料袋回到家时，经常看见妈妈在院子里不知忙些什么。我猜，她从来都没考虑过穿着教堂的平底鞋徒步走过四个街区有多不舒服。

在便利店停车场里，我跟查理讨论的话题更深入了。之前在他的小办公室里，教堂秘书总是进来使用打印机，所以我们聊得并不多。而在这里，查理告诉我，他甚至都不太相信有地狱的存在。他说，每个人都想要一本规则手册，一本生活指导手册，好清楚地教他们该做什么。但耶稣将手册全部摧毁了，耶稣将写在石板上的律法全部抹掉了，并将律法写在人心里。查理还告诉我，在我们向耶稣祈祷时，耶稣希望我们能用心感觉什么是对的。“上帝派耶稣来到世上教我们如何做人。”

他的手搭在我的座椅背上，我能闻到他的须后水的味道，也能更近距离地看到他的蓝眼睛和金色眼睫毛，他的睫毛比我想象中的还要长。

“你要记住，世人总会让你失望，坎迪丝会，你父母会，我也会。只有上帝才会永远守护在你身边。”这段话后来一直被我铭记于心。

我点点头，看着他的眼睛。他的拇指触碰到我的肩膀，只一点点，然后他就把手拿开了，嘘了一口气。

我也一直在屏着呼吸。

到家后，我回到自己的房间，脱掉教会服装。我没下楼去，而是直接爬到床上，用被子盖住脑袋。

上帝派耶稣来到世上教我们如何做人。

那么上帝派谁来世上教我做女人呢？那个人是查理吗？

下一周，当我再去主日学校时，查理已经离开了。

那天由一位五十多岁的女人代替查理给我们上课，她告诉我们，由于个人原因，查理辞职了，以后都不太可能回来了。所以，他们已经在寻找新的青年牧师。与此同时，分享“真心话”环节暂时取消，主日课暂时由教会教育委员会成员代为上课。

“我们能跟他道别吗？”有人问。

“我来准备一张卡片吧，每个人在上面签上自己的名字。”坎迪丝提议。

“这样再好不过了。”那个女人说，“现在，请拿出你们的《圣经》，翻到《哥林多前书》第十三章。”

连我都知道这篇经文，教堂的刊物上就印着这一篇，走廊的挂毯画上也绣着其中的内容。“我若有先知讲道之能，也明白各样的奥秘，各样的知识，而且有全备的信，叫我能够移山，却没有爱，我就算不得什么。”这一刻，这段话仿佛说的就是我。

查理说他会让我失望，他做到了。

查理一走，我对教堂再也提不起一丝兴致，周末也不再去坎迪丝家住了。在学校，我申请加入了田径队。我不是一个速度型选手，但是我擅长长跑，而且我还会跨栏跑。看看这个夏天我和跟我一起训练的女孩们，我们站在尘土飞扬的跑道上，尼龙短裤下面的一双双细长腿格外引人注目。我知道，我再也不需要坎迪丝、教堂和查理了。很快，我就要步入八年级，我会有很多朋友，真正的朋友，她们会教我如何梳头发，如何化妆，如何跟男孩子搭讪。田径队的女孩们可以在朋友家彻夜狂欢，可以去外地比赛，可以彼此往脸上画条纹和耐克的标志，默契地接着说完彼此没说完的话。她们是一个大家庭。等我到八年级，我也可以像她们一样，我自己的人生总算到来。

一个月以后，我收到了一条聊天邀请。

他的名字叫约翰·大卫。他没有上传照片，还是原始头像，一个脑袋的轮廓，里面画着问号。他的 Facebook（脸书）主页上显示年龄十六岁，好友列表里空无一人。

这是谁呢？我细细回想我所有认识的读高中的朋友。我的朋友安吉拉倒是有一个哥哥叫约翰，但我只见过他一次。或者约翰·大卫只是我们学校里的某个男生，谎报了年龄而已。再或者是学校里的坏女孩在拿我开玩笑罢了，她们假装成我的暗恋者，引我跟她们对话，然后将对话截图发出来，让整个学校的人都看到。以前就有这样的事情发生过，她们戏耍过一个叫丽贝卡的女孩，我跟丽贝卡也算认识，但并不熟。只知道后续还发生了一些事情，不过具体我也不太清楚，也不想知道，我已经在好友列表中将她移除了。

我刷新了一下屏幕，有些期望这个人的好友列表人数突然暴涨到数百，这样我就知道他是假的，是个无赖了。不过一切都没有变化，除了这次问号加载的时间有点儿长。除非我接受他的邀请，否则他无法跟我聊天，于是，我点击问号，弹出来一个对话框。

“嗨，你是谁？”我问他。即使是跟朋友聊天，我也习惯把文字写得清清楚楚，首字母大写，标点符号一个都不漏。我读过《安妮日记》，同样是十几岁的少女，人家能写出那么优美的文字，而我和我大部分朋友的文字却丑得惨不忍睹，这一点令我相形见绌。

对话框一片空白，过了一会儿，对方输完文字，它才闪动。看来对方也是个不在意错别字和标点符号的人。

“我不想告诉你我的真实名字”

“我认识你吗？”我问他。

隔了很久，他才开始输入。我不禁猜测他是不是在用手机打字。

“我们有过几次愉快的交谈”

我刚想再问另一个问题，对话框就又闪了起来。

“一个探求者的灵魂”

我整个身体嗡的一下掀起一阵热浪，从脚趾翻滚到脸庞，整张脸都烧起来。

我输入“查理？”，犹豫了半天，还是没能鼓起勇气按下回车键，又一个一个将文字清除。

“朱莉？你在吗？”

我缓缓地呼出一口气，然后输入“我想我知道你是谁了，你开车送我回过几次家”。这听起来才像是跟一个十六岁男孩的对话。我怀疑他到底多大。

“是的”

“你在哪儿？连一声再见都不说就走了。”

“我自有我的原因。你只看到了我的一面，我还有很多面没被你看到”

还有很多面没被我看到？我皱起眉头，继续输入：“你在哪儿？”

“我现在不能见你，也不能告诉你我在哪儿。请相信我这样做是有原因的。你总是比其他人聪明，我一直想再次跟你取得联系。”

“你能来找我，我非常高兴。”除了这个，我不知道自己还能说些什么。

对话框又是好一会儿没有反应。

“上帝一直在你身边，就像光环一样将你包围，我能看见”

我突然感觉他在注视着我，就像最后一次在车里的场景一样，我的头皮一阵发麻，也不知道他现在离我有多远。

“你为什么离开呢？你走的时候连句话都没说。”

“我向你保证，很快就告诉你事情的始末，但现在请你不要问，陪我说说话，我很孤独”

我努力想象他那边的场景，他是坐在电脑前，还是抱着手机缩成一团呢？我想象不出来。我打出“我想你”几个字，但又一个一个地将它们清除，然后重新输入：“每个人都很想你。”

他回答：“我也想你。”也许他真的能听到我心里的声音吧。“自从我们谈完后，我心里就发生了一些重要的变化，我会告诉你一切的，上帝为你我做好了计划”

这一次，他没嘱咐我不要将这件事情告诉我的父母。他知道我不会的，我也明白他知道的。尽管“上帝”这两个字眼让我内心涌起喜悦，但最让我激动的还是查理对我的信任和需要。那种被信任和需要的感觉，召唤出一道闪电，闪电迅速放大、膨胀，充满我的整个身体，我心里觉得无比温暖。

“接着说。”我回复他。

“我看见上帝的脸，朱莉，他想跟我要一样东西，也跟你要一样东西。”

“跟我？”我傻傻地重复他的话。

“跟我们。”过了很久，他才回复。

他说的计划，像一个特别的项目或一场特别的游戏，我们两个都在为之努力。每次跟查理，或者说约翰·大卫聊天，我仿佛都进入了另一个世界。我的电脑显示屏正好对着门口，刚开始，一听到走廊里有动静，我就迅速跳起来。但很快，我就可以在两个世界里切换自如，一个是现实世界，我在这个世界里按部就班地吃饭、做作业、放学后去田径队练习；另一个是上帝为我和查理计划的世界。

在现实世界里，我的身份是朱莉，是跨栏运动员。我的成绩很好，所有课外活动也都积极参加。这是我们计划的一部分，我俩说好了要像从前一样，不能在言行举止上表现出太大的差异。我已经努力维持体重了，但不管吃了多少爸爸做的意大利千层面，我的体重还是直线下降。妈妈把这归咎于田径队，每顿饭又给我加了餐。但我知道，我们的计划已经开始在我身上运作了，这是在为“即将到来的贫困”做准备。

在现实世界里，我就是个平凡的女孩，但在我们的计划世界里，我光芒四射。他说我的美丽和可爱就像是耀眼的光芒正中心的小黑点，像太阳黑子一样，上帝之火将我包围。尽管我们没见面，也没用过视频通话（他说视频太危险了），但我知道他能看得到我。他说每当他闭上眼睛祈祷时，就会看到我，看到我站在太阳前面，太阳的光芒洒满我的周身。他知道太多关于我的事情，这些信息在网上根本查不到。比如他连我刮腿毛都知道。为了田径运动，我必须得刮腿毛，即使我的腿上几乎没有汗毛，只有在阳光下才能看得到的一点点绒毛，但如果我不刮掉，队里的其他女孩就会觉得我是个怪胎。他不喜欢我这样，他说以后我就不需要做这样的事了，不需要委屈自己去迎合世界。

我不知道他是不是真的离我很近，近到能看到我的一举一动，或是有什么其他的办法，我也不想知道。我开始假装他就在我身边，我将他的目光穿在身上，藏在外衣里面，贴在皮肤上。正所谓“女为悦己者容”。于是，现实生活中的朱莉每天过得更起劲儿了。我每天做的一切都是为了在他的注视下展现出最好的自己，我会在卫生间擦润唇膏；会跟其他女孩一起咯咯地傻笑；会把脚搭在榻上，阅读《杀死一只知更鸟》；会在晚饭后帮妈妈洗碗；会精心梳头发；还会记日记，当然都是关于他的日记。我甚至编造了一些流水日记，记录现实生活中的朱莉白天的日常琐事。我假装暗恋学校里一个叫亚伦的男孩。

我想，查理肯定知道我在现实生活中的角色扮演得有多好，我开始悄悄地留下一些只有查理能看懂的暗示和信息。我会往本子上画羊，想象查理被我逗得哈哈笑。在赛前动员会上，我往脸颊上画了一轮太阳，我想查理看到后一定能明白的。不管在别人眼里，我是多么幼稚平凡的少女，只要查理在身边注视着我，我就是神圣美丽的女人。

只有到了晚上，现实世界才会跟计划中的世界交织在一起。我想轻声叫“耶稣”，但话一出口却变成了“约翰·大卫”。有一次，我做梦梦到自己坠落、飞散，最后化成无数的碎片，变成了光芒正中间的黑点。我咬紧牙关，等待梦醒。待我睁开眼，眼前都是红色的小星星。

那一刻，我知道，我爱上查理了，这种感觉令我羞愧难当。我觉得自己从头到尾都好蠢好丢人，竟然迷恋上一个根本不喜欢我的男人，我这么傻的女孩，怎么可能有人会对我怀有男女之情呢?

至少，在那个时候，我是爱他的。但我已经不是个小孩子了，查理的形象慢慢在我心中淡化了，已不再像从前那般高大。我甚至有好几个月都没有想起他的脸庞了，我再也不像情窦初开的小女生那样心中充满迷恋，因为我不是懵懂的小女生了，现实世界中的朱莉才是。而我是神圣美丽的女人。

在我们聊天的过程中，约翰·大卫初始头像图片里那个小人的轮廓，让我想起了人行道上那个蓝色的影子，你只知道他存在，却捕捉不到他。那个影子就是约翰·大卫，是现实生活中的查理投射出来的影子，而查理，在我心中早已不再重要了，查理带给我的尴尬和困窘也一并随之而去。约翰·大卫就不同了，他被光包围，他本身就是光的一部分。在我心中，他已经不是查理的影子，而是一个真正的站在太阳正前方的人，他的周身散发出耀眼的光芒，晃得人睁不开眼，我只能眯着眼隐约看见他的轮廓。我的眼里噙着泪水，胸口暖融融的，内心有一团火焰在熊熊燃烧。我闭上眼睛，看到约翰·大卫像光芒中心的小黑点，被一圈圈光晕包围。他已经将我改变。他用光芒为我铺出一条路，我不由自主地走向他，一边走，一边在他的炙烤下熔化。最后，我终于变成了他，小黑点消失，留下一片纯洁之光。

我们的计划就是以后再也不需要为生活做计划。我只知道，我们将完全将自己交付给上帝。约翰·大卫承诺，我们将共同沐浴在光之源，沉浸在上帝的爱之海，再也不需要做任何计划，为生活操劳奔波。

一天晚上，我跟他聊天时，打出了野百合的诗歌。他纠正我：

“我们不会成为百合花，我们不会成为任何东西，我们将化为虚无。”

在计划开始执行的那个晚上，我跟简一起在卫生间刷牙，简盯着我，说：“我知道你的事情。”

我没理她。我正在心里数数呢，每次刷牙我都会默默地在心里从零数到一百。我能在镜子里感觉到简的目光，但我假装她不存在，继续刷我的牙。

“你以为没人注意到。”简又继续试探我，她嘴里冒出牙膏泡沫。她朝水槽里吐掉泡沫继续说：“你以为你很酷吧？”

我并不觉得自己酷，但我父母这么觉得，我的朋友们也这么觉得，他们其中有些人也很酷。但其实我并不是酷。我这样，只是因为我的朋友们都这样。她们会经常在周末叫我一起去逛商场，他们的哥哥姐姐开车把我们放到商场门口，接着我们就尽情地在WetSeal（美国少女装品牌）店试吊带背心，在丝芙兰闻遍各种味道的香水。简知道些什么呢？无非就是我参加了田径队在克里斯蒂安家举办的睡衣派对，或者是昨晚我跟两个围着亚伦团团转的女生——劳伦和玛雅聊了一会儿。有时候，我竟然还会不自觉地假装迷恋亚伦，我都要怀疑自己真的喜欢上他了。

我抬头看着镜子，发现简还在盯着我，此刻她的小脸儿涨得通红，泪珠在眼睛里滚动。她突然问我：“你为什么不再喜欢我了？”

这个时候我正好数到一百。我现在才明白，原来这不是巧合，一切都不是巧合。我俯下身子，小心地漱口，然后起身用毛巾擦干嘴。我问她：“你为什么觉得我不喜欢你了？”

“你应该说‘你喜欢我’。”简吸了一下鼻子。

“我喜欢你！”

“不，你不喜欢我。”简不依不饶。这时候，她眼角已经挤出眼泪来，眼泪顺着涨红的脸颊往下流。简伤心地哭起来。妈妈说过，简进入青春期比我早，但至少她的青春期也能比我结束得早。我总是把简的睡衣叫老年人睡衣，看她穿着系扣的法兰绒上衣和宽松的束带睡裤，虽然她个头没我高，她整个人看起来却比我还高大。她的胸部还没有发育，但已经含苞待放。妈妈说，简的身高很快就要超过我了。

但我突然意识到，我看不到了。

“你是我妹妹，我不喜欢你，我爱你啊。”我这么说本来是想取悦她，但说出口的那一刻，我知道我说的是心里话。我们陪伴了彼此整个童年，一起玩耍，互相掐架，无时无刻不黏在一起。每当我不理她或者忽视她时，简都会朝我扔玩具，我就会跑到妈妈那里告状，说简不遵守棋盘游戏规则，一旦输了就要赖不玩了。想起这些，我的眼睛也发酸，有泪珠在打转，我却不禁冷静地思考，如果我放下了家人，是不是更容易实现计划。

“那你为什么从来不跟我一起出去玩？你总是跟你的朋友们一起出去，我只能一个人待在家里看电视。这个夏天，你还一次都没陪我看过《美女与野兽》呢。”

“那部电影太傻了，简，小孩子才会看。”

“才不！我喜欢电影里的音乐。”简最喜欢在客栈时配的那首歌曲。每当没人注意的时候，她就会哼唱，如果你不喊停，她就会一直唱下去，越唱声音越大。简从来都不担心会惹人烦，不担心会打扰别人。

“我已经不再是个小孩子了，简。我早就不喜欢看王子公主的故事，不喜欢看动画片了。”

“我怀念过去的你。”

我还以为简要放过我了，谁知道她的眼泪突然掉下来。我就在这儿呀，我想开口告诉她，但话到嘴边却说不出来。“这周末我就跟你一起看，我保证。”不知为何，谎言让我变得更强大，让我挺起腰杆。

我告诉自己，现实生活中的朱莉这周六会履行她的诺言。现实生活中的朱莉会留下来陪着简，照看她，帮她完成家庭作业，告诉她上学时该穿什么，不该穿什么，不让其他孩子取笑她。

“真的吗？”简有些惊喜。

“当然，一言为定。”我继续照镜子，“你刚才想说什么？你知道了关于我的什么事？”

简已经不哭了，但也没有破涕为笑，虽然她尽力做出微笑的表情。“我知道你并不是真的想加入田径队，并不是真的喜欢田径运动，你只是在假装喜欢，因为只有这样，你才能交到更多的朋友。”

她的话让我沉默下来。我从来没真正想过这个问题。很明显，如果你可以参加一项运动，就应该参加，不管你喜不喜欢，因为当成群的朋友围绕着你，谎言也会变成实话。看见简一脸尴尬的表情，我突然有些同情她，她是个太单纯的孩子，心里的任何情绪都直接反应在脸上，一点儿都不懂得隐藏。

我想，简肯定不会擅长任何体育运动了，等她八年级时，一定不会像我一样受同学欢迎。

“晚安。”我伸出胳膊抱住她，给两个人足够的时间去追忆过去的美好时光。过了好一会儿，我在心里默数一二三，然后松开她。现实世界中的朱莉已经满足不了简了，简想要的总是更多一点。

当天晚上，睡梦中，一只粗糙的手捂在我的嘴上，捂得我喘不过气来，半睡半醒中，我还以为自己掉进了水里。

我睁开眼睛，看到一个蓄着长胡子的男人俯在我上方。他朝我点点头，我只觉浑身瘫软无力，示意性地轻轻点了下头，他这才缓缓地松开手。但他也没把手拿开太远，以防我尖叫时能再次及时捂住我的嘴巴。

这个人就是查理。说他是查理，似乎也不是。他深金色的头发乱糟糟一团，一看就是很久没剪过了，长得可以扎辫子。他的胡子比头发还要黑，将嘴巴都盖住了。他的身上散发着油腻的酸臭味，像我每天放学后倒空的垃圾桶的味道。

这就是我对约翰·大卫的第一印象，我突然想尖叫。

但此刻我是计划世界中的朱莉，所以我不断在脑海中暗示自己：这不是真正的绑架，这不是真的，我要去追寻我的命运了，这是我存在的目的。

我朝约翰·大卫微笑，示意他我记得，我知道。不过我也不知道他有没有笑着回应我，因为他的胡子太长了，我看不到。当他掀起盖在我身上的毛毯帮我起床时，他的手在微微颤抖。我伸出手，他也伸出强劲有力的手抓住我的手腕，慢慢扶我站到地上。

我们一起小心地移动，好像在玩镜子游戏。我总是抢在他之前移动，这样他就不会觉察到一丝一毫的抵抗。我太想取悦他了。我的眼睛一动不动地盯着他的眼睛，好像在跟他共跳一支舞，他的手环住我的手腕，我就像被通了电流一样，双脚静静地在地板上移动。然后，我便看到了他的另一只手。

尽管我知道我们的计划里涉及刀，但我从来没将它跟挂在厨房里的刀联系在一起。我从来没仔细看过厨房里的刀，也没想过他手持刀的样子。他缓缓地将刀抬起来，跟我的胸口持平，我想，他是不愿意惊吓到我，更是在挑战自己，不被自己惊吓。他站在我身后环住我，紧紧地抓住我的肩膀，将刀尖抵在我后背上，虽然不是很用力，伤不到我，但冰冷的金属利器还是扎透了我的睡衣。

现在，我反而松了一口气，我知道接下来该怎么做，因为我也别无选择。

我以为在商讨这个计划的那一刻，我就已经完全将自己交付给他了，任凭他差遣，但现在我才发现，我没有。我一直以为这只是一场游戏，但此时，他站在我身后，一只手紧紧扣在我肩膀上，另一只手拿着刀尖抵在我脊椎右侧，推动我前进，我知道，反抗的机会已经失去了，我只能跟着计划走。各种各样的想法突然出现在我脑海中，不安分地窜来窜去，比如，他要带我到哪里去？简在哪儿？哦，她在床上睡觉呢，很安全。

她会永远这样下去，有个安安稳稳的人生。

可是突然，简的脸竟然出现在眼前。

因为我们经常敞着门睡觉，所以今天简的房门也开着，靠近她的房间时，虽然光线很暗，但我还是勉强能看见她正藏在开着一条小缝的落地衣柜里，她是醒着的，正瞪大了双眼看着我，被吓得眼眶通红。我和约翰·大卫已经站在了楼梯口处，简一动不动地看着我，眼睛里充满绝望，她在用眼神祈求我告诉她该怎么办。

我用眼神示意她就老老实实地躲在衣柜里不要动，不要让我身后的约翰·大卫看见她。一旦她尖叫，那一切就都完了。约翰·大卫会把简也带走。不管他要把我带到哪里，不管他要对我做什么，都不重要，重要的是，我不能让他伤害到简，不能让他对简做同样的事情。

就在约翰·大卫推我下楼时，阁楼上传来咔嗒一声。身后的刀尖稍微挪开了一下，肩膀上的手也突然松了一下，我知道约翰·大卫在四处观望。趁此机会，我迅速抬起一只手指放在嘴唇上，比出“嘘”的姿势，我想象自己吹出一阵温暖的空气，飘到屋子那头，将简定住在衣柜里。嘘，再见了，嘘，再见。

这就是事发当天那一晚。就在那一个晚上，我失去了我的家，我的家人，我的人生，还有我自己。我失去了一切，一切。

第十六章

在我肚子里还怀着简的时候，我们还住在学校附近的小房子里。有一天下午，汤姆去上会计课，只剩下我跟朱莉在家。朱莉坐在客厅里的木地板上，正好一缕阳光照在她的身上。她胖乎乎的小脚丫在阳光下晶莹剔透，脑袋上一缕缕小毛发也闪着光。她正在专心致志地拿着蓝色蜡笔在报纸上涂涂画画。突然她一不小心，用力过度，将手里的笔弹了出去。但是她没有哭，也没有伸手去拿别的画笔，尽管在她周围有几十支蜡笔。她皱着一张小脸儿，像一只笨拙的小螃蟹，伸出小手去追滚落的蓝色蜡笔，追回来以后又重新开始给圆圈上色。

我静静地看着她，差不多半个小时后，我才反应过来，原来她喜欢蓝色。

那是我第一次感觉到，有一个世界是我看不到的，它离我太遥远，跟我的世界完全不同，虽然朱莉是我生的，虽然我们是母女，但我还是进入不了那个世界。那一刻，我发现自己爱她，要比爱其他人多得多。

但那只是回忆罢了。最开始，我像所有妈妈一样，想给朱莉全世界，但后来很长一段时间里，我只想要我女儿的尸体，将她好好安葬。

现在，我只想回到过去，回到那天下午，亲手将那支蓝色蜡笔递给她。

我急切地捧着文件副本读起来，时至今日我才知道过去八年里朱莉到底遭受了多大的创伤。她在证词中记载，为了活下去，她改名换姓，夏洛特、凯伦、默西、斯塔尔、紫罗兰、格雷琴，都是她一个人。她们挣扎，她们奋斗，她们失败，但不管怎样，最重要的是她们活下来了。一想到她们曾经遭受的苦难，我就心如刀绞，努力忍着不让眼泪流下来。我将她们每一个都视若珍宝，因为她们代表了我女儿不同的一面。她们都是我的女儿，都是那个跟汤姆一起在家里等我的女儿。

但这些女孩的遭遇里，最让我心痛的是朱莉。我曾以为我了解她，其实并不然。而且更讽刺的是，她却是最了解我的那一个。在她的文字里，我看到了一个不一样的我。我努力回想她所描述的青春期里的每一个时刻，回想自己在她的青春期里扮演的角色，她眼中的我与我自己想象中的截然不同。我、汤姆、简都是她生命中的过客，扮演着各自的角色，在朱莉的笔下，每个人仿佛都换了一副面孔。

朱莉在文字中提到，她问过我关于上帝的问题，可是我怎么想都想不起来了。我还是个合格的妈妈吗？我当时在干吗？我记起自己当时博士后马上就要毕业，在忙着面试工作。朱莉写道：

> 我知道她在笑，但我以为她在嘲笑我。
>
> 每当我穿上好看的衣服，妈妈总会抿着嘴，用那种眼神看着我。不用照镜子，我都知道当时的自己是什么表情。因为我在我妈妈的脸上见过太多次了。不知道从什么时候起，我自己脸上也有了这种表情。
>
> 我早就在心里编好了答案，但是妈妈从来问也不问。

因为我自己曾经受够了妈妈的密切管制，我以为给女儿足够的自由，是对她们好。

> 我猜，她从来都没考虑过穿着教堂的平底鞋徒步走过四个街区有多不舒服。

我记得曾经在哪里看到过，有人认为，有时候父母失去心爱的孩子，是对他们溺爱孩子的惩罚。他们没有将错误归咎于寒冷的冬天、引发疟疾的沼泽、缺乏美食和干净的水源，他们责备的是神。

在朱莉和简之间，我并没有更偏爱朱莉，这一点我很肯定。但不可否认，朱莉确实有一些独特的优点。她非常独立，性格非常平和。在内心深处，我曾认为朱莉是完美的。不过现在我不禁问自己：是不是我不敢去发现她的不完美，不敢相信是我扼杀了她？

舍监打开牢门，带我出去，却没告诉我去哪儿。很奇特，舍监将犯人带出去的时候，都不怎么跟犯人讲话，只是把她们的手铐起来，带着她们沿着走廊走。我想，舍监这样做，也许是不想因为多嘴而担责任吧。

我猜她们是要带我去见律师，因为隔三岔五的，我都要见一次律师，每次走的都是这条走廊。但今日不同往日，这次我们在走廊尽头是向右拐的，我走进一扇镶着铁丝玻璃的门。我站在桌子前，舍监将我手上的手铐解开。

汤姆也站在那里，手不自然地摆弄口袋里的钥匙，看起来十分尴尬。

舍监对我们说："原告撤销了对你的指控，很快就会有人把你的东西送过来。你检查一下，没有问题的话就签个字。"我的视线跟她的视线刚碰撞在一起，她就迅速将目光移开了。也许对于她们这个岗位的人员来说，在犯人被释放后，就很难再与其有更多的眼神交流了。

她走了出去，把这间狭窄的等候室留给了我和汤姆。原本在这间屋子工作的人应该是帮我整理东西去了。我只有一个大箱子，里面装着衣服、鞋子、包，包里面还放着那本关于拜伦和风景的书，我只读到了一半，将那页折起来作为标记了。我现在突然非常渴望把它读完。

“麦克斯韦招了。”汤姆告诉我，“显然他一直在服用精神疾病方面的药物，他得的是情感性分裂还是什么精神疾病。但是医院方面并不知情，他受伤期间也没有把药带在身上。后来是医生发现他出了问题。”

“我猜克罗福德法官也不知道他在吃这种药。”

“没人知道，连他的高级顾问都不知道。药物将他的症状都掩盖起来了，但——”他低下头，“又有七名受害者站出来了。”

七名受害者。我想，这仅仅是愿意站出来将案情告诉警察的，实际受害者肯定远远不止七个。

“谢谢你来接我。”

“事先没有打电话通知你，是因为来不及了，我想一旦对方撤销指控，警方就会立刻让你离开这儿的。”

“是这样。”

我们站在荧光灯下，一时间陷入沉默。

“安娜。”他开口。

“没关系了。”我知道他要说什么。

“对不起。”

“不是你的错，当时是我先离开了，是我没陪在你身边，把什么都丢给你一个人。”

“我不应该让你——”

“你是个好男人，”我真的厌倦了这件事，“你一直在帮助别人。是我不要你的帮助，所以你把它给了别人。”

“如果我能把它收回——”

“别这么说，”我打断他，“有人因为你，找回了自己的女儿，这是不可改变的事实。所以，别再为了哄我，说一些如果能回到过去，你会怎样怎样的话，这些话多说无益。”

听我这么说，他似乎心都凉了。我的语气不自觉地缓和了一些。“老实说，汤姆，你知道吗？知道你不是个天使，我反而松了一口气。之前的你让我压力很大，因为我不论再怎样努力，也比不上你那么完美和善良。”

我没有告诉汤姆，我曾经把他奉若神明，看见他从高高的神坛上掉下来，我心里有多难过。这就是为什么人们需要神，因为普通人都会有恐惧，即使是好人。我一直都是一个非常理性的人，没有精神上特别渴望的东西，也不会为求之不得而痛苦难过，这让我引以为傲。但我也一直都没意识到，我的神就是汤姆和朱莉，我一直以为他们都是好人。但没有人会成为好人，除非这个世界对他们好。

终于，女舍监提着一个塑料袋子进来了，我检查了一下里面的衣服和包，签上名字。然后，我提着袋子进了访客卫生间，换回休闲服，将蓝色的囚服整齐地叠起来。往日的我又重现了。

汤姆看着我笑了。

我把囚服放在桌子上，心里想，难道我跟汤姆之间就这样了吗？看到我恢复往日的样貌，恢复进监狱之前的样子，他竟然还能轻而易举地笑出来，如果他这么快就忘记我曾是个囚犯，忘记我在监狱里度过漫长难熬的日子，那么看来他永远都不了解我，不清楚我到底是个怎样的人。

我们走出监狱，外面的阳光明亮得刺眼。太阳炙烤着商贸街，空气像滚烫的开水一样浇在身上。

“你说小简会回家吗？”我问汤姆。我想起她跟球队里那个男孩的第一次约会，也不知道进展如何了。我强忍着没告诉她，第一次约会一定要确保安全，要选在公共场合，至少让身边的某个朋友知道他们的行踪。

汤姆看起来有些不安。“她还得在学校待上一阵子，安娜。她非常想步入正轨，把未完成的课程补上，让她的教授知道她可以做得很好。”他叹了口气，语气中带着歉意，“对不起，你也了解小简的。”

我当然知道我的简。她落下那么多课程，只是想故意引起我们的注意罢了，不过她的时间选得不凑巧，正好赶上朱莉回来。压力越大，她表现得越好。简擅长写剧本，而且创造力惊人。等一切都恢复正常轨迹，她的剧本一定会非常有趣，她也会回到自己的世界里。我想起了她的日记。“等着瞧吧，年底之前，她就得把主修课调成创意文学。”

“为什么这么说？”

“她肯定早就想写她的自传了。”

即便是夕阳，光线也一样刺眼。阳光照在遮阳板上被挡回去，仍不死心地从挡风玻璃照进来，趴在后窗上积聚热量。我们被堵在了沃斯出口处，几乎一动不动，没有了外循环风，空调转速越来越慢。刚刚风速还达到最大的指针啪的一声掉下去，仿佛已经老态龙钟。我怀疑是不是整个夏天空调都只能这样了，因为这条路经常这么拥堵。

“停车。”我突然大喊。

“下一个出口我们就出去了。”

“现在就停车！”

汤姆打开了转向灯，从车窗将手伸出去，像后视镜上挂着的旗子，对着后面的车辆招手。总算缓缓地变了三条道。车子刚靠到路边，我就迅速拉开车门，跌跌撞撞地往下跑，汤姆猛踩刹车。我肚子里像翻江倒海一般，一下子吐在了人行道上。

其实我没吐多少，因为几天来我几乎都没有进食，但还是不停地干呕。太阳光直接晒在我身上，我眼前一红，接着一片漆黑，缓了许久才恢复视线，看到汤姆屈膝跪在地上，双手环抱着我，在我身后支撑着我。我想一方面是因为我热得有些中暑了，一方面是汽油味，导致我呕吐不止。每吐一下，胃里都痉挛一次，但汤姆的手给了我温暖和安慰。吐完了，我直接向后倒在汤姆的怀抱里，我的冲击力让他一下子跌在地上，于是我们一起坐在了高速公路边的沙石上。

“是她离开了我们，汤姆。”但我的声音早已被相向而来的汽车轰鸣声淹没，他没有听到，继续帮我将汗湿的太阳穴上的头发撩到耳后。尽管现在热浪滚滚，但我不住地颤抖，身体冷热交加。我从他怀里起来，正面看着他的脸。我加大声音重复了一遍，但他摇了摇头，还是没有听到。最后，我靠近他，把口型张到最大，冲他大吼：“是朱莉自己离开的！”

这一次他听懂了，他摇了摇头，也冲我大喊：“别再想这事了！”汤姆站起来，伸出一只手拉我起来，另一只手指了指汽车。

但这一声吼，将我过去几周被关押在肮脏的牢房里积聚的情绪释放了出来。朱莉的证词在我的心里乱窜，如果我不将它发泄出去，它迟早会穿过我的五脏六腑，将我击倒。我又喊了一声：“汤姆，是朱莉自己离开了我们！”

“我知道！”汤姆对着我吼回来。

“那你为什么还能这么冷静？”我问他。

“好了，安娜，事情都已经过去了，上车了！”

但我还没喊够，在外面比在车里方便多了。“我算什么妈妈？汤姆，我竟然一点儿都不了解她！”

“你让我怎么办？我能怎么办？我也一点儿都没去了解过我的女儿！”

“但我是妈妈！”

“是，没错，你是妈妈！正因为你是妈妈，所以她现在需要你。看在上帝的分儿上，快回车里去吧，我们回家，回去冲她吼好不好？”

我终于把身体里的情绪宣泄完了，跟着他回到路虎里。其他车从我们身边加速驶过时，我感觉我们的车都在颤抖，关上了车门，整个世界才安静了。

“你看过证词了？”我的声音有些嘶哑。

“我根本不需要看，她做证时我就在场。”

“对于发生的一切，我怎么能像个瞎子一样呢？怎么能一点儿都不知道呢？我连自己的女儿都不了解。”我再也止不住泪水，“我知道自从朱莉离开后，我整个人都颓废了，尤其是对简，我没有尽到妈妈的责任。但是在那之前，在一切发生之前，我以为两个孩子过得都很好，我以为我是个好妈妈。”

汤姆没有说话，过了很久，他才开口：“安娜，我想如果没发生那件事的话，我们的生活会很好。但现在我们无从得知了。我们不知道，如果没发生那件事，每个人现在会是什么样。因为事情已经发生了，他把朱莉带走了。”

汤姆发动引擎，打开转向灯，挤进了车流中。他还真是一位好司机。

驶入正轨后，汤姆问我：“我能坦白一件事吗？”我等着他说下去。他说：“我真希望朝麦克斯韦开枪的人是我。”

我想起那天汤姆拿着手枪，看见我满手鲜血淋漓地在卫生间门上凿开了一个洞的场景，于是我将朱莉流产的事情告诉了他。说完，我靠在座椅上，伸出一只手握住他的手。

回到家时，门口停了一辆车。我们走进屋子，朱莉和一个穿着T恤衫牛仔裤的非裔美国人从餐桌前站起来。

“妈妈，爸爸，这是卡尔。”朱莉介绍。

“您好，惠特克先生。”卡尔伸出一只手跟汤姆握手，汤姆迎上去，看起来有些迷惑不解。也难怪，他还不知道卡尔的存在。卡尔虽然比汤姆矮了近一头，但他看起来并不比汤姆逊色，跟汤姆对视时没有抻脖子。“很高兴见到你。”汤姆说。我能看出来，在转头跟我打招呼之前，卡尔正在用眼角余光打量我。

“您好，黛沃洛斯博士。”他又跟我问好。看来朱莉一定教过他如何称呼我了。

“我知道你曾帮助朱莉脱离困境。”我对卡尔说。

“您也是。”他的回答简单却让人感到温暖。

我不禁在心里问自己：我接下来的人生都要这样了吗？朱莉要把她所有的男人都带来给我看看吗？他们知不知道朱莉持枪要杀人的时候有多镇定自若？他们知不知道如果我不在场，等待朱莉的会是什么？

看到朱莉这样的女孩，人们总是容易忽略她们的能力，想象不到她们爆发起来会有多强。我过去也一样，当然我现在算是知道了。但我永远都不会告诉朱莉生命中的男人，比如汤姆和卡尔，让他们继续带着保护欲去保护朱莉吧。这八年来，为了生存，朱莉学会了假装柔弱来迷惑别人。这是她的应对机制，让她继续这样下去吧，提前拆穿，对她来说是残忍的。

卡尔看起来比朱莉大一些，但很难判断具体大多少，因为除了笑的时候眼角有皱纹，他其他地方的皮肤都很光滑、有弹性。不知道等到朱莉真正长大，不需要装柔弱的时候，他还会不会守在朱莉身边。如果在的话，他会是什么反应呢？等待那一天到来的日子，也许还很漫长，甚至是一生，也许我看不到了。

这是我跟朱莉之间的秘密。

“很高兴见到你，卡尔。你和汤姆是否介意我单独跟朱莉说一会儿话？”我征求他们的意见。

汤姆回答：“我正想去杂货铺买点菜准备晚餐呢，要不卡尔你跟我一起去吧，我们正好可以彼此多了解一下。”

卡尔回头看了朱莉一眼，看到朱莉点头，他说：“好啊。”于是，两个男人走出了厨房。

等他们走出去后，我看着我的女儿。我不知道自己在期望什么，我是期望有什么新发现吗？还是想彻底弄清楚她的眼睛到底是什么颜色的？眼前的女人，虽然跟过去一个月里的是同一个人，但在我眼里依然是个猜不透的谜。

“为什么你不回来呢？”我问她，“从麦克斯韦那里逃出来后，为什么你不回家呢？”

过了很久，她才开口：“我想回来，我是打算回来的。但自从他对我做了那些事情之后，一切就都变了样子。事情一件接一件地发生，完全不受我的控制。”

我知道她指的是什么事情，我不想再一次揭开她的伤疤，但同时，我也不想打断她，再也不想了。所以，我耐心地等着她说下去。我不知道她为什么会用一种奇怪的眼神看着我，直到她再次开口："而且，那时候我也不知道，你还愿不愿意让我回来。"

我如鲠在喉："你怎么能说出这种话来？"

"我以为你会疯掉，"她露出怪异的微笑，"我恨朱莉，她又愚蠢又容易上当受骗，而且她离开了你。"

"你那时候还只是个孩子，是他拐走了你。"

"是他拐走了我，但对我来说，就像是我自己离开的。"

"是他故意要让你这么想的。"

"我没回来还有一个原因，是夏洛特，她死了，我非常害怕，我以为是我害死她的。"

"这也是麦克斯韦故意让你这么以为的。"

"是啊，他很擅长给人洗脑，我也总是傻乎乎地被他骗。"她耸耸肩，放弃解释，"总之，如果当初我真的是被绑走的；如果我只是个随机受害者，人生被平白无故地毁了；如果这一切都不是我自己选择的，不知道我心里会不会好受一点。"

是啊，我过去也是这么以为的。虽然我没说出来，但我心里在想什么，她能看出来。

"你从来都不信上帝，我想简也不信，也许爸爸也不怎么信。但我不一样，那里有我要找的东西。我还在寻找，但我不知道该怎么用语言来形容它。"

"超然吗？"我说，"根本就不存在这类东西。"

“但也许存在，我不知道，想想‘治愈之门’的那些人吧。”

“还是别提他们了。”

“但你得正视他们，你必须正视他们。想一想，他们在寻找什么？他们为什么一到那里就那么快乐？还能从哪儿找到这种快乐？”

“诗歌，音乐，艺术。”我回答。

“这些是不够的，对每个人来说都一样，对我来说也一样。”

她的脸看起来非常忧伤，但又充满渴望，我眼前突然闪过她小时候带着这种表情的小脸儿，我过去一直都不知道这种表情是什么意思。我想起一段诗。

“‘并未把前缘淡忘无余，并非赤条条身无寸缕，我们身披祥云’，”我本想停在这里，但想起下一句，正是朱莉希望听到的，于是我补充完整，“‘来自上帝身边，那本是我们的家园。’威廉·华兹华斯。”

“为什么你说这段话的时候，要加上那么多引号呢？是怕我听不懂吗？”

“因为我在引用别人的话，朱莉。”

看来我的话没起到什么作用，我们之间又陷入沉默。我突然觉得无所畏惧——反正已经没什么可失去的了，不是吗？还有什么不敢问的呢？于是，我直截了当地问她：“你这次回来，是因为你在杂志的人物简介上看到了麦克斯韦，这个我知道。但你不必非得以朱莉的身份出现呀。如果你害怕因为夏洛特的事情受到指责，为什么不给警察写一封匿名举报信，让他们调查此案呢？既然你知道自己会撒谎，为什么时隔这么多年，你还要回来呢？”我深吸一口气，“是因为钱吗？如果是的话，也没关系。”

听到我的话，她抬起头，蓝色的大眼睛里写满了震惊，她说：“因为我想你们了啊。”

人生难免遭到厄运的侵袭，但总会雨过天晴，就像这样，风雨过后，我回家了。